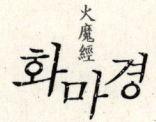

火魔經

화마경

허 담 新무협 판타지 소설

FANTASTIC ORIENTAL HEROES

화마경 7

허담 新무협 판타지 소설

초판 1쇄 찍은 날 § 2011년 1월 6일
초판 1쇄 펴낸 날 § 2011년 1월 13일

지은이 § 허담
펴낸이 § 서경석

편집팀장 § 서지현
편집 § 주소영 · 어정원

펴낸곳 § 도서출판 청어람
등록번호 § 제1081-1-89호
등록일자 § 1999. 5. 31
어람번호 § 제2-2031호

주소 § 경기도 부천시 원미구 심곡2동 163-2 서경B/D 3F (우) 420-822
전화 § 032-656-4452 팩스 § 032-656-4453
http://www.chungeoram.com
E-mail § chungeoram@chungeoram.com

ANTASTIC ORIENTAL HEROES

거담 新무협 판타지 소설

火魔經

화마경

7

서로행(西路行)

청어람

目次

第一章
시간(時間), 그리고 변화(變化)

화마경

고도(古都) 금릉 외곽에 금원이란 장원이 있다. 장원의 주인은 외부에 알려지지 않았으나 금원은 금릉을 넘어 강남땅에 명성이 자자했다. 이유는 단 하나, 그 이름 그대로 금원이 화려함의 극치를 보여주기 때문이었다.

금원의 문은 항상 굳게 닫혀 있어 그 안의 사정을 살피기는 어려웠으나, 간혹 금원에 물건을 대는 장사치들이 전하는 말에 의하면 금원의 본채 건물 기둥이 순금으로 칠해져 있다고 한다. 그리고 금원에서 일을 보는 사람들은 한낱 마당을 쓰는 자조차도 금박이 박힌 비단옷을 입고 있다던가? 장원 곳곳은 기이한 초목과 괴석들로 장식되어 있고, 어딜 가나 사람의 마음을 흔드는 천상의 향기가 감돌고 있다고도 전해졌다.

그래서 언제부턴가 금릉 주변의 사람들은 금원에 한번 들어 갔다 나오는 것이 평생소원이 되었다. 금원은 그렇게 금릉 사람들에게 현세의 무릉도원인 셈이었다.

금원의 명성이 알려지면서 천하에서 내로라하는 대도(大盜)들이 금원의 장원을 넘었다. 그러나 금원의 장원을 넘은 자들 중 금원에서 금자 한 닢이라도 가지고 나온 자는 없었다. 오히려 그들 중 구 할은 금원에 자신의 목을 놓고 나와야 했다.

"금원에서 풀포기 하나라도 가지고 나오는 자가 있다면 난 그를 스승으로 삼을 것이다."

저 유명한 강호이대도수 중 일인인 천향이 금원에 들어갔다 나온 후 남긴 말이다. 강호이대도수 천향과 묘수는 옥황상제의 신발이라도 훔쳐 나올 수 있는 자들이라 알려진 도술의 달인이다. 그런 자의 입에서 나온 말이기에 금원은 천향의 말 이후 도둑들 사이에서 금역의 땅으로 여겨지게 되었다. 천향 이후 금원의 담을 넘는 자가 없었다는 것이 그를 증명했다.

달조차 없는 깊은 밤, 금원 역시 어둠에 잠겨 있었다. 그 어둠 속을 말끔한 옷을 차려입은 사내 한 명이 조심스럽게 걷고 있었다.

"서라!"

한순간 사내 앞에 불쑥 묵색 무복의 무사 셋이 솟아올랐다. 그러자 사내가 공손하게 허리를 숙여 보이고는 뒤로 두 걸음 물러섰다.

"누구냐?"

"진봉이라 합니다."

"진봉? 음, 네가 바로 진봉이군. 담 숙수에게 들었다. 오늘부터 새벽 시중을 담당하게 되었다고?"

"그렇습니다."

"얼굴을 확인해야겠다."

무복의 사내 중 한 명이 들고 있던 호롱에 불을 붙였다. 그러자 공손히 서 있던 진봉의 얼굴이 불빛에 드러났다. 나이는 대략 이십대 중, 후반 정도에 갸름하게 생긴 얼굴은 어찌 보면 병약해 보이기도 했다. 그의 두 손에는 붉은 비단 천에 덮인 쟁반이 들려 있었다.

"새벽마다 어른의 시중을 드는 일은 무척 고된 일이다. 할 수 있겠느냐?"

"최선을 다하겠습니다."

"음, 보아하니 몸이 허약한 것 같은데 보약이라도 몇 채 지어 먹도록 하거라. 그래야 버틸 수 있을 게다. 들어가거라. 이향이 대인께 안내해 줄 것이다."

무복의 사내들이 길을 열어주었다. 그러자 진봉이 가볍게 고개를 숙여 보인 후 사내들을 지나 어둠 속에서도 화려하게 빛나는 금빛 문을 통과해 안으로 들어갔다.

"대인께서도 참 독특한 취미시지."

진봉이 안으로 들어가자 무사 중 한 명이 입을 열었다.

"그러게 말이야. 꼭 축시 말에 간식을 드셔야 하니. 그것도 만든 지 이각이 지나지 않은 요리여야 하고. 숙수들도 피곤하겠어."

"오늘은 바다를 건너온 고려 산삼을 요리한 것이라고 하더군."

"후후, 대인께 어울리는 요리군. 천하에 그 누가 있어 고려 산삼을 요리의 재료로 쓸 것인가?"

"맞는 말일세. 하여간 대단한 분이야."

진봉이 금빛 문을 통과하자 스무 살 남짓한 여인이 진봉에게 다가왔다.

"주방에서 나왔나요?"

"그렇소."

"절 따라오세요."

여인이 앞서서 걸음을 옮겼다. 진봉은 천천히 여인의 뒤를 따르기 시작했다.

여인은 반 각 정도를 걸어 한 채의 건물 앞에서 걸음을 멈췄다. 순간 진봉의 눈에 이채가 서렸다. 금원에 전혀 어울리지 않은 건물, 모든 것이 화려함의 극치를 달리는 금원에서 진봉 앞에 나타난 건물은 그야말로 생경하기 이를 데 없었다.

빈한한 학자의 초옥과 같은 초가 하나. 물론 건물 자체는 탄탄하기 이를 데 없었고, 주변은 깔끔하게 정리되어 있었다.

"들어오세요."

여인이 진봉을 초옥 안으로 이끌었다.

초옥 안으로 들어서자 옻칠을 여러 번 해 검게 변한 탁자 하나가 놓여 있었다.

"여기에 음식을 차리시면 되어요. 대인께선 흐트러진 것을 좋아하지 않으시니 조심해서 상을 차려야 해요. 오늘이 처음이시죠?"

"그렇소이다. 그런데 대인께선 이곳에 계시지 않소?"

"이곳은 대인께서 새벽에 간식을 드실 때만 사용하시는 곳이에요. 설마 대인께서 이런 누추한 곳에서 주무실 리가 있겠어요?"

"그럼 왜 이런 곳에서 간식을 드시는 것이오?"

"금원에 들어온 지 얼마 되지 않으셨군요?"

"한 달 전에 들어왔소."

"그렇군요. 담 숙수께서 당신을 좋게 보신 모양이군요. 본래 새벽 시중은 담 숙수께서 신임하는 사람에게 맡기시는데……"

"다행히……"

진봉이 말꼬리를 흐리며 앞서 물은 것에 대한 답을 재촉했다.

"이 사실은 극히 적은 사람만 알고 있는 내용이니 다른 사람에겐 발설하지 마세요. 본래 대인께선 어려서는 무척 고생을 많이 하셨다고 해요. 항시 끼니가 없어 배를 곯을 정도였대요. 대인의 부모님께서는 새벽부터 일을 나가 밤늦게 돌아오시곤 했는데, 그래도 집안엔 먹을 것이 있을 때보다 없을 때가 더 많았다지요. 그럼에도 불구하고 대인의 부모님은 새벽에 일을 나가기 전 꼭 대인을 깨워 이른 아침을 먹였대요. 사실 시간으로 보면 아침이 아니라 한밤에 먹는 간식이나 다름없지요. 대인께서는 오늘날 천하에서 가장 부유한 분이 되셨지만 그때의 일을 잊지 않기 위해 이렇게 깊은 밤에 허름한 초옥에서 간식을 드시는 거래요. 어찌 보면 참 독하신 분이지요?"

"그런 사연이 있었구려. 예전 오월의 고사에서 와신상담이란 말이 나왔다고 하던데, 대인께서도 오월의 부차나 구천에 못지않게 의지가 굳은 분이시구려."

"어머나, 고사(古事)에도 능한가 봐요?"

"그저 주워들은 것들이오. 어쨌든, 그래서 이런 요리들이 필요했던 거군."

진봉이 쟁반에 들고 온 음식들을 탁자 위에 내려놓기 시작했다. 쟁반에 올려 있던 음식들은 간단하기 이를 데 없었다. 보리로 만든 검은 떡, 물 한 잔, 그리고 찐 감자와 고구마가 전부였다. 진봉은 그 음식들을 세상에서 가장 귀한 요리인 것처럼 조심스럽게 탁자에 올렸다.

여인은 그런 진봉의 모습을 유심히 바라보고 있었는데, 아마도 그녀는 오늘 처음 본 이 젊은이에게 마음을 빼앗긴 것이 분명했다. 그도 그럴 것이, 진봉의 생김새는 병약해 보일 만큼 갸름해서 여인들이 마음을 빼앗길 만했던 것이다.

"다 됐소이다. 그런데… 이곳에서 대인께서 식사를 하시는 동안 기다려야 하오?"

"그건 아니에요. 대인께선 언제나 혼자 식사를 하세요. 이쪽으로 오세요."

여인이 진봉을 옆방으로 이끌었다.

드르륵!

진봉의 귀에 문 열리는 소리가 들렸다. 그러자 여인이 진봉을 향해 눈짓을 하며 손가락으로 입을 가렸다. 그러는 사이, 방문 너머로 누군가의 인기척이 느껴졌다. 그리고 잠시 후, 그 누군가가 음식을 먹는 소리가 들렸다.

"얼마나 걸리오?"

진봉이 낮은 목소리로 물었다. 그러자 여인이 깜짝 놀라며 숨죽여 말했다.

"조용히 해요. 대인께선 귀가 밝으세요. 대인께서 간식을 드시는 시간은 대략 이각 정도예요."

"그렇구려. 그럼 시간이 그리 많지는 않군."

"무슨 말이에요?"

"당신이 잠들 때가 됐다는 말이오."

순간 진봉의 손이 여인의 뒷목에 가 닿았고, 여인은 그 즉시 정신을 잃었다. 진봉이 앉아 있던 의자에서 일어섰다. 여인은 정신을 잃고 탁자 위에 널브러져 있었다.

"일을 시작해 볼까?"

진봉이 나직하게 중얼거렸다. 그의 목소리는 여인이 조심시켰던 목소리의 크기보다도 훨씬 커서 아마 음식을 먹던 금원의 주인 귀에 들렸을 것이 분명했다. 그러나 진봉은 금원의 주인이 듣든 말든 전혀 신경을 쓰지 않는 모습이었다.

진봉이 걸음을 옮겨 옆방으로 이어지는 문 앞에 섰다. 그리고는 스스럼없이 방문을 열었다.

"무슨 일이냐?"

노인은 황금빛 금포를 걸치고 있었다. 턱은 두 개, 허리는 황소처럼 두꺼웠다. 눈에서 흐르는 탐욕은 천하를 다 가져도 성에 차지 않을 만큼 강렬했고, 두툼한 두 손은 한쪽엔 보리떡을, 다른 한쪽은 삶은 고구마를 들고 있었다. 입에 가득한 음식은 미처 목으로 넘어가지 않은 상태. 노인이 억눌린 음성으로 물었다.

"일을 해야 할 시간이 돼서……."

진봉이 성큼 방 안으로 들어서더니 노인의 맞은편에 가 앉았다.

"이게 무슨 짓이냐?"

노인이 노한 표정으로 물었다. 여전히 입에는 음식이 가득했다.

"일단 물이나 좀 드시오. 그러다 체해 죽겠소."

진봉이 한 손으로 물그릇을 들어 노인에게 건넸다. 그러자 노인이 얼떨결에 물을 받아 삼켰다.

"네놈… 누구냐?"

음식이 목으로 넘어가자 노인의 본래 목소리가 흘러나왔다. 독한 기운이 내포된 음성, 음식이 입에 있을 때보다 정 떨어지는 소리라고 생각하며 진봉이 살짝 인상을 찡그렸다.

"당신 이름이 홍방이오?"

순간 노인의 눈이 크게 떠졌다.

"그걸… 어떻게……?"

"후후, 제대로 찾아왔군."

"누, 누구냐?"

노인이 재차 물었다. 그러자 진봉이 손을 들어 보리떡을 집어 먹으며 말했다.

"그날 말이오, 철산 석가장에 생존자가 있었소."

순간 노인이 들고 있던 음식을 떨어뜨렸다. 그러자 진봉이 얼른 노인이 떨어뜨린 음식을 주워 다시 노인에게 건네며 말했다.

"드시오. 아마 살아 있는 동안 먹는 마지막 음식일 테니."

진봉의 눈빛이 싸늘해졌다. 그러자 진봉의 인상이 병약한 모습에서 한 자루 보검같이 날카로운 모습으로 변했다.

"누가… 누가 살았느냐?"

"석묘라고 아시오?"

"석묘… 그 아이가 어떻게?"

"물론 쉽게 살아난 것은 아니더이다. 온몸에 화상을 입어 여자로서의 인생뿐 아니라 목숨을 부지하기도 힘들었다고 하더이다. 하지만 결국 살아남아서 이렇게 당신에게 사람을 보냈으니 참으로 대단한 여인이라고 할 수 있을 거요."

"살수구나!"

노인이 진봉을 노려보며 소리쳤다.

"그걸 이제 알았소?"

"이… 놈! 누구 없느냐?"

노인이 소리를 쳤다. 그러자 멀리서 누군가 달려오는 소리
가 들렸다.

"소용없을 거요. 오늘 당신이 죽는 것은 변함이 없을 테니.
한 집안을 몰살시키고 그들의 재산을 밑천으로 천하에서 가장
부유한 부를 이룩했으니 이제 그들에게 빚을 갚을 때가 되지
않았소?"

"이 기업은 내가 이룬 것이다."

"물론 그대의 노력이 이룬 결과지. 하지만… 철산 석가장의
재물이 없었어도 과연 오늘의 부를 이룩할 수 있었을까?"

"물론, 난 그럴 수 있었다."

"그렇다면 왜 석가장의 식솔을 모두 죽인 거요? 그들의 재
물이 필요없었다면 그냥 석가장을 떠나면 될 일을."

"그들은… 그들은 날 무시했어. 그들은 날 욕심 많은 돼지
취급했지."

"그래서 그들을 모두 죽였다? 참 대단한 사람이군. 석묘라
는 여인에게 듣기론, 석가장이 부모가 죽고 고아가 된 그댈 거
두어주었다고 하던데… 그 대가가 몰살이라니 참 독한 사람이
야."

"그래, 난 독하다. 그래서 오늘 이 부를 이룬 거야. 또한 나
의 부는 살수 따위에게 목숨을 내놓을 만큼 가볍지 않다."

드르륵!

진봉 뒤쪽의 문이 열렸다. 동시에 두 자루의 검이 진봉을 향해 날아들었다. 노인의 눈에 한결 여유가 생겼다. 노인은 진봉의 죽음을 믿어 의심치 않는 표정이었다. 그럴 만한 것이, 두 자루 검은 나타나자마자 어느새 진봉의 목에 꽂히고 있었다.

그런데 막 진봉의 목이 땅에 떨어지려는 찰나 그의 신형이 아래로 푹 꺼졌다.

창!

양쪽에서 진봉의 목을 쳐오던 두 자루 검이 부딪치며 강렬한 격돌음이 일어났다. 그런데 다음 순간,

"큭!"

"억!"

서로 검을 맞대고 있던 금원의 무사 둘이 동시에 신음성을 흘려내며 무너져 내렸다. 그리고 그들 뒤에서 진봉이 한 자루 날렵한 검을 빼 들고 무심한 표정으로 서 있었다.

"너… 너……?"

노인의 눈이 공포로 물들었다.

"이제 알겠소, 오늘이 당신 제삿날인 걸?"

"네놈… 누구냐?"

"몰라서 묻는 건가? 생각대로 살수야."

진봉의 대답이 거칠어졌다.

"어느 살문에서 왔느냐?"

"그건 알 것 없어. 어느 살수가 자신의 출신을 밝히나?"

진봉이 퉁명하게 쏘아붙였다. 그런데 그때, 이번에는 진봉의 뒤쪽으로 수십 명의 무사가 모습을 드러냈다. 어느새 금원 주인의 위기를 알아챈 호위무사들이 초옥으로 모두 달려온 것이다.

"흐흐흐, 네놈은 시간을 너무 끌었어."

호위무사 수십 명이 몰려와 초옥의 입구를 에워싸자 노인이 득의의 미소를 지으며 말했다.

"그러게. 시간을 너무 끌었군."

진봉이 순순히 자신의 실수를 인정했다.

"검을 버리고 무릎을 꿇어. 그리고 석묘 그 아이가 있는 곳을 말하라."

"그럼 살려주려고?"

"목숨만은 살려주겠다."

"팔다리 하나쯤은 자르겠다는 말이군."

"최소한의 대가는 치러야지. 그래도 죽는 것보다는 낫지 않을까?"

"후후후, 물론 죽는 것보다야 팔다리 하나 잘리는 게 낫지. 하지만 사양하겠어."

"죽겠다는 말이냐?"

"아니. 내겐 좀 더 좋은 방법이 있거든."

"살아날 수 있을 것 같으냐?"

"물론 방해하는 놈들을 모두 죽이면 되지."

진봉이 움직였다. 그의 신형이 허공으로 떠오르더니 제비를 돌아 금원 호위무사들 사이로 뛰어들었다. 그리고 그때부터 금원의 주인은 자신이 수십 년 전 철산 석가장에서 벌였던 살겁에 비할 수 없는 처절한 살겁을 목도해야 했다.

"으으으!"

금원 주인의 입에서 신음인지 아니면 울음인지 모를 소리가 흘러나왔다. 그의 눈은 공포로 물들어 있었다. 죽은 자의 숫자는 정확히 열다섯 명. 나머지 호위무사들은 이미 도주하고 없었다. 살수 진봉의 검은 단 한 번도 빈 허공을 가르지 않았다. 그의 검이 한 번 움직일 때마다 정확하게 금원 호위무사들의 머리와 배, 그리고 심장이 꿰뚫렸다.

그런데 죽어가는 호위무사들을 보는 것보다 더욱 공포스러운 것은 그렇게 사람의 목숨을 앗으면서도 살수 진봉의 표정엔 어떤 변화도 일어나지 않았다는 것이다. 차가운 얼음, 혹은 나무나 돌로 깎아놓은 조각상처럼 진봉은 무심한 얼굴로 그 처절한 살업을 완성했다.

그리고 죽거나, 혹은 살아 도주한 자들로 인해 더 이상 그 앞에 적이 없어졌을 때 진봉은 천천히 걸음을 옮겨 다시 금원의 주인 앞에 다가섰다.

"이제 알겠지? 다른 방법도 있다는 것을."

진봉이 차분한 말투로 금원의 주인에게 말했다. 그러나 금원의 주인은 진봉의 이 침착하고 차분한 눈빛 뒤에 붉게 타오르고 있는 파괴의 본능을 보았다. 그리고 깨달았다, 자신이 절대 이 살귀에게서 도망갈 수 없음을.

"어, 어찌하면 살 수 있는가?"

금원의 주인은 장사꾼이다. 도주할 수 없다면 자신의 목숨을 쥔 자와 거래를 해야 한다.

"거래를 하잔 말인가?"

"그렇다. 네가 받은 금액의 열 배를 주겠다."

"흐흐흐, 이것 참, 제법 장사가 되긴 하겠군."

"얼마든 주겠다. 청부를 거둔다면."

금원 주인의 제안에 진봉이 잠시 생각에 잠겼다가 고개를 저었다.

"아니. 그건 불가능하겠어. 아무리 돈이 좋다지만 대흑천의 살수가 약속을 어길 수는 없으니까."

"흑천!"

"그래. 난 흑천의 살수야. 내가 출신을 밝히는 것은 그대의 목숨을 거두겠다는 말이지. 대신… 고통은 없을 거야."

팟!

진봉의 검이 빛처럼 움직였다. 그러자 금원 주인의 이마에 붉은 점이 생겨났다.

"이… 이럴 수는 없……."

쿵!

금원의 주인이 애써 삶의 끝자락을 붙잡다가 결국 탁자 위에 허물어졌다.

"아, 미처 말해주지 못한 게 있는데, 내 이름은 진봉이 아니야. 난 원무극이라고 해. 늦었지만 예의상 말해주는 거야."

혹천의 살수 진봉, 아니, 원무극이 천천히 신형을 돌렸다. 그의 눈이 그가 벌여놓은 죽음을 바라봤다. 열다섯 구의 시신, 그리고 그의 뒤에 있는 금원의 주인까지 하면 정확히 열여섯 구의 시신이다. 원무극의 입에서 나직한 한숨이 흘러나왔다.

"휴, 또 이런 식이군."

원무극이 허탈한 표정으로 죽은 자들을 보다 고개를 저으며 검을 검집에 꽂아 넣었다. 그리고는 나직하게 중얼거렸다.

"때가 된 거야. 더 이상 이 기운을 누르기 힘들어. 이러다간 살수가 아니라 살성이 되겠어. 곤륜으로 가야 할 때다. 일단 대호산으로 가야겠지."

원무극이 결심을 한 듯 빠른 걸음으로 금원을 벗어났다.

*   *   *

"그러니까, 우술 네가 이 반란의 주모자란 건가?"

곽풍산이 어깨에 도끼를 둘러멘 채 월산채주 우술에게 물었다. 하지만 그의 시선은 우술이 아니라 자신의 거처를 둘러싼 장백십삼채의 산적들을 보고 있었다.

"그렇소. 이 일의 주모자는 바로 나요."

"그래, 우술 그대만이 이런 반란을 시도할 수 있지. 그런데 왜 반란을 일으킨 거지? 설마 일인자가 되고 싶었던 건가? 난 그대에게 최고의 대우를 해줬다고 생각하는데……"

"사내라면 어찌 최고가 되고 싶은 욕망이 없겠소이까? 하지만 내가 총채주께 반기를 든 것은 내 야망 때문이 아니오."

"그래? 좋아. 이유가 뭔가?"

"그건 바로 총채주의 마성 때문이오."

"마성?"

"그렇소."

"무슨 말이야? 내가 사람을 그렇게 많이 죽였나?"

"물론 총채주가 사람을 많이 죽이지는 않았소. 그러나……."

"그러나 뭐냐?"

"근자에 들어 총채주의 성정은 크게 변했소. 작은 일에도 분노하고, 일단 노기가 오르면 그 누구도 총채주를 만류하지 못하는 상황이오. 지난번 오룡문의 염상들과의 대치에서도 총채주의 지나친 행동에 이후 천목맹의 경고까지 받지 않았소이까? 이러다가 우리 장백십삼채는 천목맹에서 퇴출되고 말 것이오. 그뿐 아니라 강호의 공적이 되어 천목맹의 토벌을 받을 수도 있소."

"그래서 반란을 일으켰단 말이군. 오늘날 장백십삼채가 천목맹의 당당한 일원이 된 것이 누구 덕이란 것도 잊고 말이야."

곽풍산은 그리 분노한 것 같아 보이지는 않았다. 그는 마치 월산채주 우술이 한 말을 모두 인정하는 듯한 모습이었다. 자신이 장백십삼채를 오늘날 요동의 강자로 만든 일을 들이대며

하는 반발조차도 심드렁하게 느껴질 정도였다.

"물론 총채주가 우리 장백십삼채를 위해 한 일을 잊은 것은
아니오. 하지만… 이대로 장백십삼채를 총채주에게 맡길 수는
없소. 그랬다가는 총채주가 세운 장백십삼채가 한순간에 무너
지고 말 테니 말이오."

"좋아, 그래서 내 목을 베겠다?"

"총채주를 벨 생각은 없소. 단지 더 이상 총채주를 장백십삼
채의 채주로 인정하지는 못하겠단 것이오. 총채주의 자리에서
물러나시오. 그러면 안전을 보장하겠소."

"이건 모든 채주들의 뜻인가?"

"그렇소. 십삼채의 채주 모두가 뜻을 같이한 일이오."

"음, 그렇다면 어쩔 수 없군. 수하들이 따르지 않는 두목이
무슨 일을 할 수 있겠어. 내 물러나지."

곽풍산이 순순히 월산채주 우술의 말을 받아들였다. 그러자
우술이 조금 뜻밖이라는 표정을 지으면서도 얼른 고개를 숙여
보였다.

"총채주의 결단에 감사드리오."

"아, 뭐, 그럴 것까지는 없어. 사실 나도 요즘 산적 노릇에
싫증을 느끼고 있었거든. 또 해야 할 일도 있고. 만약 그 일이
잘된다면… 그땐 다시 돌아오겠어. 그땐 월산채주 그대가 걱
정하는 일이 일어나지 않을 테니까."

"어디로 갈 생각이신지?"

"흐흐흐, 그건 알 것 없어. 그걸 알면 다쳐! 그러니 잘들 있

으라고!"

곽풍산이 손을 한 번 흔들어 보이고는 훌쩍 신형을 날려 산채를 벗어나기 시작했다.

"이건… 너무 쉬운 것 아니오?"

곽풍산이 산채에서 벗어나자 묘월채의 채주 한맹이 우술을 보며 물었다.

"애초부터 총채주에겐 저런 호기가 있었소. 그래서 지금까지 그를 믿고 따른 것 아니오?"

우술이 대답했다.

"그렇긴 한데… 이대로 그를 보내도 되겠소?"

"무슨 말이오?"

"만약 그가 중도에 변심이라도 하는 날에는… 아마도 우린 목숨을 부지하기 힘들 것이오."

"그래서 묘월채주의 생각은 무엇이오?"

"이렇게 기회를 잡았을 때 그를 제압합시다. 그게 후일의 안전을 도모하는 일일 것이오."

"총채주를 제거하잔 말이오?"

"그렇소. 그는 호랑이오. 우리 장백십삼채의 채주들이 모여 있을 때는 몰라도 뿔뿔이 흩어져 각자의 산채로 돌아간 이후라면 누구도 홀로 그를 상대할 순 없을 거요. 그러니 오늘 끝을 봅시다."

묘월채주 한맹의 말에 우술이 고개를 저었다.

"난 반대요."

"이유가 뭐요?"

"첫째는 그가 지금까지 우리 장백십삼채를 위해 한 일이 너무나 많소. 난 그의 공은 공대로 인정하고 싶소. 둘째는 그가 최근 들어 성정이 포악해지기는 했으나 허언을 할 사람은 아니라는 거요. 그는 우릴 공격하지 않을 것이오. 그리고 가장 중요한 세 번째 이유는……."

"세 번째 이유도 있소?"

"이게 가장 중요하오. 난 우리가 모두 나선다고 해도 과연 그를 제압할 수 있을지 자신할 수가 없소."

"그게 무슨 말이오? 그의 무공이 설마 천하제일인이라도 된다는 말이오?"

한맹이 동의할 수 없다는 말투로 물었다.

"물론 그가 천하제일인은 아닐 것이오. 하지만 적어도 그의 무공이 천하제일을 다툴 만하다고는 생각하오."

"난 월산채주의 평가를 인정할 수 없소. 그의 무공이 대단하다는 건 알고 있으나 결국 한 사람이 열 사람의 손을 당해낼 수 없는 것이 무림이오. 갑시다."

"난 빠지겠소."

우술이 고개를 저었다.

"월산채주가 이렇게 겁이 많은 줄 몰랐구려. 그러면서 어떻게 반란을 일으킬 생각을 했는지 모르겠소."

"내가 총채주에게 반란을 일으킨 것은 그에 대한 한 가닥 기대가 있었기 때문이오. 그는 무도한 듯하면서도 명석한 두뇌를 가지고 있소. 우리가 반란을 일으킨 이유를 알면 순순히 물러날 것이란 기대를 했던 것이오. 솔직히 그가 무력으로 우릴 진압하려 한다면 승패는 반반이라고 생각하고 있었소. 다행히 그가 순순히 물러났으니 더 이상 위험을 감수할 필요는 없다고 보오."

"월산채주의 생각이 그렇다면 굳이 강요하지는 않겠소. 하지만 난 후환을 남기는 어리석음을 범할 생각이 없소. 내 생각에 동의하는 사람은 날 따라오시오."

한맹이 눈을 부라리며 장백십삼채의 고수들을 돌아보고는 훌쩍 신형을 날려 곽풍산이 사라진 방향으로 질주하기 시작했다. 그러자 꽤 많은 산적들이 한맹의 뒤를 따랐다.

"아, 무모한 사람들 같으니. 왜 가겠다는 그를 그냥 보내지 않는 것인가? 그것이 얼마나 위험한 일인지 정녕 모른단 말인가!"

쾅!

"악!"

"으아아!"

절망과 공포가 장내를 휘감았다. 아름드리나무들이 뭉텅뭉텅 쓰러져 갔다. 이미 죽은 자의 숫자가 스물에 육박하고 있었다.

"사실 그냥 가기는 조금 서운했어. 나도 화풀이 한 번쯤은 해보고 싶었다고. 수년간 데리고 있던 놈들이 반란을 일으켰는데 화풀이도 못한다면 너무 서운하니까 말이야. 그런데…
흐흐흐, 네놈들이 산적 주제에 제법 예의를 알아. 내 기분이 서
운한 줄 알고 이렇게 재롱을 떨어주니 말이야. 핫하하!"

곽풍산의 광기 어린 웃음소리가 숲을 떨쳐 울렸다.

"이… 이건!"

숲의 한쪽에 묘월채주 한맹이 질린 표정으로 서 있었다. 그
의 곁에는 그와 함께 곽풍산을 주살하기 위해 나선 다른 세 명
의 채주들이 있었는데, 그들 역시 곽풍산의 전율적인 무공과
광기에 전의를 상실한 것이 분명해 보였다.

"잔챙이들은 이쯤하고. 보자, 역시 너희 네 놈이었군. 언제
나 네놈들이 마음에 들지 않았어. 언젠가 내 등에 비수를 꽂을
놈이 있다면 반드시 네놈들일 거라고 생각했지."

곽풍산이 한맹 등 사 인의 채주를 향해 다가가며 중얼거렸
다.

"총, 총채주……."

한맹이 자신도 모르는 사이에 곽풍산을 불렀다.

"총채주? 흥, 내가 아직도 네놈들의 총채주더냐? 난 네놈들
같은 수하를 둔 적이 없어. 우술의 생각은 이해해. 그놈은 정
말 장백십삼채를 걱정하거든. 그래서 놈을 용서한 거야. 그런
데 네놈들은 용서가 안 되겠어. 네놈들은 살아 있어봐야 장백
십삼채에 화만 끼칠 놈들이니까. 가기 전에 우술에게 선물이
나 하고 가야겠다. 이리 오너라!"

곽풍산이 도끼를 앞에 들고 네 명의 채주를 불렀다.

"모두 공격합시다! 놈은 혼자요!"

그때, 별산채주 구왕이 이를 갈며 소리쳤다. 그러자 함께 곽풍산을 공격하기 위해 나선 일곡채주 진필과 선암채주 동선도 입술을 깨물며 검을 들어 올렸다.

"좋소, 해봅시다. 설마하니 놈이 하늘에서 내려온 신장이라도 되겠소?"

"갑시다!"

구왕이 먼저 신형을 날렸다. 그 뒤를 따라 다른 세 명의 채주도 사방으로 뛰어올라 곽풍산을 향해 날아들었다.

불을 보고 달려드는 불나방의 운명은 정해져 있다. 그들은 뜨거운 불에 타 죽을 운명인 것이다. 곽풍산을 향해 달려든 장백십삼채 네 채주의 운명은 불나방과 같았다.

곽풍산은 화인(火人)이 되어 있었다. 그의 눈은 살기 어린 염기로 가득했고, 그가 휘두르는 도끼를 따라 붉은 선혈이 난무했다.

"컥!"

가장 먼저 이승을 떠난 자는 별산채주 구왕이었다. 호기롭게 곽풍산을 향해 대도를 휘두르며 날아든 구왕은 곽풍산의 단 한 번 도끼질에 가슴이 파여 숨이 끊어졌다. 그리고 연이어 일곡채주 진필과 선암채주 동선이 곽풍산의 도끼에 절명했다.

곽풍산은 단 한 올의 아량도 베풀지 않았다. 그는 가차없이 자신을 향해 도검을 뽑아 든 채주들을 찍어 넘겼다. 피가 난무

했지만 기이하게도 곽풍산의 몸에는 한 방울의 피도 묻지 않았다.

"이제 네놈 하나 남은 건가?"

네 명의 채주 중 유일하게 살아 있는 한맹을 보며 곽풍산이 빙긋 미소를 지었다. 한맹에겐 곽풍산의 그 웃음이 지옥의 사자를 보는 것처럼 소름 끼쳤다.

"총… 총채주!"

"왜?"

털썩!

한순간 한맹이 그 자리에 무릎을 꿇었다.

"살려주시오! 잘못했소!"

"뭐야? 뭐가 이리 약해?"

"살려주시오. 그간의 정을 생각해서라도……."

"하하하! 그간의 정이라……. 물론 정이야 들었지. 하지만 말이야. 그놈의 정이란 것도 서로 신의가 있을 때 힘을 발휘하는 법이야. 난 나한테 도검을 겨눈 놈에게 정 따위를 남기지 않아. 정을 좋아하니 정든 네 친구들에게나 가보려무나."

퍽!

단번에 후려친 곽풍산의 도끼에 한맹이 그 자리에서 절명했다. 그러자 네 명의 채주를 따라 곽풍산을 공격하기 위해 왔던 산적들이 저마다 뒷걸음질을 치며 뒤로 물러나더니 한순간 놀란 메뚜기 떼처럼 숲 속으로 달아나기 시작했다.

"껄껄껄! 그래, 그거야. 산적이란 말이야, 무엇보다도 도망

을 잘 가야 해. 그래야 살아남는다고! 하하하! 기다려. 다시 돌아올 테니! 이봐, 월산채주!'

곽풍산이 문득 한쪽으로 시선을 돌렸다. 그러자 거대한 나무 뒤에서 월산채주 우술이 모습을 드러냈다.

"총채주……!"

우술이 걱정스런 표정으로 곽풍산을 바라봤다.

"월산채주가 걱정한 것이 바로 이런 것이었을 테지?"

곽풍산이 너부러진 시신들을 가리키며 물었다.

"그렇소이다. 끝까지 말렸어야 하는 건데……."

"후후, 아니야. 이자들은 살아 있어봐야 그대에게 큰 도움이 되지 않았을 거야. 오히려 뒤통수나 치려 했겠지. 죽는 게 그대에게 좋아."

"그래도 이건 내가 원한 결말은 아니오."

"물론 그렇겠지. 하지만 과정이야 어떻든 자네에겐 좋은 일 아닌가. 자, 이젠 정말 작별을 해야겠군."

"어디로 가실 것인지……?"

우술이 다시 물었다.

"말했잖아, 알 것 없다고. 다만 일이 잘되면 예전의 나로 돌아올 수도 있을 거야."

"기다리겠소이다."

"후후후, 날 기다리지 말고 그대가 장백십삼채를 들어먹어."

"아니외다. 난 그릇이 부족하지요. 장백십삼채는 언제나 총채주의 것이오."

"흐흐흐, 이 와중에 아부는. 가겠다."

곽풍산이 손을 한 번 휘젓고는 쓰러진 나무들 사이로 걸음을 옮기기 시작했다.

*   *   *

도가 허공을 가르자 광풍이 일어났다. 그 광풍을 타고 뿌연 혈무가 퍼져 나갔다.

말을 달려 초원과 사막을 질주하며 살아온 마적들, 자신들 앞에 놓여 있는 것은 풀뿌리 하나라도 뽑아버리고야 마는 이 영악한 자들이 오늘 한 명의 장한이 말 위에서 휘두르는 청룡도 하나에 혈무를 뿌리며 쓰러져 가고 있었다.

애초에 강호제일표국이라는 천리표국의 행단을 노린 것부터가 잘못이라고 할 수 있었다. 웬만한 배포가 아니면 건들 수 없는 천리표국의 표물. 그 표물을 노린 마적들의 행동은 자신들이 얼마나 무모한 선택을 했는지를 그 운명으로 보여주고 있었다.

더불어 그들에겐 또 하나의 불운이 있었다. 그건 바로 이 표행을 이끄는 사람 중에 그 유명한 천리표국의 십삼표두 청룡도 대일이 있다는 사실이었다.

최근 들어 천리표국의 표두 중 가장 유명한 인물이 청룡도 대일이었다. 그가 이끄는 표행은 근 오륙 년간 단 한 번도 실패한 적이 없었다. 더불어 요동무림의 지배자 천목맹에서도 이 젊은 표두는 제법 중요한 인물로 대접받고 있는 거물이었다.

그런 인물이 이끄는 표행을 건드렸으니 마적들의 운명은 이미 저승에 발을 담근 것이나 마찬가지였으리라. 그러나 그들의 운명, 저승으로 가야 할 그 운명의 길이 이토록 처참할 것이라고는 아마 누구도 예상치 못했을 것이다.

팔방으로 휘둘러지는 청룡도에 마적들과 그들이 타고 있던 말이 함께 베어져 나갔다. 단말마의 비명과 붉은 혈우가 싸움터를 물들였다. 그야말로 지옥도!

"도주하라!"

마적들 중 누군가가 급하게 외쳤다. 그러자 대담하게 천리표국 표행을 공격했던 삼십여 명의 마적 중 살아남은 십여 명이 급히 말을 몰아 전장을 떠났다.

"다 가도 우두머리는 갈 수 없지. 본래 머리 된 자는 일의 책임을 져야 하는 법이거든."

대일이 도주하는 마적들 사이에 끼어 있는 마적 두목을 노려보며 나직하게 중얼거리더니 번개처럼 청룡도를 던져 냈다.

윙윙윙!

대일의 청룡도가 거센 파공음을 일으키며 허공에서 빙글빙글 돌았다. 그렇게 회전하며 십여 장을 날아간 대일의 청룡도가 마적들 사이에 끼어 있는 마적 두목의 등판에 정확하게 꽂혔다.

"컥!"

등에 청룡도를 맞은 마적 두목이 달리기 시작한 말 위에서 힘을 잃고 떨어졌다.

털썩!

두목이 실족했음에도 도주하는 마적들은 말을 세우지 않았다. 애초에 마적 떼에게 두목이란 착취하는 자이지 충성의 대상이 아니었다. 두목이 죽으면 새로운 두목을 뽑으면 그뿐이었다.

두두두!

살아남은 마적들이 먼지를 일으키며 바람처럼 도주했다. 그러자 장내가 한순간 침묵에 빠져들었다. 대일은 조금 허망한 표정으로 혈흔이 낭자한 장내를 응시하고 있었고, 천리표국 표사들은 복잡한 심경을 담은 눈으로 표물 곁에서 대일을 바라보고 있었다.

천리표국의 표사들로서는 자신들의 손에 피를 묻히지 않고 마적들을 물리친 것이 기쁜 일일 수도 있었지만, 그들 앞에 낭자한 혈흔, 그리고 마적들을 상대하며 대일이 보인 광기가 마적들을 물리친 일을 마냥 기뻐할 수만은 없게 만들고 있었다.

그런 천리표국 표사들의 눈길을 느꼈음일까. 대일이 겸연쩍은 표정을 짓고는 어깨를 한 번 으쓱거렸다. 그리고는 다시 작은 한숨을 내쉬며 천천히 걸음을 옮겨 마적 두목이 쓰러져 있는 곳으로 다가갔다.

쑥!

마적 두목의 등에 꽂혀 있던 청룡도가 대일의 손으로 돌아왔다. 대일은 쓰러진 마적 두목의 옷에 청룡도에 묻은 피를 슥슥 닦았다. 그리고는 어깨 위에 청룡도를 둘러메며 중얼거렸다.

"역시 이대로는 어렵겠어. 아주 괴물이 되어가고 있잖아? 아무래도 곤륜으로 가야 할 때인 듯싶어. 약속한 때도 되었고."

대일이 고개를 돌려 동쪽을 바라봤다. 그곳 어딘가에 대호산이 있을 터였다.

第二章
귀향(歸鄕)

화마경

항주에서 북쪽으로 오십 리를 오르면 대도의 그늘에 가려 잘 알려지지 않은 포구 마을이 있다. 삼면이 수십 장 높이의 절벽으로 가로막혀 있고 오직 동쪽 바다를 향해서만 시야가 트여 있는 이 포구의 이름은 몽향포(夢鄕浦). 이름의 유래는 여러 이야기가 전해지고 있지만 그중에서 가장 신뢰할 만한 것은 이곳이 과거나 지금이나 해동 무역상들이 고향으로 돌아가기 위해 배를 띄우는 곳이라 하여 붙여진 이름이란 것이다.

"항주에서 떠나도 되는데 왜 굳이 해동의 무역상들은 이곳에서 배를 띄울까요?"

서연이 몽향포가 내려다보이는 천험의 절벽 위에서 바다로 나가는 배들을 보며 중얼거렸다. 바다로 나가는 배의 태반은 해동으로 가는 상선들, 대해를 건너는 일인만큼 대부분의 배들이 큰 규모를 자랑했다.

"그건 물길 때문이지요."

항주에서부터 송추월과 서연을 안내해 몽향포까지 온 소판이 대답했다. 소판과의 인연은 이 년 전으로 거슬러 올라간다. 이 년 전, 송추월과 서연이 처음 강남에 발을 들여놓았을 때 소판은 항주 최악의 흑패라는 흑호파의 패악에 항주 외곽에서 자신이 운영하던 작은 객잔을 접을 위기에 처해 있었다. 그때 우연히 송추월과 서연이 흑호파의 손에서 소판과 그의 객잔을 구해주었던 것이 인연이 되어 이 년이 지나 다시 항주에 들른 두 사람의 길잡이를 자처하게 된 것이다.

송추월이 정인군자나 강호 의협은 아니니 그가 소판을 구해준 것이 의기에서 나온 행동은 아니었다. 단지 가진 금자가 많지 않아 소판의 객잔과 같은 작고 허름한 곳에 여장을 풀고 있던 중에 마침 흑호파 사람들이 소판의 객잔을 빼앗기 위해 들이닥쳐 송추월의 심기를 건드린 것이 그가 소판과 인연을 맺게 된 이유였다.

어쨌든 그렇게 인연을 맺게 된 소판이 이제 여행을 마치고 다시 요동으로 돌아가려는 송추월과 서연을 이끌어 온 곳이 바로 눈 아래 몽향포였다. 항주에도 해동으로 가는 배가 없는 것이 아닌데 소판은 굳이 이 몽향포로 두 사람을 데리고 온 이유는 간단했다.

"제가 아는 놈이 요동을 왕래하는 상선에서 일을 하지요. 상선에서 제법 높은 위치에 있어 편히 요동까지 모실 겁니다."

소판이 두 사람을 몽향포로 데려오며 한 말이었다. 그렇게 세 사람은 몽향포에 도착하는 중이었고, 포구로 내려가기 전 절벽 위에서 몽향포의 모습을 구경하고 있는 차였다.

"물길 때문이라뇨?"

"본래 이 몽향포 앞쪽으로 동북으로 향하는 강한 해류가 흐릅니다. 그 해류를 타면 바람이 잦아도 쉽게 해동으로 갈 수 있지요. 해서 물건을 제때 실어 날라야 하는 해동의 상선들은 주로 이 몽향포를 이용하지요."

"그렇군요. 그런데, 그렇다면 무척 번성해야 할 곳인데 왜 이렇게 작은 포구로 남아 있는 거죠?"

"그야 뭐 당연히 포구 자체가 작아서이지요. 보면 아시겠지만 삼면이 절벽으로 둘러싸여 몽향포에 정박할 수 있는 배는 겨우 이십여 척에 지나지 않습니다. 그러니 아무리 물길이 좋아도 큰 포구가 되기는 어려운 곳이지요. 덕분에 몽향포를 이용하려는 상인들의 경쟁은 무척 치열합니다. 적어도 항주에서 떠나는 것보다 열흘은 일정을 앞당길 수 있으니까요. 그래서 비록 작기는 하지만 이 포구에서 움직이는 금자는 무척 큽니다. 특히 포구를 장악하고 있는 장군방의 위세는 항주의 어느 상단 못지않지요."

"장군방이요?"

서연이 기이한 이름이라는 듯 물었다.

"그렇습니다. 듣기로는 해동의 어느 유명한 장군의 후손들

이 세운 곳이라는데 모르죠. 워낙 풍문이 많은 동네라. 가시
죠."

소판의 말에 서연이 송추월을 돌아봤다. 몇 년 사이 송추월
의 얼굴에선 어린 기운이 완전히 사라지고 없었다. 거대한 산
악처럼 느껴지는 단단한 무림고수로 성장한 송추월이 서연의
시선에 가볍게 고개를 끄덕였다.

"가요."

송추월이 등의하자 서연이 소판을 보며 말했다.

"하면 오르시지요."

소판이 두 사람에게 마차에 오르기를 권했다. 송추월과 서
연은 항주에서부터 소판이 구한 마차로 여행 중이었다. 두 사
람이 마차에 오르자 소판이 힘차게 채찍을 휘둘러 몽향포로
마차를 몰기 시작했다.

"어서어서 서둘러라! 늦어도 오후 안에 출발해야 한다!"

"조심해! 귀한 물건이야! 물에 빠지면 네놈 목숨 열 개로도
모자라!"

"이것들이 고향에 가고 싶지 않은 거냐? 원한다면 이곳에서
평생 살게 해주마! 게으른 놈은 필요없어!"

포구 곳곳이 상선에 물건을 싣거나 혹은 상선에서 물건을
내리는 자들의 고함 소리로 시끄러웠다. 작은 포구지만 넘치
는 활력은 항주의 대포구 못지않았다. 배들도 하나같이 커서
그 안에서 싣고 내리는 물건의 규모가 엄청났다.

"대단하군요."

근 이십여 장에 이르는 상선을 보며 서연이 혀를 내둘렀다. 절벽 위에서 볼 때보다 직접 보니 몽향포에 드나드는 배들의 크기가 상상한 것 이상이었던 것이다.

"강남에서 대해를 건너 배로 무역을 하는 사람 중에 가장 큰 상인들만이 이 몽향포를 이용하지요."

소판이 같은 말을 여러 번 했다. 그러나 서연이나 소판과 달리 송추월은 몽향포의 규모나 이곳을 드나드는 상인들에게는 별반 관심이 없었다.

"우리가 타고 갈 배는 어느 거요?"

무거운 쇠처럼 닫혀 있던 송추월의 입이 열렸다. 그러자 소판이 얼른 손을 들어 포구 왼쪽 끝자락에 있는 배를 가리켰다.

"저 배입니다, 대협."

송추월을 대하는 소판의 모습은 그가 서연을 대할 때와는 확연히 달랐다. 서연에겐 제법 여유있는 소판이었지만 송추월이 일단 입을 열자 소판의 얼굴에는 두려운 빛이 가감없이 드러났다.

"언제 떠난다고 했지요?"

소판의 내심을 짐작했는지 서연이 부드럽게 물었다.

"내일 오전에 떠날 예정이라고 했습니다."

"그래요? 우리가 함께 가는 데는 문제가 없을까요?"

"제가 이미 친구 놈에게 기별을 넣어두었으니 문제없을 겁니다. 괜찮으시다면 제가 지금 가서 친구 놈을 만나보겠습니다."

"그렇게 하세요. 그리고 오늘 머물 곳도 좀……."

"물론 준비하겠습니다. 그럼!"

소판이 두 사람에게 고개를 숙여 보이고는 자신이 가리켰던 배를 향해 뛰어갔다.

"이봐요."

소판이 서둘러 배 쪽으로 뛰어가는 것을 보고 있던 서연이 부드러운 목소리로 입을 열었다. 서연의 부름에 송추월이 말 없이 시선을 돌렸다. 그러자 서연이 송추월의 손을 잡으며 말했다.

"얼굴 좀 풀어요. 다른 사람들이 당신을 두려워하잖아요."

"내 얼굴이 그렇게 굳어 있나?"

송추월이 서연에게 잡히지 않은 다른 손을 들어 얼굴을 쓸었다.

"그럼요. 당신은 마치 곧 폭발할 것 같은 화산과 같은 표정을 하고 있다고요."

"내가 그래?"

세월은 송추월과 서연 사이도 변하게 했는지 송추월은 스스럼없이 서연을 편하게 대하고 있었다.

"설마 모른단 말은 아니지요?"

"흠, 물론… 짐작은 하고 있었지."

"최근 들어 특히 심해졌다는 것도 알고 있죠?"

"그래. 알고 있어. 아마도 때가 된 모양이야."

"곤륜으로 갈 때를 말하는 건가요?"

서연의 물음에 송추월이 말없이 고개를 끄덕였다.

"꼭 그 방법밖에는 없을까요? 전… 왠지 불안해요. 당신에게 무공을 가르쳐 주었다는 그 마효라는 사람, 본 적은 없지만 두려움이 느껴져요."

"그건 나도 마찬가지야. 예전에는 몰랐는데 무공이 강해지고 이 망할 놈의 기운이 커지면 커질수록 그가 무섭다는 생각이 들어. 그가 우리에게 무공을 전수할 때는 비록 괴팍하기는 했지만 그는 전혀 이 기운에 영향을 받는 것 같지 않았거든. 무척 편안해 보였단 거지. 그런데… 우린 달라. 잘못하면 이 기운이 우릴 집어삼킬지도 모른다는 생각이 들 정도야. 그러니… 그가 얼마나 대단한 노인인지 몸으로 느끼는 거지. 후후, 그의 말대로 어쩌면 정말 천하제일인이었을지도…….."

송추월이 나직하게 미소를 흘렸다.

"그렇게라도 웃으니 좋네요. 그렇게 웃어요. 웃으면 당신의 그 기운도 조금 사그라질 테니까요."

"서 매의 말이 맞아. 하지만 쉬운 일은 아니야. 웃음이란 것도… 어쨌든 서 매가 곁에 있어서 다행이야. 서 매가 아니었다면 이렇게 천하를 여행하는 것은 불가능했을 거야. 아마 어느 깊은 산속에 틀어박혀 이 망할 기운과 싸움을 하고 있었겠지."

"아니요. 당신은 강해요. 무공뿐 아니라 정신도 강하죠. 내가 아니었더라도 당신은 그 기운을 충분히 이겨냈을 거예요. 그런데 당신이 이 정도면 다른 분들은 어떨까요?"

"후후, 모르긴 해도 모두들 곤욕을 치르고 있을 거야. 그리고 지금쯤 대호산으로 향하고 있겠지. 부루 그 녀석은 모르지만."

"그는 좀 다른가요?"

"물론 녀석도 그 늙은이에게서 똑같은 무공을 익혔으니 다른 놈들과 다르진 않겠지. 하지만… 그 녀석이라면 뭔가 방법을 찾았을지도 모른다는 생각이 들기도 해."

"빙정으로도 그 기운을 잠재우지 못했어요."

"아, 이건 다른 문제야. 빙정은 역할을 다 했어. 화기를 중화시켰으니까. 이 기운은… 그런 양기와 음기의 문제는 아니니까."

"그렇군요. 제가 또 착각을 했어요."

"뭐, 실제 겪어보지 않으면 알 수 있는 문제가 아니지. 어쨌든 부루 녀석이라면 무슨 수단을 내도 냈을 것 같기는 한데……."

"며칠 전 요동에서 온 사람들의 말을 들으니 그는 천목맹의 총사가 되었다고 하더군요."

"나도 들었어. 하여간 대단한 녀석이지. 하는 짓은 마음에 들지 않지만 어쨌든 능력은 있어."

"하지만 아직은 천부(天斧)를 얻지 못했다고 하더군요. 천목맹 대장로들의 회합이 석 달 전에 있었는데 그때도 대장로들은 그에게 천부를 주는 것에 대한 합의를 이루지 못했다고 해요."

"흐흐흐, 쉬운 일은 아니지. 아무리 부루 녀석이 천목맹을 위해 뛰어난 공을 세웠다고 해도 나이 서른도 안 된 녀석에게 천부를 내어주기는 쉽지 않을 거야. 녀석, 조급하겠군."

"그가 무리수를 둘까요?"

"글쎄… 그건 모르겠는걸. 그러나 무모하게 움직이지는 않을 거야. 그 녀석은 그렇게 앞뒤없이 행동하는 녀석이 아니니까. 녀석이 이 문제를 해결하지 못했다면, 그래서 곤륜으로 가야 한다면 무리하기가 쉽지 않을 거야. 비록 한순간 힘을 써서 천목맹을 손에 넣는다 해도 곤륜으로 가야 한다면 아무 소용이 없으니. 차라리 곤륜에 다녀올 동안 자신의 기반이 흐트러지지 않게 사람들을 끌어들이는 일에 매진할 녀석이지."

"그렇겠군요. 그러나 쉽지는 않을 거예요. 곤륜에서 얼마나 시간을 보내야 할지 모르니……."

"그렇겠지. 시간이 흐르면 사람의 마음도 흐르고… 인생도 흘러가고야 마는 것이니까."

송추월이 갑자기 우울한 표정으로 중얼거렸다. 이유를 알 수 없는 깊은 슬픔 같은 것이 송추월의 표정에서 느껴졌다. 그러나 서연은 송추월의 변화에 크게 개의치 않았다. 근자에 들어 송추월의 감정 변화가 예측할 수 없을 만큼 빠르게 이뤄지고 있었기 때문이다.

'단지 당신의 나에 대한 마음만은 변하지 않기를 바랄 뿐이지요.'

서연이 깊은 생각에 빠진 송추월을 보며 마음으로 부탁했다.

소판은 이각여가 지나자 마차로 돌아왔다.

"쉴 곳을 마련했습니다."

소판이 밝은 낯으로 말했다.

"배는 예정대로 떠날 수 있나요?"

"그건 걱정 마십시오. 잘 준비해 두었습니다. 아마 편한 항해가 되실 겁니다."

"좋아요. 그럼 쉴 곳으로 가요."

"알겠습니다. 모시겠습니다."

"당경, 이분들이셔."

송추월과 서연이 이른 저녁 식사를 끝냈을 때 소판이 사십 대 초반으로 보이는 중년 사내 한 명을 데리고 왔다. 사내는 화려하지는 않지만 말끔한 복색을 하고 있어 그가 적어도 배에서 막일을 하는 사람은 아니라는 걸 알 수 있었다.

"당경이라 하오. 요동으로 가신다고 들었소만?"

송추월과 서연에게 신세를 진 사람은 당경이 아니라 소판이다. 나이도 어려 보이는 두 사람에게 당경이 공대를 할 리 없었다. 그래도 친구 소판의 은인들이라 그런대로 거친 뱃사람 치고는 제법 예의를 갖추는 당경이었다. 더불어 이 뱃사람은 자신에 대해 제법 대단한 자부심을 가지고 있는 듯 보였다.

"말씀 많이 들었어요. 자리를 내어주시어 고마워요."

송추월은 먼 산을 보고 있고 대답은 서연이 했다. 그러자 당경이 송추월을 힐끔 바라보고는 서연에게 말했다.

"소판 이 친구와는 어려서부터 막역한 사이라 피만 안 나누

었지 형제나 다름없소이다. 이 친구의 은인이면 내게도 은인
이니 도움을 드리는 것은 당연한 일이오이다. 그런데……."

당경이 말꼬리를 흐렸다.

"말씀하세요. 무슨 문제라도 있나요?"

"설마 그럴 리야 없겠지만… 혹 몸을 숨기고 다니는 분들은
아니신지?"

"이 사람, 무슨 말이야? 이분들은 절대 그럴 분들이 아니라
고?!"

소판이 얼른 나서서 당경의 말을 막았다.

"아, 물론 나도 그러리라 생각하지만 일이란 건 확실해 둬
야 해서 그래. 요즘 요동에 출입하려면 신분에 문제가 있으면
안 된다고. 천목맹이 요동의 맹주가 된 이후 요동무림은 무척
까다로운 곳이 됐어."

"어허, 이 사람이!"

소판이 슬쩍 송추월의 눈치를 보며 다시 당경의 입을 막았
다. 그러자 서연이 미소를 지으며 말했다.

"우린 괜찮아요. 그리고 당 대협께서는 걱정 마세요. 저흰
신분을 숨길 사람들은 아니에요. 혹 요동에 많이 다니셨다니
이걸 알아보실 수 있나요?"

서연이 품속에서 은패 하나를 꺼내어 당경에게 건넸다. 그러
자 당경이 은패를 건네받고 잠시 살펴보다 놀란 기색을 보였다.

"혹 본인의 것입니다."

당경의 말투도 변했다.

"그래요. 제 것이에요."

"아이고, 이거 천목맹의 고수 분을 몰라뵈었습니다. 불경을 용서하십시오."

당경이 얼른 고개를 숙였다.

"이 물건을 아시는군요."

"제가 어찌 천목맹 일백 고수 분들만 지니고 있다는 은패를 모르겠습니까? 천목맹의 고수 분들이라면 걱정할 일이 없지요. 내일 아침 모시러 오겠습니다."

"고마워요."

"고맙긴요. 천목맹 분들이시라면 제가 오히려 영광이지요. 사실 저희 상단도 요동 해룡부와 깊은 연관이 있기에 천목맹 고수 분들이라면 남이라고 할 수도 없습니다."

"그렇다면 다행이네요."

"그럼, 편히 쉬십시오. 소판 자넨 나와 술이나 한잔하세."

당경이 소판의 소매를 잡아끌었다.

"그럼 쉬십시오. 필요한 것이 있으면 찾으시고……."

소판이 얼른 송추월과 서연에게 고개를 숙여 보이고는 서둘러 객방을 벗어났다.

두 사람이 물러나자 서연이 손에 든 은패를 내려다보며 말했다.

"과연 천목맹이 무림의 강자로 자리를 잡긴 했나 보군요. 이 먼 항주에서까지 이 은패가 힘을 발휘하다니."

"이제 천하를 사패의 시대로 말하는 사람은 없으니까."

"그래요. 이젠 육패라고 하던가요? 혹은 육주라고도 하더군요. 천하를 떠받치는 여섯 개의 기둥이라고."

"그나마 묵련은 이름뿐이라고 할 수 있지."

"그렇긴 해요. 마도적을 사로잡고 임황을 얻은 이후 지난 오여 년간 당신의 친구가 묵련을 북쪽 초원으로 멀리 밀어 올렸으니까요."

"야망을 펼치기 위해선 싸울 상대가 필요하지, 그것도 적당히 강한 상대가. 후후, 부루 녀석, 운이 좋아."

"그러게요. 묵련과의 싸움에서 가장 이득을 본 사람은 결국 천목맹 총사지요. 요즘은 이곳에서도 가끔 당신 친구의 이름을 들을 수 있으니 큰 성공을 거뒀다고 할 수 있지요. 그 나이에 그런 명성을 얻은 인물은 강호 역사상 흔치 않을 거예요."

"하지만… 녀석은 만족하지 못하고 있을 거야."

"지금의 성공에도 불만이라는 건가요?"

"녀석이 천부를 얻지 못했다고 했지?"

"그래요. 대장로들이 아직 천부는 내어주지 않았다고 했어요."

"그렇다면 애초에 녀석이 세웠던 목표가 모두 이루어진 것은 아니야. 녀석 목표대로라면 수년 안에 천부를 손에 넣고 천목맹의 권력을 완전히 손에 틀어줘야 했으니까. 그렇게 되면 천목맹의 힘으로 이 저주의 마기를 풀 방법을 찾겠다고 했었지. 그러니… 남들이 보기엔 대단한 성공이지만 스스로는 만족하지 못하고 있을 거야. 그리고 그 원망을 당연히 나와 친구

놈들에게 해대고 있을 것이고."

"그건 그가 먼저 당신들을 실망시켰기 때문이잖아요. 당신
들이 그를 떠난 것은 모두 그의 탓이라고요."

"그렇긴 하지만 녀석은 자신의 잘못을 쉽게 인정하는 놈이
아니거든. 후후! 그게 부루지. 혹 지금은 변했을라나?"

"그가 당신들과 함께 곤륜으로 가려 할까요?"

서연이 걱정스런 표정으로 물었다.

"그럴 거야."

"당신 말대로 그가 당신들을 원망하고 있어도요?"

"당연히. 녀석은 영악한 놈이야. 필요한 걸 얻기 위해선 잠
시 분기를 죽일 줄 알지. 녀석도 마기를 풀 방법이 필요할 테
니."

"수하들을 이끌고 홀로 갈 수도 있죠."

"그럴 수도 있겠지만 녀석도 잘 알고 있을 거야, 사실 천하
를 모두 뒤져도 우리 같이 뛰어난 고수들을 찾을 수 없다는
걸."

송추월의 말에 서연이 고개를 끄덕였다.

"그렇긴 하네요. 당신들 대호산의 친구들은 이젠 정말 아무
도 말릴 수 없는 고수들이 되었지요."

"크크, 죽음으로 향해 가는 고수들이지."

"그런 말 말아요. 당신들에게 걸려 있는 그 노인의 저주는
반드시 풀릴 거예요."

서연이 가만히 송추월의 손을 잡았다.

당경과 소판은 아침 일찍 두 사람을 찾아왔다. 상선이 생각보다 일찍 출발하게 되었다는 소식과 함께. 짐을 정리할 시간이 필요하진 않았으므로 송추월과 서연은 즉시 두 사람을 따라나섰다.

이른 아침이지만 햇살이 따갑게 포구를 내리쬐고 있었다. 송추월과 서연은 당경을 따라 상선이 있는 곳까지 천천히 걸음을 옮겼다.

"어서 짐을 실어라! 바람이 심상치 않다! 오늘 떠나지 못하면 며칠 발을 묶일 수도 있어!"

상선에 가까이 다가가자 호방하게 생긴 오십대 중년 사내가 인부들을 닦달하는 것이 보였다.

"저분이 배의 선장이신 잠동 어르신입니다. 성격이 불같은 분이시나 미리 천목맹 고수 분들이라 말씀드려 놓았으니 큰 문제는 없을 겁니다. 제겐 스승이며 부모와 같은 분이시지요."

당경이 배에 다가가기 전에 얼른 말을 건넸다. 직후 잠동이라 불린 배의 선장이 네 사람을 발견하고는 당경에게 호통부터 쳤다.

"당경, 바쁜데 어딜 싸돌아다니는 거냐? 선원들 관리까지 내가 해야겠느냐?"

"어제 말씀드렸던 손님들을 모시고 왔습니다."

당경의 말에 선장 잠동이 시선을 돌려 송추월과 서연을 살폈다. 그리고는 두 사람을 향해 먼저 입을 열었다.

"어서 오시오. 이 친구에게 말은 들었소. 요동까지 가신다고?"

"그렇습니다. 잘 부탁드려요."

서연이 부드럽게 대답했다.

"뭐, 그럽시다. 당경, 이분들이 머물 곳으로 안내해 드려라."

"알겠습니다. 절 따라오시지요."

당경이 송추월과 서연을 배 위로 안내하려는데 선장 잠동이 잠시 일행의 발길을 막았다.

"잠깐, 내 미처 못한 말이 있군."

잠동의 말에 일행이 걸음을 멈추고 시선을 잠동에게 돌렸다. 그러자 잠동이 송추월은 제쳐 두고 서연을 보며 말했다.

"본래 요동을 오가는 상선에는 물건뿐 아니라 사람도 많이 탄다오."

"딱히 요동을 왕래하는 객선이 따로 없다는 것은 알고 있습니다."

"우리 상선에도 적지만 요동으로 가는 손님들이 있소. 그들 중에는 조금 거친 사람들이 있을 수 있어 간혹 손님들끼리 시비가 붙는 일이 있소이다. 이런 경우 땅 위에서는 모르나 바다 위에서의 법칙은 무척 엄한 편이오."

"그 또한 알고 있어요."

"그러니 가급적 다른 사람과 시비를 붙는 일이 없었으면 하오. 또한 혹여 시비가 붙게 되면 내 처분에 모든 것을 맡겨야 하오. 비록 두 분이 천목맹의 고수 분들이라 해도 말이오. 그게 먼 바다를 여행하는 뱃사람들의 규칙이오. 동의하시겠소?"

"물론 배 위에서는 선장님의 말씀이 곧 법이라는 건 알고 있으니까요."

"고맙소이다. 두 분이 범상치 않은 분들이라 미리 말씀드리는 것이오. 당경, 모셔라!"

"예, 어르신. 가시지요."

잠동의 당부가 끝나자 당경이 다시 송추월과 서연을 배 위로 이끌었다.

"좋군요."

서연은 당경이 안내한 객실을 보고는 마음에 드는지 고개를 끄덕였다. 객실은 화려하지는 않지만 깨끗하게 정리되어 있어 오랜 시간 바다를 여행하는 데 큰 불편이 없어 보였다. 더군다나 갑판을 향해 시야가 트여 있어 여행을 하는 동안 답답함을 느끼지 않을 수 있는 위치였다.

"저희 상선에선 가장 좋은 객실 중 하나입니다. 본래 귀한 손님이 상선에 타면 모시는 곳이지요."

"이런 곳을 내어주셔서 감사해요."

"무슨 말씀을! 두 분은 충분히 이곳에서 지낼 만한 분들이지요. 배는 반 시진 뒤쯤에 떠날 겁니다."

"알겠어요. 고마워요."

서연이 고개를 끄덕이자 당경이 소판을 보며 말했다.

"난 일이 바쁘니 가보겠네. 떠날 때 보세."

"그렇게 하게."

소판의 대답에 당경이 서둘러 걸음을 옮겨 잠동이 있는 곳으로 향했다.

"그만 돌아가 보셔야죠?"

서연이 소판을 보며 물었다. 소판이 항주의 객잔을 비운 지도 벌써 보름이 지나고 있었다.

"뭐 어차피 길어진 길이니 한두 시진 서두른다고 다를 것이 없지요."

"호호, 그렇군요. 어쨌든 이번에 신세를 많이 졌어요."

"신세는 무슨, 오히려 제가 큰 은혜를 입었지요. 혹 다시 항주에 오시게 되면 꼭 저희 객잔에 들러주십시오."

"그렇게 하지요."

"이렇게 두 분을 보내려니 아쉬워서 제가 좀 준비를 했습니다. 혹 긴 항해에 무료하면 드십시오."

소판이 아침에 객잔을 나서면서부터 들고 온 보따리를 객실 안에 넣었다.

"이런 건 준비하지 않으셔도 되는데……."

"제 성의니 받아주십시오. 아무리 큰 상선이라도 바다 위에서 먹는 것은 부실할 겁니다."

"알았어요. 그럼 고맙게 받겠어요."

"좋은 여행 되시기 바랍니다. 두 분을 뵌 것은 이 소판에게 큰 영광이었습니다. 송 대협, 다음에 다시 뵙기를 바라겠습니다."

그동안 송추월의 기세를 두려워해 쉽게 말을 건네지 못하던 소판이었지만 오늘은 헤어지는 마당이라 그런지 어렵게 작별 인사를 건넸다. 그러자 송추월이 오랜만에 부드러운 표정을 하며 대답했다.

"그간 고마웠소. 기회가 되면 또 봅시다."

"그때를 기다리겠습니다. 그럼!"

소판이 두 사람에게 정중하게 머리를 숙여 보인 후 객실에서 멀어졌다. 송추월과 서연은 소판이 배를 내려 한창 분주하게 인부들을 움직이고 있는 당경에게 다가갈 때까지 지켜보다가 객실 안으로 들어갔다.

배는 당경의 말처럼 반 시진 후 몽향포를 떠났다. 닻을 올리고 돛을 내려 바람을 받자 배는 순식간에 몽향포를 벗어났다. 배가 떠날 때는 송추월과 서연도 객실을 나와 멀어지는 몽향포와 강남에 작별을 고했는데 소판은 그때까지도 길을 떠나지 않고 포구에 서서 두 사람을 송별했다. 그렇게 근 오 년에 걸친 송추월과 서연의 중원 여행이 끝나가고 있었다.

며칠간 항해는 순조로웠다. 몽향포를 벗어난 배는 금세 동북으로 가는 해류를 탔다. 일단 해류를 타자 배는 더 이상 바람의 힘을 크게 필요로 하지 않았다. 마침 바람도 동쪽으로 불고 있어 배의 속도에 힘을 붙이고 있었다.

"이대로라면 곧 요동에 닿을 것 같아요."

서연이 빠르게 갈라지는 물살을 보며 말했다. 송추월과 서연은 상선에서 준비한 점심을 먹은 후 뱃전에 서서 망망하게 펼쳐진 대해를 바라보고 있었다. 배로 여행을 하다 보면 몸을 움직일 기회가 적기 때문에 상선에 탄 여행객들도 식사 후에는 두 사람처럼 한동안 갑판 위를 서성이고는 했다. 지금도 갑판 위에는 송추월과 서연 말고 적지 않은 숫자의 사람들이 산책 삼아 갑판을 오가고 있었다.

"며칠이나 남았지?"

"선장 말로는 오 일 후면 도착할 거라고 하더군요."

"오 일, 그러면 요동인가?"

"그렇죠."

"오 년 만인가?"

"그래요. 그때 임황을 떠난 이후 곧바로 중원으로 왔으니 오 년 만이죠. 그런데 바로 대호산으로 갈 건가요?"

"그래야겠지."

"약속한 날은 많이 남았잖아요?"

"그렇긴 하지만 얼른 가보고 싶군. 다른 곳에 들를 이유도 없고."

"혹 가는 길에 설죽암에 들러보지 않을래요?"

"설죽암?"

"소주에서 하선을 하면 가는 길에 춘봉산을 지나게 될 거예요. 혹시 고 여협을 만날 수 있을지도……."

서연이 말꼬리를 흐렸다. 그러자 송추월이 고개를 저었다.

"됐어. 그냥 대호산으로 가지. 왠지 이젠 암자의 비구니들과 어울리기가 싫군."

"하지만 고 여협은……."

"아니. 뭐 대단한 인연이라고."

"알았어요."

서연이 대답을 하면서 송추월 모르게 빙그레 미소를 지었다. 아마도 송추월에게 고소요에 대한 감정이 한 올도 남아 있지 않다는 것을 확인한 것이 기쁜 모양이었다.

그런데 그때 두 사람 곁으로 다섯 명의 여행객이 다가왔다. 오십대로 보이지만 그 나이를 언뜻 짐작하기 힘든 사내 한 명과 네 명의 중년 검객이었는데, 아마도 네 검객은 오십대 사내를 호위하는 호위무사인 듯 보였다.

"실례가 안 된다면 잠시 시간을 내어주실 수 있겠소이까?"

오십대 사내가 정중하게 송추월 등을 보며 말을 건넸다. 그러자 송추월은 시선을 돌려 버리고, 서연이 사내의 말에 응대했다.

"무슨 일이신지……?"

"혹 요동으로 가는 길이십니까?"

"이 배가 갈 곳이 그곳밖에 더 있나요?"

서연이 당연한 일을 묻는다는 듯 대답했다.

"아, 그렇군요. 제가 바보 같은 질문을 했구려. 하면 요동 어디로 가시는 길이신지?"

"그건 왜 물으시는 거죠?"

아무 상관 없는 사람의 행처를 묻는 것만큼 의뭉스런 일도 없다.

"하하하, 이거 제가 계속 실례를 하는구려. 솔직히 말씀드리리다. 사실대로 말하자면 난 두 분과 친교를 맺고 싶어 이렇게 염치없이 두 분을 귀찮게 해드리는 것이라오."

"우린… 그저 조용히 여행을 하고 싶을 뿐이에요."

서연이 정중하게 사내의 제의를 거절했다.

"하하하, 물론 두 분께서 호젓한 여행을 즐기시길 바라는 것은 잘 알겠지만 무료한 바다 여행에서 새로운 사람과 친교를 맺는 것 또한 즐거운 일이 아니겠소이까? 괜찮다면 두 분을 제 객실로 초대하고 싶소이다. 제가 배에 오르기 전 귀한 차와 술을 준비했는데 두 분과 함께 담소를 나누며 차와 술을 마시고 싶구려."

중년 사내가 집요하게 송추월과 서연에게 말을 걸어왔다. 그러자 서연이 다시 고개를 저으며 말했다.

"초대는 감사하나 역시 저희들은 조용히 여행을 하고 싶군요. 그럼."

서연이 고개를 숙여 보였다. 이미 송추월은 자리를 떠 객실로 향하고 있었다. 서연이 급히 걸음을 옮겨 송추월을 따라갔다. 두 사람이 자신들의 선실로 들어가자 중년 사내가 묘한 눈빛을 흘리며 중얼거렸다.

"이상하군."

"무엇이……?"

중년 사내의 호위무사 중 한 명이 조심스레 물었다. 그는 무척 중년 사내를 두려워하는 듯 보였다.

"왠지 친숙한 느낌이 난단 말이야. 어디서 본 것 같기도 하고……."

중년 사내가 고개를 갸웃했다.

"그를 보셨다면 대인께서 기억하지 못하실 리 없지 않습니까?"

"음, 그건 그래. 내 머리가 그렇게 나쁘지는 않지. 보자, 그럼 기운이 익숙하단 의민데, 마공을 익혔나?"

사내가 다시 고개를 들어 송추월과 서연이 간 곳을 바라봤다. 두 사람은 이미 객실 안으로 사라지고 없었다.

"그가 마공을 익혔습니까?"

호위무사가 놀란 눈으로 물었다.

"그러게. 그게 확실치가 않네. 분명 그런 듯해 보이면서도 한편으론 아닌 듯도 하고. 하여간 재밌는 친구야. 일이 급하지 않으면 한동안 살펴보고 싶군."

"하지만 요동에서는……."

"알아. 사형을 찾아야 하니 시간이 없겠지."

"일악께선 어디에 계실까요?"

"글쎄, 그 양반이 어디서 뭘 하고 있을지 누가 알겠어. 그 속은 사부도 모르는데. 사부께서 어려운 명을 내리셨어."

"그만큼 대인을 신뢰하고 계시다는 의미가 아닐지……."

"무례한 놈, 네까짓 게 감히 사부의 심중을 읽는단 말이냐?"

갑자기 중년 사내가 호통을 쳤다. 그러자 호위무사의 허리가 갑판에 닿을 만큼 구부러졌다.

"죄송합니다, 대인. 소인이 주제를 모르고 감히 마존을 입에 올렸습니다."

퍽!

순간 미세한 소음이 일어났다. 어느새 허리를 숙이고 있는 호위무사의 팔 한쪽에서 피가 흐르고 있었다.

"해야 할 일이 많으니 이걸로 벌을 대신하마. 하지만 명심 해. 다시 사부의 심중을 읽는 따위의 짓거리를 하면 네 목숨은 그 순간 끝이다."

"명심하겠습니다, 대인!"

그런데 그 순간 중년 사내의 표정이 또 변했다. 마치 아무 일도 없었다는 듯 가볍게 손을 들어 턱을 쓸며 중년 사내가 중 얼거렸다.

"흐흠, 듣고 보면 네 생각이 틀린 것도 아니야. 사부께선 최 근 들어 내게 무척 호의적이시지. 다른 때였다면 이 일도 내게 맡기지 않았을 거야. 대형과 이사형에게 맡겼겠지. 그런데 갑 자기 내게 호의를 보이신 이유를 알겠어?"

방금 전 사부라 불린 사람의 심중을 헤아렸다가 죽음의 문 턱까지 갔다 온 자가 사내의 말에 답을 할 리 없었다.

"저희 같은 무지렁이가 어찌 마존의 마음을 짐작할 수 있겠 습니까?"

"그래, 너희 같은 것들이 감히 짐작할 수 있는 일은 아니지. 내 생각은 이래. 둘 중 하나지. 사부께서 두 사형을 두려워하시거나, 혹은… 기대대로 나에게 마음을 두셨거나. 그래서 이 일이 중요해. 삼사형을 찾게 된다면, 그래서 그를 사부 앞에 데려갈 수만 있다면 난 사부의 온전한 후계자가 될 수 있을 거야."

"대인께선 충분히 그리하실 수 있을 것입니다."

"암, 그래야지. 그렇지 못하면… 너희들부터 나의 사형들에게 죽어야 할 테니까. 가자! 친구를 사귀는 일은 나중으로 미뤄도 되겠지."

사내가 싸늘하게 말을 내뱉고는 신형을 돌려 자신의 객실로 걸음을 옮겼다.

"이상한 사람이에요."

갑판 쪽으로 난 창을 통해 중년 사내와 그의 네 수하를 지켜보고 있던 서연이 입을 열었다.

"이상한 사람이 아니라 무서운 사람이지."

"무서운 사람이라고요?"

서연이 의아한 표정으로 송추월을 돌아봤다. 송추월은 대답 없이 고개를 끄덕였다. 그러자 서연이 호기심이 동했는지 송추월의 곁으로 다가 앉았다.

"당신에게도 아직 무서운 사람이 남아 있었나요?"

"나도 그렇지 않은 줄 알았는데 좀 전 그자는 조금 무섭더군."

"이유는요?"

"이유가 간단하지. 그는 고수야."

"예?"

서연이 어리둥절한 표정을 지었다. 그리고는 다시 고개를 돌려 창밖을 바라봤다. 그러나 중년 사내는 이미 자신의 객실로 들어가고 없었다.

"그가 고수라고요?"

"그래. 그것도 무서운 고수."

송추월은 등을 의자에 기댄 채 눈을 감고 대답했다.

"당신과 비교하면요?"

"글쎄… 승부를 점치기 어렵겠는걸."

"정말 그렇게 강한 자란 말인가요? 난 그에게서 그렇게 강한 기운을 느끼지 못했는데…….."

"그러니까 강한 자라는 거야. 서 매 정도의 무공을 지닌 고수조차 느낄 수 없을 만큼 기운을 안으로 갈무리한 자니까. 하지만 기운은 감춰도 감추지 못하는 게 있지."

"그게 뭐죠?"

"눈빛."

"그걸 봤어요? 난 당신이 그에겐 시선도 주지 않았다고 생각했는데."

"그가 다가오는 순간에 알 수 있었지, 그의 눈빛이 한 마리 늑대와 같다는 걸. 그런 눈빛을 한 자는 고수이면서 또한 살기가 강한 자지. 비록 얼굴에 웃음을 띠고 대갓집 부유한 나리 노릇을 하고 있지만 그의 눈빛은 먹이를 찾아 헤매는 늑대와 같았어."

"그렇군요. 당신은 이제 제가 보지 못하는 걸 너무 많이 보는군요. 휴, 이제 당신과 나는 같이 무공을 논할 수도 없을 것 같아요."

서연이 시무룩하게 말하자 송추월이 고개를 저었다.

"이건 무공의 문제가 아니야. 내가 그의 진면목을 알아본 건 무공 때문이 아니란 말이지."

"그럼 무슨 이유죠?"

"후후, 그가 나와 동질의 사람이기 때문이지."

"네?"

"다시 말해 그도 나만큼 더러운 성정을 지닌 자란 말이야. 그가 나와 같은 부류의 사람이었기에 내가 그를 알아본 거야. 그래서… 그의 시선을 피하고 있었던 거고. 그가 나에 대해 아는 것이 싫었거든."

"그렇군요. 그럼 앞으로 조심해야겠네요."

"조심할 것이 뭐 있어. 도착할 때까지 만나지 않으면 되지."

송추월의 말처럼 중년 사내는 더 이상 송추월과 서연을 귀찮게 하지 않았다. 두 사람이 처음부터 매몰차게 그의 접근을 막은 이유도 있지만 그보다는 두 사람이 이후 선실 밖으로 나가는 것을 극히 조심했기 때문이기도 했다.

중간에 하루 정도 날씨가 성질을 부리기는 했지만 배는 예정대로 요동의 끝자락에 위치한 소주에 도착했다.

"멈추시오!"

소주의 큰 포구 중 하나인 중산포로 상선이 접근하자 검고

작은 목선 한 척이 외해에서 상선을 막아섰다.

"안녕하시오?"

늘 있어왔던 일인지 선장 잠동이 호기롭게 진입을 막는 목선의 선부들을 보며 인사를 건넸다.

"어디서 오는 사람들이오?"

"항주 몽향포에서 출발한 배요. 항주 대금장 소속이고 해룡부로 가는 길이오."

해룡부라는 말에 물길을 막아선 자들의 표정이 변했다.

"해룡부로 가는 분들이셨구려. 혹 해룡부에서 발행한 신패를 가지고 있소?"

"여기 있소."

선장 잠동이 품속에서 검은색 신패를 꺼내 목선의 사내에게 던졌다. 그러자 목선의 사내가 가볍게 신패를 낚아채 자세히 살피더니 이내 다시 잠동에게 신패를 던지며 말했다.

"신패를 확인했으니 입항해도 좋소. 먼 길에 수고하셨소. 요동에 오신 걸 환영하오."

"혹 중산포 낙화원에 새 술이 들어왔소?"

잠동이 물었다.

"이런, 정말 이곳을 자주 오가는 분이셨구려. 낙화원에 새 술 들어오는 날도 짐작하다니. 그렇소. 이틀 전 새 술이 들어왔소. 더불어 새로운 기녀들도 왔다니 한번 가보시구려."

"하하하! 고맙소이다. 항주의 미주가효가 천하제일이라지만 나에겐 이 중산포 낙화원만 한 곳이 없더이다."

"맞는 말이오. 아마도 천하에 낙화원만 한 기루는 다시없을 거요. 잘 가시오."

목선이 물길을 열며 옆으로 비켜섰다. 그러자 목선이 서 있던 자리를 통과해 송추월이 탄 상선이 중산포로 들어가기 시작했다.

"왔군요."

서서히 다가드는 중산포를 보며 서연이 중얼거렸다.

"그래, 왔군."

송추월도 감개무량한 표정으로 말했다.

"이대로 길을 떠나실 거죠?"

"그래야지."

"그래요. 그게 좋겠어요. 혹 중산포에 묵게 되면 저자가 계속 우릴 귀찮게 할지도 모르니까요."

서연의 말에 송추월이 슬쩍 시선을 돌려보니 멀리 떨어진 갑판 위에서 지난번 바다 위에서 말을 걸었던 중년 사내가 그의 호위무사들을 대동하고 여유로운 표정으로 송추월과 서연을 바라보고 있었다.

第三章
천목맹 총사

화마경

중산포에서 배를 내린 송추월과 서연은 여행 기간 친숙해진 당경의 만류에도 불구하고 마차를 구해 그날로 중산포를 떠났다. 배 위에서 보았던 중년 사내의 모습은 배를 내린 후 보이지 않았다.

　"그는 어디로 갔을까요?"

　두 사람은 마차 몰이꾼을 구하지 않았으므로 나란히 마부석에 앉아 중산포를 떠나고 있었다. 서연이 고개를 돌려 서서히 저물어가는 중산포의 하늘을 보며 물었다.

　"중산포 어딘가에 있겠지. 그의 기운이… 중산포를 덮고 있는 느낌이야."

　"그렇게까지 인상이 깊었어요?"

"지금껏 내가 본 중 최고의 인물이라고 할 수 있지. 아니, 그건 아니군. 마효 그 늙은이도 있었고, 또 춘봉산 설죽암에서 보았던 그자도 있으니. 그러고 보니 이 셋은 왠지 모르게 비슷한 느낌인걸."

송추월이 잠시 마차를 세우고 중산포를 돌아봤다. 어둑해진 중산포의 하늘에 여전히 그 중년 사내의 기이한 기운이 떠도는 듯했다.

*　　　*　　　*

구한산 신단평!

오 년 전 이곳에서 요동무림의 대회합이 열린 이후 신단평은 요동무림의 중심이자 천하무림의 여섯 성지 중 하나로 꼽혔다. 황량한 벌판이었던 신단평엔 천목을 중심으로 근 일백여 채의 전각이 들어차 있었고, 사방으로 마차 서너 대는 충분히 지나다닐 만한 대로가 만들어져 있었다.

전각이 들어서고 길이 만들어졌다는 것은 사람이 채워졌다는 의미. 신단평은 아침부터 늦은 저녁까지 천하 각지에서 몰려드는 사람들로 분주했다. 그들은 대부분 도검을 패용한 무인들이었는데, 그래서인지 신단평에서 흘러나오는 기운은 엄중하기 이를 데 없었다.

처음 신단평을 찾은 사람들은 일단 신단평의 남쪽 입구에 세워진 거대한 조각상에 눈길을 주게 된다. 조각상은 어찌 보면 학인 같기도 하고 무인 같기도 하며, 또다시 보면 고고한 선인 같기도 한 사람의 모습을 하고 있었는데, 조각상의 주인공은 바로 이 신단평에 천목을 심은 신인 도명이었다.

천목맹은 공공연히 신인 도명의 유지를 잇는다는 명분을 내세워 강호에 군림하고 있었기에 신단평 곳곳에는 이렇게 신인 도명을 기리는 기념물들이 자리 잡고 있었다.

천목맹이 출범한 이후 단 하루도 조용한 날이 없었던 신단평. 그런데 이 분주하고 뜨거운 열기 가득한 곳에도 새가 쉴 곳을 찾아 날아들 만큼 한적하고 호젓한 곳이 몇 있었다.

동쪽 구한산으로 오르는 길목 옆에 세워진 한 채의 고고한 전각 역시 그런 곳 중 하나였는데, 안온한 침묵이 흐르는 분위기와는 달리 전각 곳곳에는 도검을 패용하고 형형한 눈빛을 흘려내는 고수들이 긴장을 늦추지 않은 채 경비를 서고 있었다.

건물은 천목맹 고수들이 잠룡각으로 부르는 곳으로, 지난해 강호를 뒤흔들었던 소문의 주인공이 기거하는 곳이었다.

"총사, 드릴 말씀이 있습니다."

부루는 삼층으로 이루어진 잠룡각 가장 위층에서 광활하게 펼쳐진 천목맹의 전각들을 내려다보고 있었다. 그런 그에게 말을 전한 것은 오 년 전 임황 벽산에서 그의 수족이 된 우차였다.

우차의 방문에 부루가 고개를 돌렸다. 다른 친구들과 마찬가지로 이젠 어린 티를 찾아볼 수 없는 부루의 얼굴. 차가운 기운이 흐르는 표정과 내심을 짐작키 어려운 눈빛, 더불어 삼십이 되기 전 천목맹 총사의 자리에 오름으로써 세상을 놀라게 만든 비범한 기운이 서린 부루의 신위가 우차의 허리를 좀 더 깊이 숙이게 만들었다.

"무슨 소식이지?"

부루가 차분한 목소리로 물었다.

"방금 소주의 중산포에서 온 전서구입니다. 이틀 전 중산포에 든 상선 중 항주 대금장의 상선이 있었는데, 그 배에서 친구분이 내리셨다는 전갈입니다."

"친구?"

"송 대협이 요동으로 돌아왔답니다."

"추월이?"

부루의 눈빛이 살짝 변했다. 적의와 호의가 뒤섞인 눈빛.

"그렇습니다."

"혼자라던가?"

"서 여협과 함께였다고 합니다."

"후후, 여전히 아직도 붙어 다니는군. 그래, 어디로 향했다고 하던가?"

"동쪽으로 길을 잡았다고 합니다. 뒤를 따르지는 않아 이후의 행적은 알 수 없습니다. 혹 사람을 보낼지……?"

"아니, 그럴 필요 없어. 녀석이 갈 곳이야 뻔하니까. 흠, 때가 된 것인가?"

부루가 다시 신형을 돌려 창 쪽으로 시선을 주었다. 그러자 우차가 잠시 침묵을 지켰다가 다시 입을 열었다.

"그리고 서쪽으로 보냈던 자들에게서도 소식이 왔습니다. 삼 일 후면 맹에 도착할 듯합니다."

"그래, 잘됐군. 마침 서쪽 소식이 필요하던 차야. 그런데 약은?"

"가져왔습니다."

우차가 손에 든 두 개의 목함을 부루 뒤에 놓았다.

"좋아, 그만 나가봐. 서쪽에 보냈던 자들이 돌아오면 그때 다시 오도록."

"알겠습니다, 총사."

우차가 정중하게 고개를 숙여 보인 후 장내를 벗어났다. 그러자 부루가 한동안 신단평을 응시하다 고개를 돌려 바닥에 놓인 두 개의 목함을 바라봤다.

"계속 약으로 연명할 수는 없지. 애초에 근원이 되는 싹을 베어내는 게 중요해. 흠, 녀석들을 다시 만나야 하는 건가?"

부루가 두 개의 목함 중 청색 목함의 뚜껑을 열었다. 그러자 청량한 기운이 목함으로부터 흘러나왔다. 목함에는 백여 알의 환단이 들어 있었는데, 부루가 그중 한 알을 집어 입에 넣었다. 그리고는 그 자리에 가부좌를 틀고 앉아 운기를 시작했다.

부루의 운기는 대략 이각여 정도 지속됐다.

"후!"

한순간 부루가 운기를 마치고 눈을 뜨자 그의 눈에서 지금까지완 다르게 밝은 정광이 흘러나왔다.

"괜찮군. 더 좋아진 것 같아. 하수오의 배합 비율을 바꾼다 더니… 효과가 있는 모양이군. 자, 그럼 사형에게도 생명의 씨 앗을 주어야겠지?"

부루가 자리에서 일어나더니 이번에는 붉은색 목함을 통째 로 들고 걸음을 옮겼다.

그르룽!

거대한 석문이 묵직한 소음을 내며 열렸다. 그러자 하늘거 리는 불빛이 석실 안에서 흘러나왔다. 부루는 서슴없이 석실 안으로 걸어 들어갔다.

"쿨룩!"

석실에 들어서자마자 부루의 귀에 누군가의 기침 소리가 들 렸다. 기침 소리만으로도 그 주인의 내기가 크게 상한 상태라 는 것을 알 수 있었다.

"사형, 많이 불편하십니까?"

부루가 기침 소리의 주인에게 다가서며 물었다.

호랑이 가죽으로 만든 화려한 태사의. 눕히면 침상으로도 쓸 수 있는 널찍한 태사의 위에 비쩍 마른 중년 사내가 등을 뒤 로 기댄 채 앉아 있었다.

"사제가 왔구먼."

기침을 해대던 사내가 반가운 기색으로 부루를 반겼다.

"사형, 몸이 더 안 좋아지신 듯합니다만……."

"그게 다 사제가 이 사형을 보러 오지 않았기 때문 아닌가? 몸의 병보다 사제를 보고 싶은 마음이 더 참기 힘들구먼."

"하하하, 사형께서 그토록 절 보고 싶어하시는 줄은 몰랐군요."

"그게 무슨 말인가? 내가 얼마나 자넬 좋아하는지 잘 알고 있지 않은가?"

"그런가요? 그렇다면 고마운 일이지요. 해서 저도 사형을 위해 선물을 준비해 왔지요."

부루가 들고 온 붉은색 목함을 태사의의 사내로부터 이 장여 떨어진 곳에 놓았다. 그러자 사내의 눈빛이 한순간 번쩍였다. 그 눈빛은 그가 결코 허약한 병자가 아니라는 사실을 말해주고 있었다. 그러나 그의 눈에 비쳤던 기광은 순식간에 사라졌다. 그리고 그는 이내 다시 병자의 눈빛으로 돌아왔다.

"역시 사제밖에 없군, 이 사형을 생각해 주는 사람은. 어디한 알 먹어볼까?"

"그러시죠."

부루가 허리를 숙여 목함을 열었다. 그러자 앞서 부루가 먹은 환약이 들어 있던 청색 목함의 청량함과는 달리 이번엔 후끈한 열기가 붉은색 목함에서 흘러나왔다.

부루는 목함에서 붉은색 단약 하나를 꺼내더니 가볍게 손가락을 튕겨 태사의에 앉아 있는 사내에게 보냈다. 그러자 태사의의 사내가 번개처럼 단약을 낚아채더니 누가 빼앗기라도 할 것처럼 한순간에 입속에 털어 넣었다. 그리고는 부루와 마찬가지로 가부좌를 하고 운기를 시작했다.

부루는 참을성있게 사내가 운기를 마칠 때까지 기다렸다. 사방은 창 하나 없이 꽉 막혀 있었고, 촛불 역시 오직 두 개만 타오르고 있었다. 어찌 보면 죄인을 가두는 감옥 같기도 한 석실. 그러나 죄인을 가두는 석실치고는 또 너무나 화려한 곳이기도 했다.

사내의 운기는 대략 일각이 지나 끝났다. 운기를 끝낸 사내의 신색이 운기 전과는 확실하게 달라져 있었다. 그의 얼굴엔 생기가 넘쳐흘렀고 눈에선 붉은 열기가 흘러나오고 있었다.

"좋군. 더 좋아진 것 같아."

사내가 만족한 듯 고개를 끄덕였다.

"쓸 만한 의원 몇을 더 구했지요."

"후후, 역시 천목맹 총사라 다르군."

"높은 자리란 그래서 좋은 거지요."

"그래, 그렇지. 그래서 사람들이 그렇게 기를 쓰고 권력을 잡으려 애쓰는 거지. 그렇게 보면 자넨 무척 출세한 거야. 그 나이에 천목맹 총사라니······."

"이 모든 게 사부의 덕이지요."

"사부? 흐흐흐, 제자의 몸에 그 독한 기운을 만들어놓은 그 독한 사부의 덕이라고?"

"마기는 마기고 무공은 무공이지요. 사부의 무공이 없었다면 이런 지위는 꿈도 꿀 수 없었을 겁니다."

"하긴 그렇군. 다른 사람은 몰라도 자네같이 큰 야망을 지닌 사람에겐 좋은 일이라고 할 수도 있지. 하지만 그 마기를 언제까지 억누를 수는 없을 거네. 내가 알려준 방법대로 단약을 복용해 버티는 것에도 한계가 있어."

"물론 잘 알고 있습니다. 그래서… 이쯤에서 사부를 만나러 갈까 합니다."

순간 사내의 눈빛이 다시 번뜩였다.

"곤륜으로 가겠다고?"

"약속한 때가 되었어요."

"약속?"

"친구 녀석들이랑 곤륜으로 가기 위해 모이기로 한 약속한 때가 되었다는 겁니다. 마침… 녀석들도 움직이고 있더군요. 참, 제가 말하지 않았군요. 추월 그 녀석도 돌아왔더군요."

"놈이!"

순간 태사의에 앉아 있던 자의 눈에서 강렬한 살기가 흘러 나왔다. 그 살기의 진폭이 너무 커서 부루조차 두어 걸음 뒤로 물러날 정도였다. 사내가 여전히 붉은 살기를 흘리며 부루에게 물었다.

"놈은 어디 있나?"

"지금은 모르지요. 녀석이 요동에 돌아왔다는 것만 알고 있을 뿐. 하지만 곧 대호산으로 갈 겁니다. 그곳에서 만나기로 했거든요."

"대호산이라……. 먼 곳인가?"

"멀지요. 사형의 몸으로는 무리일지도 모릅니다."

그러자 태사의의 사내가 고개를 저었다.

"아니, 아니. 사제, 자네도 알다시피 난 놈에게 빚이 있어. 내가 이 지경이 된 것은 모두 놈 때문이야. 놈이 춘봉산에서 그 설죽암의 비구니를 돕지만 않았어도 내가 오늘날 이 지경이 되어 있겠나? 놈은 내 인생을 망친 녀석일세. 그러니 천릿길이라고 마다할 수 있나?"

"그래서… 대호산에 가시겠다는 겁니까?"

"그래. 난 꼭 가야겠네. 가서 놈의 목을 비틀어주겠어."

"그렇군요. 그런데, 대호산엔 어떻게 가실 겁니까?"

부루가 비웃듯 물었다. 그러자 사내의 눈에 노기가 서렸다.

"날 대호산으로 데려가지 않겠다는 건가?"

"그럴 생각입니다."

"이제 와서 날 버리겠다는 말인가? 사제가 오늘날 다른 친구들처럼 고통을 겪지 않고 있는 것이 모두 내 덕이란 걸 잊었나?"

"그 대가로 사형께선 이렇게 죽을 몸을 해가지고도 살아 있지 않습니까? 제가 사형을 살리기 위한 단약을 만들기 위해 들이는 금자가 한 달에 얼마인 줄 아십니까?"

"자넨 그 이상을 나에게서 얻어냈어. 자넨 내게서 사부의 정체에 대해 들었고, 나의 무공을 얻었으며, 사부가 내린 저주의 고통에서 잠시나마 해방될 수 있는 방법을 얻었다."

"물론 그 모든 것이 사형의 목숨을 부지해 주는 조건이었지요. 우리 거래는 그래서 서로 이득만 있을 뿐 손실이 없었습니

다. 그런데 이제 사형을 데리고 대호산으□□□□□류으로 가
야 한다면 그 노고는 이루 말할 수 없을 텐□□□□ 그에 대한
대가를 어떻게 제게 주실 수 있습니까?"

"자네 참 박정한 사람이군. 사형에게 □□□□ 받아야겠
나?"

"후후, 사형과 난 같은 종류의 사람인 줄 알았는데요?"

부루가 한줄기 미소를 머금었다. 그러자 사내가 그런 부루
를 노려보다 천천히 고개를 끄덕였다.

"좋아, 대가를 원한다면 줘야겠지. 날 곤륜으로 데려다 주면
자네가 상대해야 할 다른 사형제들에 대한 모든 정보를 주겠
네. 솔직히 난 과거 마경의 주인이 되겠다고 결심했던 사람이
라 다른 사형제들에 대한 정보를 무척 많이 모아놨지. 그들의
장점과 단점까지."

"세월이 흘렀으니 장점은 장점이 아닐 것이고 단점은 단점
이 아니겠군요."

부루가 사내가 가진 패를 깎아내렸다.

"하지만 여전히 그들에 대한 내 지식은 자네에게 도움을 될
걸세. 자네도 잘 알다시피 사람이란 세월이 흘러도 변하지 않
는 구석이 있으니까."

"좋습니다. 뭐, 그런대로 괜찮은 대가라고 할 수 있군요."

"그리고… 그놈을 내게 준다면 그땐 시험을 통과해 마경의
후계자가 될 수 있는 방법을 알려주겠네. 또한 내 모든 것을
동원해 곁에서 자넬 돕도록 하지. 내가 돕는다면 자네가 마경

의 후예가 　　　 할 이상일 걸세."

　사내의 　　　 살짝 아미를 좁혔다.

　"지금 　　　 하시면 안 된다는 걸 아시지요?"

　"물론 지　　　 각은 없네."

　"만약 사　　　 의 후계자가 될 방법을 알고 있었다면 왜 오늘날 이　　　 셨습니까? 좀 더 일찍 마경의 후계자가 되어 천하에 　　　 　　　 고."

　"그건 때　　　 기 때문이지. 사부는 여전히 마경의 주인 자리에서 　　　 이 없었으니까."

　"그건 지금 　　　 해지겠지요."

　"지금은 　　　 다. 이제 사부도 늙었을 테고, 제자들은 충분히 강　　　 또한 비록 오래전 일이라도 사부가 때를 맞춰 자　　　 으로 오게 했다는 것은 이쯤에서 후계 자를 정할　　　 지. 그러니… 어떤가? 마경의 후계자 자리가 탐나지 않나? 그건 천목맹을 통째로 가지는 것보다 더 대단한 일이네."

　"당연히… 욕심이 나지요."

　"그럼 날 곤륜으로 데려가게. 그리고 그놈의 목을 내게 줘. 그러면 사젤 마경의 후계자로 만들어주겠네."

　"글쎄요. 과연 사형을 믿어도 될지……."

　"믿게."

　"사형 같은 사람은 믿기가 참 힘들어요."

　부루가 빙글거리며 말했다.

"물론 사제 같은 사람도 믿기는 힘들지."

"후후, 그렇군요. 이렇게 하죠. 친구들 몰래 사형을 곤륜까지 동행시키도록 하지요. 태산오룡으로 하여금 사형을 호위케 하겠습니다."

"송가 놈의 목은?"

"그건 정말 내가 마경의 후계자가 되면 그때 드리죠."

"그전에 받고 싶다면?"

"그건 안 되지요. 솔직히 말해 마음에 들지 않는 구석이 많지만 추월 녀석은 내 죽마고우거든요. 그런 친구의 목숨을 쉽게 내어줄 수는 없습니다."

그러자 사내가 살짝 눈살을 찌푸리더니 이내 고개를 끄덕이며 말했다.

"좋아, 그렇게 하는 것으로 하지."

"꼭 절 마경의 후계자로 만들어야 할 겁니다. 그렇지 않으면 떨어지는 것은 추월의 목이 아니라 사형의 목이 될 테니까요."

부루가 차가운 목소리로 말했다.

"물론, 나도 사제가 어떤 사람인 걸 아니까. 최선을 다할 걸세. 아마… 사제는 마경의 후계자가 될 거야. 분명히."

"허언이라도 기분은 좋군요. 하하하, 신마경의 주인이라……. 그럼 사형, 떠날 때 뵙지요."

부루가 가볍게 고개를 숙여 보인 후 석실을 벗어났다. 그러자 사내가 천천히 태사의에서 몸을 일으켰다. 그리고는 앞으로 걸어나오더니 붉은색 목함을 집어 들었다. 그에게선 병든

자의 모습을 찾아보기 힘들었다.

"사제, 사젠 이걸 알아야 해. 지금까지 내 손에 죽은 사형제의 숫자가 열이 넘는다는 걸. 마경주가 되는 일은 그리 간단한 일이 아닐세. 아직 나도 그 꿈을 포기한 것이 아니거든. 기대해도 좋을 거야."

두두두!

갑작스런 말발굽 소리가 신단평에 울려 퍼졌다. 연후 일단의 고수들이 말을 타고 신단평 천목맹 본영을 빠져나갔다. 일행은 부루가 이끄는 천목맹의 고수들이었는데, 천목맹 총사 부루의 출행은 천목맹 고수들의 관심거리여서 적지 않은 숫자의 고수들이 길 위에 나와 총사 부루의 출행을 지켜보고 있었다.

남쪽 길이 환히 내다보이는 천목맹 본전, 사람들이 천목전이라 부르는 건물의 누대에도 십여 명의 인물이 올라 남쪽으로 빠져나가는 고수들을 지켜보고 있었다.

"이상한 일입니다."

입을 연 사람은 대장로 심온이었다. 그는 영활한 눈으로 남쪽 길을 따라 내려가는 사람들로부터 한시도 시선을 떼지 않고 있었다.

"그러게 말입니다. 갑작스런 외유라니……."

통천 가섭 역시 이해가 가지 않는다는 듯 고개를 갸웃했다. 그러자 곁에 있던 또 다른 대장로 낭왕 별고가 별일 아니라는 듯 말했다.

"묵련과의 싸움이 일단락된 것이 얼마 되지 않았지요. 그간 묵련과의 싸움에 치중하느라 요동 내부의 일과 다른 사패의 사정을 살피는 것에 소홀했던 것은 사실 아닙니까? 맹의 총사가 되었으니 이 기회에 강호를 돌며 천하의 정세를 살피는 것도 의미있는 일일 겁니다."

"그건 그렇지만 총사의 야망이 보통 큰 것이 아닌데 특별한 일 없이 맹을 비운다는 것은……. 더불어 위험한 중원행까지……."

여전히 통천 가섭이 고개를 갸웃했다.

"어쩌면 마음이 상했을 수도 있지요."

심온이 의미심장한 표정으로 말했다.

"마음이 상하다니요? 그가 서운해할 일이 뭐가 있습니까? 천목맹의 총사가 되어 맹의 대소사를 관장하게 되었는데?"

가섭이 의아한 표정으로 물었다.

"그가 원한 것은 총사 이상의 것이었지요. 그는 천부를 원하지 않았습니까?"

"음, 만약 천부를 얻지 못한 것에 실망해 맹을 떠난 것이라면 그는 총사의 자격이 없는 사람이지요. 그 나이에 총사가 된 것도 대단한 일인데 천부까지 욕심을 낸다면 지나친 것 아니겠습니까? 또한 천부는 총사의 지위와는 의미가 다른 물건 아닙니까?"

"그렇지요. 천부를 손에 넣는다는 것은 맹에 속한 문파들의 복속을 받는다는 의미이니 대장로들이 애초부터 동의할 수 없는 일이었지요."

"그가 그런 사정을 모르지는 않을 겁니다. 아시다시피 그는 맹의 그 누구보다도 뛰어난 두뇌를 지니고 있지 않습니까?"

"그렇긴 하지요. 하면 더욱 의문이군요. 왜 그가 갑작스레 외유를 나선 것인지. 정말 단순히 묵련과의 분쟁이 끝나 강호의 정세를 살피러 나간 것이라면 좀 가벼운 행보이기도 하고……"

"알 수 없지요. 알 수 없는 사람 아닙니까?"

"하긴 그렇군요."

심온이 고개를 끄덕였다. 그렇게 천목맹 대장로들의 의문 속에 천목맹의 젊은 총사 부루가 강호 외유에 나섰다.

"그를… 공격할 생각이십니까?"

중년 무사가 노인에게 물었다. 동쪽으로 이어진 굽이진 길이 내려다보이는 작은 야산 위, 십여 명의 사람이 길 위를 달리는 한 떼의 무리를 지켜보고 있었다.

"그래야겠지."

"하지만 여전히 그는 우리와 선이 닿아 있지 않습니까?"

중년 사내의 말에 노인이 고개를 저으며 말했다.

"처음엔 사나운 개인 줄 알았지. 개는 사나워도 길들일 수가 있거든. 그런데 개가 아니었어. 호랑이를 키웠어. 호랑이는 길들일 수 없는 짐승이야."

"하지만 우리는 여전히 낭왕을 통해 그에게 영향을 미칠 수 있습니다."

"당분간은 그럴 수도 있겠지. 하지만 그가 만약 천부를 손에 넣기라도 하는 날에는 그는 장성을 넘으려 들 거야. 그즈음 되면 낭왕도 더 이상 그에게 영향을 미치지 못할 것이고, 아니, 지금도 낭왕은 오히려 그의 수족 노릇을 하고 있지 않은가. 지난 묵련과의 분쟁에서 낭왕은 언제나 그의 곁을 지켰어. 마치 그의 가신처럼. 그러니 그가 본 성에 위협이 되기 전에 제거하는 것이 옳은 일일 거야."

"대야(大爺)님들의 동의가 있는 일입니까?"

"그들은 애초부터 그를 제거하길 원했지. 그가 두각을 나타내는 순간부터 말이야. 더불어 중천성과 남제성의 성주들도 내가 그와 가까워지는 것을 원하지 않았고."

"그야 모두 어르신을 경계하기 때문이지요."

"후후후, 어쨌든 성의 중지가 그렇게 모여졌으니 그를 제거할밖에. 그를 제거한다면 당분간 성의 주도권은 우리 북황성이 쥐게 될 거야. 적어도 그는 천목맹 최고의 위치에 있는 총사니까."

"그렇긴 하군요. 그가 죽는다면 천목맹의 기세도 한풀 꺾일 것이고, 그리되면 묵련이 다시 남쪽으로 내려올 겁니다. 천추성에 드리워진 북방의 불안은 자연스레 해결되겠지요."

"그렇게 되겠지. 그가 없다면 묵련과 천목맹은 우열을 가리기 힘든 싸움을 하게 될 것이네."

"하면 언제 그를 제거하실지……?"

"그건 알 수 없네. 그를 가까이서 호위하는 무사가 스물이 넘어. 모두 천목맹에서 고르고 고른 고수들이지. 더군다나 난 그를 호위하는 자들이 저들이 전부라고는 생각지 않네."

"보이지 않는 곳에서 그를 따르는 사람들이 있을 수 있다는 거군요."

"그는 야심가야. 그를 노리는 사람은 솔직히 우리 말고도 많을 걸세. 아마 천목맹 내에서도 그를 노리는 사람이 있을 거야. 그러니 그가 방비를 소홀히 했을 리 없지. 그의 머리를 알고 있지 않은가?"

"그렇군요. 하면… 장기전이 되겠군요."

"그렇게 되겠지. 긴 싸움이 될 거야. 아마 중원으로 들어간 이후에 일을 도모해야 할지도 모르네. 하지만 어쨌든 기회는 지금이지. 모두들 준비하도록!"

"알겠습니다, 성주!"

중년 사내가 고개를 숙여 보인 후 그 자리에서 사라졌다.

＊　　＊　　＊

초록이 손님처럼 대호산에 찾아들고 있었다. 낮은 곳은 이미 녹음에 묻혔고, 높은 봉우리 쪽으로는 뜯어 나물을 해먹기 알맞은 정도의 새싹이 움을 트고 있었다.

송추월은 대호산에 들어서자 한결 마음이 편해지는 것을 느졌다. 그의 내부에서 거대한 괴물처럼 움직이던 그 기이한 기운도 대호산에 들어서자 순한 양처럼 잠들었다.

"기분이 좋아 보여요."

서연이 송추월의 표정을 살피며 말했다. 근자에 들어 송추월이 이렇게 편한 표정을 짓는 것은 처음 있는 일이기 때문이다.

"좋아, 정말 좋군."

"살던 곳이라 그런가요?"

"아마도! 이대로라면 곤륜으로 가지 않아도 될 것 같아."

"후후, 그럼 얼마나 좋겠어요."

"그러게 말이야. 그나저나 함께 갈 거야?"

송추월이 서연에게 물었다. 그러자 서연이 되물었다.

"함께 가도 돼요?"

"음, 함께 가는 것은 상관없는데… 위험할지도 몰라."

"위험하다뇨? 당신 친구들과는 모두 안면이 있잖아요."

"그렇긴 하지만 그 친구들도 예전의 그들은 아닐 테니까. 아마 지금쯤 모두 이 몹쓸 기운에 찌들어 있을걸."

"그렇긴 하네요."

"함께 가겠으면 가. 서 매를 지켜줄 힘은 있으니까."

송추월의 말에 서연이 잠시 생각에 잠겼다가 고개를 저었다.

"아니에요. 아무래도 함께 가지 않는 것이 좋겠어요."

"응? 두려운 건가?"

"그런 건 아니에요."

"흐흠, 그럼 내가 싫증난 거군."

"호호, 그건 더욱 아니에요."

"그럼?"

"이번 일은 당신들에게 무척 중요하죠. 하지만 당신들 사이가 예전과 같다고는 할 수 없어요, 특히 천목맹 총사와의 관계는. 더불어 이제 당신들은 예전의 산적들이 아니에요. 한 사람한 사람이 강호의 정세에 큰 영향을 미칠 만한 고수들이지요. 어떤 위험이 당신들을 노리고 있을지 몰라요. 그러니 난 뒤에서 당신을 따를게요."

"틀린 말은 아니군. 하지만 난 굳이 서 매가 지켜주지 않아도 되는 사람이야."

"물론 당신의 무공은 알아요. 하지만 그래도 만약이라는 게 있으니까요."

"좋아, 그렇게 하도록 하지. 그런데 그럼 한동안 못 보는 건가?"

"그렇겠지요."

"아쉽군."

송추월이 가볍게 서연의 허리를 감쌌다. 그러자 서연이 자연스럽게 송추월의 어깨에 머리를 기댔다.

"이봐요, 꼭 이 저주에서 벗어날 거죠?"

"그래야겠지."

"약속해 줘요."

"약속할게. 그런데 그 늙은이는 만만치 않단 말이야."

"그 노인보다도 천목맹 총사를 더 경계하세요."

"부루?"

"네. 그는 야망도 크고 냉정한 사람이에요. 자신의 이득을 위해 당신들을 배반할 수도 있는 사람이라고요."

"그건 걱정 마. 어려서부터 놈을 봐왔어. 물론 뛰어난 놈이기는 하지만 그래 봐야 호랑이 앞의 여우일 뿐이야. 여우가 아무리 머리를 써도 호랑이 앞에선 아무 소용 없는 법이지."

"호호, 대천목맹 총사를 여우로 치부하는 사람은 오직 당신뿐일 거예요."

"여우는 여우일 뿐이지, 아무리 세월이 흘러도. 언제 갈 거지?"

"지금요."

"그렇게 일찍?"

"헤어짐은 빨라야 좋아요. 언제나 뒤에 있을게요."

서연이 갑자기 송추월의 볼에 입을 맞춘 후 훌쩍 마차에서 뛰어내렸다. 그리고는 연기처럼 숲 속으로 사라지는 것이었다.

"몇 년 만인가?"

서연이 사라지자 송추월이 침울한 표정으로 중얼거렸다. 서연과는 지난 몇 년 간 단 한시도 떨어져 있지 않았다. 그런데 그런 서연이 곁에서 사라지자 갑자기 짙은 고독감이 몰려들었다.

"어서 늙은이를 만나 일을 해결해야겠어. 서 매를 영원히 곁에 두려면."

송추월이 말에 채찍질을 가했다.

"형제! 잠시 길을 멈추시오!"

대호산 정상, 동쪽으로 이어진 길이 한숨 쉬어가는 곳에 제법 너른 공터가 자리 잡고 있다. 송추월이 그 공터에 들어섰을 때 문득 귀에 익은 목소리가 들려왔다. 송추월이 고개를 들어보니 한 명의 거한이 커다란 도끼를 어깨에 메고 길 중간을 가로막고 서 있었다. 송추월이 고삐를 당겨 마차를 세웠다.

"형제, 아침은 자셨수?"

걸쭉한 목소리가 정겹다. 송추월이 피식 실소를 흘렸다.

"아침은 자셨소?"

다시 도끼를 걸쳐 멘 장한이 물었다. 그러자 송추월이 마차에서 내리며 소리쳤다.

"장난질 그만해라! 다른 놈들은?"

"껄껄껄, 이거 오랜만에 해보니 재밌네. 예전 기분이 나. 네가 처음이다!"

곽풍산이 송추월 앞으로 다가오며 말했다.

"그래? 다들 늦는군."

"나야 이곳에서 사는 놈이고, 너야 일없이 천하를 떠도는 놈이지만, 다른 놈들은 모두 일에 매여 있으니 당연히 늦겠지."

"그런가? 어떻게 지냈어?"

"나야 뭐, 그럭저럭. 넌?"

"난 중원을 돌아봤다."

"그래, 임황에서 중원으로 간다고는 했었지. 그런데……."

곽풍산이 시선을 돌려 송추월 주위와 마차를 살폈다.

"왜?"

"서 소저는?"

항상 송추월 곁에 붙어 있던 서연이 보이지 않는 것이 의아한 모양이었다.

"잠시 볼일이 있어 다른 곳으로 갔다."

"그래? 지난 오 년간 죽 함께 있었고?"

"그래. 요동에 들어와서 헤어졌지."

"그래? 아쉽군. 나도 서 소저를 한번 만나고 싶었는데."

"조만간 보게 될 거다. 그나저나 머물 곳은 정리해 놨냐?"

"이런 망할 녀석, 내가 네놈들 잘 곳을 준비해야 하는 거야?"

"당연하지. 산에 남은 놈이 해야지."

"흐흐흐, 걱정 마라. 지난 오 년간 수하들을 보내 항상 네놈들 맞을 준비를 해놨으니까. 가자!"

곽풍산이 송추월의 어깨에 손을 올렸다. 오 년의 세월이 두 친구에게는 하룻밤같이 느껴지는 모양이었다.

대호채는 예전 그대로의 모습으로 송추월을 맞이했다. 곽풍산의 말처럼 소년 산적들이 떠난 이후 줄곧 곽풍산이 손을 봐온 모양이었다. 산채 앞 공터에는 커다란 화덕에 큰 솥이 올려져 있었고, 그 안에서 무엇인가가 부글부글 끓고 있었다.

"뭐냐?"

"돼지 한 마리 잡았다."

"언제 올 줄 알고?"

"흐흐흐, 네놈 움직이는 거야 모르지만 부루 녀석 움직이는 건 불을 보듯 알고 있지. 저녁때쯤 도착할 거다. 천목맹 총사라는 자리가 행적을 숨기기에는 너무 높은 위치거든."

"빠르군."

"뭐, 언제나 우리 중 가장 빨리 움직이는 녀석이었으니까."

"대일은?"

"글쎄, 그놈 소식은 모르겠는걸. 하지만 곧 오겠지. 녀석도 이젠 제법 중요한 사람이 됐어. 천리표국의 표두가 오 년 새 스무 명으로 늘었는데 그중 세 손가락 안에 꼽히는 인물이 됐지."

"역시 표두 노릇이 적성에 맞는가 보군."

"천리표국주가 천목맹 일에 매여 있는 사이 표국 일은 거의 대일 그 녀석이 처리하는 모양이더라고. 누군가는 천리표국의 다음 대 국주는 대일이 될 거라고 하는 사람도 있어."

"표국주에겐 아들이 없지?"

"없지. 과년한 따님 한 분이 있기는 한데 통 바깥출입을 안하는 것으로 유명해."

"음, 그럼 정말 대일이 천리표국을 욕심내 볼 만하군."

"그래 봐야 모두 허망한 일일 뿐이야. 지금은 역시 곤륜의 일이 중요해!"

"그렇지. 그걸 해결하지 않으면 모든 게 공염불이지. 그나저나 익긴 했냐?"

송추월이 솥을 바라보며 물었다.

"아침부터 끓이고 있었으니까 충분히 익었을 거다."

"술은?"

"어허, 이 친구가 이젠 술을 찾네?"

"여행을 하다 보니 자연히 술맛을 알게 되더군."

"산채에 술이 없을 수 있나. 우리끼리 먼저 한잔하자! 따라와!"

곽풍산이 송추월을 잡아끌었다.

산채의 술이라지만 그 향기는 다시없는 미주였다. 하긴 장백십삼채의 총채주인 곽풍산이 보통 술을 마실 리 없었다. 송추월과 곽풍산은 산채 앞 공터의 너른 탁자에 마주 앉아 술잔을 기울였다. 한쪽엔 솥에서 건져낸 돼지 뒷다리가 커다란 쟁반에 놓여 있었다.

"반란?"

술을 마시던 송추월이 조금 놀란 표정으로 곽풍산에게 물었다.

"그래."

"그래서 어떻게 됐어?"

"어떻게 되긴, 그냥 오려다가 계속 귀찮게 해서 몇 놈 죽이고 진압했지."

"아직 장백십삼채를 온전히 차지하지 못한 거냐?"

"그게 아니라 이 망할 놈의 기운이 문제야."

"그게 왜?"

"최근 들어 나도 내가 무서울 정도로 포악해지더라고. 그러니 평소 날 믿고 따르던 자들조차 나에 대해 경계심을 갖더란 말이야. 그런 와중에 채주들이 모여 반란을 일으킨 거지."

"그들 탓만은 아니군. 살길을 찾아야 했을 테니까."

"그렇다고 봐야지. 그래서 나도 몇 놈 죽이는 걸로 끝낸 거야. 마효 그 늙은이가 심어놓은 이 기운을 없애지 않는 이상 총채주 짓도 못할 것 같아."

"다른 놈들도 마찬가지일 텐데."

송추월이 다시 술잔을 기울이며 말했다. 그런데 그때 곽풍산이 놀란 목소리로 말했다.

"어? 우리가 이렇게 많이 먹었나?"

"무슨 소리야? 몇 잔이나 마셨다고?"

"술 얘기가 아니라……."

"그럼 뭐?"

"이 돼지 다리 말이야."

곽풍산의 말에 송추월이 고개를 돌려보니 과연 쟁반에 올려놓았던 돼지 뒷다리의 크기가 생각보다 많이 줄어들어 있었다. 그런데 놀라고 있는 곽풍산과 달리 송추월의 입가에는 한줄기 미소가 감돌았다.

"무극이 왔냐?"

송추월이 주변을 돌아보며 소리쳤다. 그러자 산채 지붕 위에서 장난기 어린 목소리가 들려왔다.

"오냐! 여기 왔다!"

"왔으면 나타나지 않고 숨어서 뭘 하는 거야?"

"네놈들이 날 기다리지 않고 먼저 술판을 벌여서 조금 놀래주려고 했지."

"후후, 충분히 놀랐으니까 그만 내려와라."

송추월의 말이 끝나는 순간 검은 그림자가 산채 지붕에 어른거리는 듯하더니 한순간에 곽풍산의 옆에 원무극이 나타났다.

"뭐 이런 귀신같은 놈이 다 있어?"

곽풍산이 그림자처럼 움직이는 원무극을 괴물 보듯 하며 중얼거렸다.

"그러는 네놈도 괴물 같거든!"

"흐흐, 뭐, 그렇긴 하지. 그런데 언제 왔냐?"

"네놈들이 술판을 벌이기 시작할 때 왔지. 그런데 네 녀석들, 그동안 게으름을 피운 것 같다? 옆에 놓인 고기가 없어지는데도 그걸 눈치채지 못하다니. 쯔쯔!"

원무극이 혀를 찼다.

"그건 우리 탓이 아니라 네놈이 살귀가 되었다는 증거야. 어린 녀석이 어쩌다 이렇게 독한 놈이 되었누?"

곽풍산이 마음에 들지 않는다는 듯 타박했다.

"후후, 그야 모두 그 마효 늙은이 덕분이지."

"술 한잔할래?"

송추월이 조용히 원무극에게 잔을 권했다. 그러자 원무극이 고개를 저었다.

"살수는 술 안 먹어."

"그렇군. 그럼 나나 먹지."

송추월이 원무극에게 권했던 술을 자신이 들이켰다. 그런데 그때 갑자기 산채 입구가 소란스러워지더니 한 떼의 사람들이 산채로 밀려들었다. 부루와 그가 이끄는 천목맹의 고수들이었다.

第四章
다시 모인 산적들

화마경

"다들 모였구나."

산채 앞에 천목맹 고수들을 대기시킨 부루가 안으로 들어서며 말했다. 그리곤 마치 어제 떠났다 돌아온 사람처럼 익숙하게 송추월 등이 앉아 있는 탁자에 엉덩이를 붙였다.

"뭐야, 시끄럽게?"

곽풍산이 산채 앞에 늘어선 천목맹 고수들을 보며 인상을 찡그렸다.

"대천목맹 총사가 행차하는데 홀로 올 순 없잖아?"

부루가 별일 아니라는 듯 말하며 한쪽에 놓인 돼지고기에 손을 가져갔다.

"저들과 함께 갈 생각이냐?"

원무극 역시 마땅치 않은 표정으로 물었다.

"녀석, 오래만이다?"

부루가 원무극의 묻는 말에는 답하지 않고 싱긋 미소를 지으며 말했다.

"망할 놈, 더 능구렁이가 됐구나. 설마 저들을 데리고 가진 않을 거지?"

원무극이 다시 물었다.

"안 될 이유는?"

부루가 되물었다.

"그럼 정말 데리고 갈 생각이란 말이냐?"

"편할 수도 있어. 곤륜에서 어떤 일이 기다리고 있을지도 모르고."

부루가 나름대로의 이유를 댔다. 그러자 지금까지 침묵을 지키고 있던 송추월이 냉정한 목소리로 입을 열었다.

"그럼 저들과 함께 가든지."

"무슨 말이지?"

부루가 송추월을 쏘아봤다. 아마도 임황에서 자신을 놓아두고 떠나 버린 것에 감정이 남아 있는 모양이었다.

"우린 조용한 여행을 원해. 네 말대로 곤륜에서 어떤 일이 기다리고 있을지 모르니 우리가 곤륜으로 간다고 세상에 떠들면서 가고 싶은 생각은 없단 말이다. 그러니 천목맹 총사로서의 위세를 떨고 싶다면 너 혼자 저들을 데리고 가거라. 우린 다른 길로 가지."

송추월의 표정이 냉엄하다. 그러자 부루의 볼이 씰룩였다. 현재 요동을 넘어 강호 천하에서 자신에게 함부로 말을 할 사람은 존재하지 않았다. 누가 감히 천목맹 총사를 함부로 대할 수 있을 것인가. 그런데 단 한 놈, 이놈은 다르다. 어려서부터 언제나 자신을 한 수 아래로 내려다보는 놈이 송추월 아니었던가.

"그건 네 생각일 뿐 아니냐? 다른 녀석들 생각은 다를 수도 있어."

부루가 반발했다.

"그럼 물어봐."

송추월이 귀찮다는 듯 툭 말을 던졌다.

"난 반대!"

원무극이 기다렸다는 듯 고개를 저었다.

"나도 마찬가지. 수하를 데리고 갈 거면 나도 산적 몇 놈 데려갔을 거야. 본래 긴 여행엔 산적만큼 쓸 만한 놈들이 없거든. 하지만 난 이번 곤륜행이 우리 다섯 사람의 일이라는 걸 알아. 다른 놈들은 필요치 않다고. 아마… 마효 그 늙은이도 우리가 다른 사람을 데려오는 걸 원치 않을 거야."

곽풍산이 고개를 저었다. 그러자 부루의 눈빛이 차가워졌다. 비록 그가 지난 몇 년간 천하를 주름잡는 일대고수가 되었지만 여전히 이 대호산 산채에서는 다섯 산적 중 한 명일 뿐이라는 걸 새삼 깨달은 것이다. 그의 네 친구는 그가 천목맹 총사라 해서 특별히 다른 대우를 해줄 생각은 전혀 없는 사람들이었다.

"선택은 네가 해라. 데리고 가든 우리와 다른 길로 가든."

송추월이 결판을 내듯 말했다. 송추월 역시 여전히 이 도도한 친구에 대해선 감정이 풀리지 않은 상태였다. 송추월의 말에 부루가 순간 노기를 드러내다 이내 묘한 표정을 지으며 입을 열었다.

"내가 다른 길로 간다면 너희들에게도 손해가 될 텐데?"

"무슨 손해가 된다는 거지?"

원무극이 물었다.

"이곳에 오면서 난 너희들에게 두 가지 선물을 가져왔다. 그런데 나보고 홀로 곤륜으로 가라면 난 그 선물을 너희들에게 줄 수 없지 않겠어?"

"선물?"

곽풍산이 호기심이 동한 표정으로 물었다.

"그래."

"뭔데?"

"아직은 말해줄 때가 아니지. 아직 한 명이 덜 왔잖아?"

부루의 말이 끝나자마자 산채 입구에서 대일이 걸어 들어왔다.

"선물 좋지! 이젠 말해봐.. 대체 무슨 선물을 가져오셨나, 우리 대천목맹 총사께서?"

대일이 털썩 자리를 잡고 앉으며 물었다. 그러자 부루가 고개를 돌려 산채 입구에 서 있는 천목맹 고수 한 명을 눈짓으로 불렀다. 부루의 시선을 받은 천목맹 고수가 검은 보자기에 싸인 물건을 들고 산채 안으로 들어오더니 탁자 위에 물건을 놓고 다시 산채 밖으로 물러났다.

"뭐야?"

대일이 부루를 보며 물었다. 지난 오 년 동안 그나마 서로 얼굴을 보고 지낸 사람은 부루와 대일이었다. 두 사람은 천목맹의 일에 제법 깊이 관여한 덕에 종종 얼굴을 마주할 기회가 있었던 것이다.

대일의 물음에 부루가 천천히 검은 천을 풀었다. 그러자 그 안에서 청색 목함이 모습을 드러냈다. 바로 얼마 전 부루의 충복 우차가 가져온 그 청색 목함이었다.

"모두들 고생하고 있지?"

부루가 청색 목함이 모습을 드러내자 뜬금없이 물었다.

"고생? 세상 사는 게 다 그렇지, 뭐."

곽풍산이 어깨를 으쓱였다.

"아니, 그거 말고. 그 늙은이가 남긴 저주 말이야."

순간 다른 네 친구의 눈빛이 변했다. 송추월조차도 시선을 돌려 부루를 바라봤다.

"그래서 우리가 여기 모인 거잖아."

대일이 무거운 음성으로 말했다. 만약 허튼소리가 흘러나오면 청룡도로 부루의 목을 단번에 쳐버릴 기세로. 그만큼 이 다섯 산적에게 괴노 마효가 남긴 저주는 큰 문제였다.

"이건 내가 그동안 천하의 명의들을 불러 모아 만든 단약이다. 우리 몸에 깃든 그 기운을 잠재우기 위해서 말이야."

"설마 성공한 거냐?"

대일이 소리쳤다. 대일 역시 부루가 천목맹에서 권력을 잡은 이후 끊임없이 마효의 저주로부터 벗어날 방법을 찾고 있었다는 것은 알고 있었다. 간혹 멀리 표행을 나가는 그에게 귀한 약재를 구해오라고 부탁까지 했던 부루다.

"성공하지는 못했어."

"휴, 그럼 그렇지."

대일이 실망한 듯 고개를 저었다.

"그러나 한동안 그 기운을 잠재울 수는 있어. 이 단약을 복용하고 운기를 하면 적어도 보름에 찾아오는 고통은 훨씬 수월하게 넘길 수 있을 거다."

"어느 정도 약혼데?"

이번엔 원무극이 물었다.

"이 단약만 복용한다면 평생 그런대로 살아갈 만하다고 할 수 있지."

"오호, 그럼 대단한 성관데? 그 정도만 해도."

"하지만 영원히 이 단약에 의지해 살 수는 없지. 더군다나 오래 복용하면 어떤 부작용이 있을지도 모르고."

"그래?"

"그래도 이 단약이 있으면 곤륜으로 가는 동안, 그리고 곤륜에 가서 마효 그 늙은이를 상대하는 동안 적어도 우린 그 마기에게서 어느 정도 자유로울 수 있을 거다."

부루가 자신있게 말했다. 산적들 눈에 탐욕의 빛이 서렸다. 그런데 그때 송추월이 불쑥 입을 열었다.

"그 단약이 살기까지 없애주나?"

"무슨 소리지?"

부루가 차가운 눈으로 송추월을 바라봤다.

"그 단약의 효과가 어디까지냔 말이다. 단지 우리 몸에서 일어나는 그 거대한 뜨거운 기운을 잠재우는 정도인지 아니면 우리 마음속에서 일어나는 그 망할 놈의 살기를 잠재울 수도 있는지 그걸 묻는 거야."

"사람의 마음을 치료할 약은 없다."

부루가 단호하게 말했다.

"그럼 별것 아니군."

"뭐?"

부루가 눈을 치떴다.

"봐, 이 친구야. 여기 모인 놈들 중 그 기운이 일으키는 고통이 큰 문제인 사람은 없어. 지금까지 살아남았다는 것은 제각기 그 통증을 제어하는 방법을 나름대로 찾았다는 의미일 테니까. 물론 네가 만든 단약이 좀 더 좋은 효과를 보일 수는 있겠지. 하지만 정작 우리에게 중요한 것은 그 기운이 아니라 그 기운이 만드는 내면의 살기야. 아니, 마기라고 해야 하나? 아니냐?"

송추월의 질문에 부루가 침묵을 지켰다. 그러자 송추월이 다시 말을 이었다.

"아니었다면 아마도 넌 천목맹을 놔두고 이곳에 오지 않았을 거다. 단지 우리 육신의 문제였다면 넌 어떡하든 그 기운을 억제할 방법을 찾는 쪽을 선택했을 거야. 그런데 우리의 문제는 몸이 아닌 마음속의 마기거든. 그 마기를 잠재우지 못하면 우리가 얻는 것은 결국 모두 공염불이 될 테니. 아니냐?"

송추월이 다시 물었다. 그러자 부루가 대답 대신 질끈 입술을 깨물었다. 송추월의 말에 다른 친구들도 마찬가지였다. 이 다섯 산적은 이제 천하에서 짝을 찾아볼 수 없을 만큼 강한 고수가 되어 있었다. 무공의 고수란 대체로 자신의 몸속에서 일어나는 대부분의 문제를 해결할 방법을 알고 있다. 그러나 고수라 하여 마음속의 문제까지 해결할 수 있는 것은 아니었다. 특히나 마효와 같은 인물이 심어놓은 이 심마의 문제는 무공의 문제가 아니라는 걸 다섯 산적은 충분히 알고 있었던 것이다.

"추월의 말이 맞아. 나도 대충 기운을 통제하는 수단은 가지고 있어. 하지만 문제는 마기야. 한번 살기가 일어나면 주체할 수가 없단 말이야. 내가 아무리 살수라도 살인마가 되고 싶지는 않거든. 그 문제를 풀려면 결국 마효 그 늙은이를 만나야 하는 거지."

원무극이 말했다.

"나도 마찬가지다. 문제는 살기야. 이러다간 수하 놈들을 모두 죽일 것 같아서 나 자신도 겁이 나더란 말이야."

곽풍산 역시 고개를 저으며 말했다.

"나도 표국 생활을 더 이상 할 상황이 아니었다. 내가 만약 천리표국의 표두가 아니었다면 아마도 이미 난 강호의 일대마인으로 낙인 찍혔을 거야. 몸의 고통이야 나름대로 견딜 수 있겠는데……."

"그래서 하는 말이다. 우리 마음속의 살기를 풀어내지 못한다면 솔직히 아무 소용이 없는 약이란 말이지. 우리에게!"

송추월이 청목함 속에 든 환약을 손으로 집어 들며 부루에게 말했다. 그러자 부루가 잘근 입술을 깨물다가 입을 열었다.

"그래도 이 환약의 가치가 없는 것은 아니다. 마효 그 늙은이를 상대하려면 이 환약이 필요할 거야."

"그를 상대한다고?"

송추월이 비웃듯 물었다.

"그래. 그렇지 않으면 우리가 어떻게 이 저주에서 풀려나겠어?"

"후후, 넌 아직도 우리가 그를 상대할 수 있을 거라 생각하냐?"

"무슨 소리냐?"

"우린 결코 그를 이길 수 없어. 그러니 그를 제압해 이 저주의 마기에서 벗어날 방법을 얻어낼 수 없단 말이지. 너희들도 이미 짐작하고 있겠지만 그 늙은이는 정말 천하제일인일 가능성이 많거든."

송추월의 말에 아무도 반박을 하지 않았다. 이 다섯 산적 친구들은 지난 세월 동안 자신들이 강해지면 강해질수록 그들이 만났던 마효가 얼마나 대단한 인물인지를 여실히 깨닫고 있었기 때문이다.

"좋다. 우리가 그를 상대할 수 없다고 치자. 그럼 넌 왜 곤륜으로 가는 거냐?"

부루가 물었다.

"그의 시험을 통과하기 위해."

송추월이 담담하게 말했다.

"그게 무슨 말이지?"

"똑똑한 너라면 분명 알고 있을 텐데? 그가 왜 우리에게 자신을 찾아오라고 했을 것 같으냐? 설마 우리가 보고 싶어서겠어? 그는 우릴 무슨 일엔가 필요로 하고 있을 거야. 그리고 그가 원하는 일을 해주면 그때야 우리에게 자유를 줄 거다. 다시 말해 그가 원하는 일을 해주는 것이 곧 그의 시험인 셈이지, 그의 저주에서 풀려날."

"넌 순순히 그자의 발에 입을 맞출 생각이군."

부루가 차가운 비웃음을 흘렸다.

"넌 그와 싸울 생각이고?"

"그가 해법을 내놓지 않는다면… 그는 내 손에 죽을 거다. 그가 아무리 강한 자라도!"

부루가 차가운 살기를 드러냈다. 그의 내면에 잠들고 있던 마기가 살기와 함께 나타난 것이다. 그러나 그와 동일한 마기를 지닌 송추월과 친구들이 그런 부루의 살기를 두려워할 일은 없었다.

"후후, 아직도 네가 무슨 일이든 할 수 있다고 믿고 있군."

"그래. 내가 하지 못할 일은 없다고 생각한다."

"좋아, 어쨌든 첫 번째 선물은 보았고, 두 번째 선물은 뭐지?"

송추월이 화제를 돌렸다. 다른 친구들도 부루가 가져왔다는 두 번째 선물이 궁금한지 부루의 입을 바라봤다.

"내가 가져온 두 번째 선물은 내 머리다."

"뭐?"

곽풍산이 어이없다는 듯 되물었다. 대일은 기가 막힌 표정으로 고개를 돌렸고, 원무극은 피식 실소를 흘렸다.

"네 머리가 잘 돌아간다는 건 이미 알고 있어."

송추월도 실없는 소리 하지 말라는 듯 말했다.

"아니, 지금 내가 말하는 건 내 머리 자체를 말하는 게 아니라 내 머릿속에 든 한 가지 정보를 말하는 거야."

부루가 친구들을 돌아보며 말했다.

"정보? 무슨 정보?"

원무극이 정색을 하며 물었다. 정보라면 이야기는 달라진다. 부루라면 쓸 만한 정보를 가져올 수 있는 사람이었다.

"난 그동안 은밀히 사람을 서쪽으로 보내 곤륜 안팎의 사정을 탐문했다. 혹시라도 마효 그에 대해 알 수 있을까 해서."

"그래? 그래서 그에 대해 뭘 좀 알아냈어?"

방금 전까지 부루의 말에 실소를 자아내던 친구들이 먹이를 발견한 승냥이 떼처럼 눈을 부라리며 부루의 답을 구했다.

"아니. 어디서도 마효란 이름을 들을 수는 없었다."

"제길, 그럼 뭘 알아냈다는 거야?"

대일이 다시 투덜댔다. 그들에게 필요한 건 오직 하나, 괴노 마효에 대한 정보였다.

"너희들, 우리가 어디로 가야 할지 알고 있지?"

"그야 당연히 알고 있지. 곤륜산 신마봉으로 가야 하잖아?"

곽풍산이 물었다.

"그 신마봉이 어딨는지 알아?"

"그야 곤륜에 가보면 알게 되겠지. 그런데 겨우 그 신마봉의 위치를 확인한 걸로 선물이 되겠냐?"

여전히 곽풍산이 빈정거렸다.

"만약 신마봉이 어딨는지 모르는 상태에서 곤륜에 도착한 다면 너희들은 적어도 일 년 이상은 신마봉을 찾아 헤매야 할 거다. 아니, 그보다도 더 오래 걸릴 수 있지. 곤륜은 보통 넓은 곳이 아니니까. 더불어 내가 알아본 바에 의하면 신마봉이란 산을 아는 사람은 곤륜에도 없었다. 곤륜에서 살아온 토박이 조차도 신마봉을 모른다고 하더군."

부루의 말에 친구들의 표정이 변했다. 만약 신마봉이 사람 들에게 알려지지 않은 곳이라면 대곤륜에서 신마봉을 찾는 것 은 그야말로 모래밭에서 바늘을 찾는 것과 마찬가지 일일 것 이기 때문이다.

"좋아, 네가 신마봉의 위치를 안다면 쓸 만한 정보군."

송추월이 부루를 보며 말했다.

"미안하지만 나도 아직은 신마봉의 정확한 위치는 모른다. 짐작이 가는 몇 곳을 정할 수 있는 정도일 뿐이지. 여전히 곤륜 인근에는 내 사람들이 움직이고 있으니 우리가 곤륜에 도착할 즈음엔 더 좋은 소식을 들을 수도 있겠지. 하지만 어쨌든 내 머릿속에는 수년간 조사한 곤륜의 길과 대산들, 그리고 그 속의 무림인들에 대한 정보가 들어 있다. 그 정보들이 우리에게 결국 신마봉으로 가는 길과 방법을 알려줄 거다."

"방법이라……. 길만 알아서는 갈 수 없단 말이군."

"맞았어. 역시 추월 넌 제법 머리가 뛰어나. 현재 곤륜 주변은 무척 복잡한 상황이야. 본래 곤륜은 사패 중 죽림의 서쪽 경계에 위치해 있어서 죽림의 영향을 받는 지역이었지. 하지만 최근 들어서는 곤륜에도 새로운 세력들이 부상하고 있어."

"요동의 천목맹과 막북의 묵련처럼?"

"아니, 그런 건 아닌데, 눈독 들이는 세력이 많다고 해야 할까? 들리는 말에 의하면 일월맹도 곤륜에 상당수의 고수를 파견하고 있다고 하더군. 그래서 죽림에서도 일부 고수들을 곤륜 안쪽으로 들여놓고 있고, 천산마교의 힘도 어느 정도 미치고, 또 포탈라에서 라마승들이 나와 있기도 하지."

"젠장, 뭐가 그렇게 복잡해?"

곽풍산이 투덜댔다.

"그래서?"

송추월이 물었다.

"지금 이 상황에서 무턱대고 곤륜에 들어갔다가는 필시 괜한 혈풍에 휘말릴 가능성이 크다는 거야. 난 그들의 위치와 움직임을 자세히 알고 있으니 그들을 피해 신마봉에 접근하려면 내가 알고 있는 정보들이 필요하단 말이다."

"그러면 더더욱 저들과 함께 가면 안 되겠군."

송추월이 고개를 돌려 산채 앞에 있는 부루의 수하들을 바라봤다.

"무슨 말이냐?"

부루가 따지듯 물었다.

"그런 와호잠룡의 지역에 대천목맹 총사가 수하들을 거느리고 행차했다면 도대체 그들이 어떻게 받아들일까?"

송추월이 다시 부루를 바라봤다. 이번 질문에는 똑똑한 부루도 쉽게 답을 하지 못했다. 그러자 송추월이 다시 입을 열었다.

"아예 천목맹 고수들을 몰고 들어가서 곤륜을 접수할 거 아니라면 네가 천목맹 총사의 신분을 드러낸 채 곤륜을 가는 것은 어리석은 일이야. 안 그래?"

다시 송추월이 부루의 답을 구했다. 그러자 대일이 곁에서 맞장구를 쳤다.

"추월의 말이 맞다. 천목맹의 고수들을 데려가는 것은 위험한 일이야. 또… 천목맹의 늙은이들이 동의하지도 않을 거고."

그러자 부루가 대답했다.

"나도 저들을 다 데려가겠다는 것은 아니다. 그중 뛰어난 자 몇을 데려가겠단 말이다, 은밀하게. 우리도 곤륜에 도착하면 눈과 귀가 필요할 테니까."

"그런 거라면……?"

원무극이 송추월을 보며 의견을 물었다. 그러자 송추월이 단호하게 대답했다.

"우리와 동행하지 않는 조건이라면."

"물론 나도 수하들을 우리 일행 속에 넣을 생각은 없다. 일정한 거리를 두고 우릴 따르게 될 거야."

"대신 조심시켜야 해. 우리 목적은 어디까지나 조용히 마효를 만나 일을 끝내는 거야. 괜한 분란은 우리에게 방해가 돼."

"그건 걱정 마라. 특별히 고르고 고른 사람들이니까."

"좋아, 그럼 이 이야기는 그만해도 되겠군. 그런데 언제 갈 거지?"

송추월이 친구들을 돌아보며 물었다. 그러자 대일이 대답했다.

"특별히 준비할 건 없어. 내가 산 아래 마차 한 대를 준비해 뒀어. 천리표국에서 고르고 고른 마차니까 아마 세상에서 가장 튼튼한 마차일 거야. 금자도 넉넉하게 준비했고. 특별한 일이 없다면 곤륜에 다녀오기에 충분해. 마차는 서로 돌아가면서 몰면 되고."

"뭐, 그럼 뜸들일 필요 없겠네. 바로 가자!"

원무극이 자리에서 일어났다. 그러자 송추월이 고개를 저었다.

"무극, 넌 살수가 되더니 성질이 급해졌구나. 오랜만에 산채

에 돌아왔는데 하룻밤은 머물고 가야지. 다들 멀리서 오느라
피곤들 할 테고."

"암암, 집에 돌아와서 하룻밤 쉬어가지 않는다면 너무 매정
한 처사지!"

대일이 고개를 끄덕였다.

"그럼 내일?"

"그래, 내일 가자. 난 먼저 들어가 자련다."

송추월이 자리에서 엉덩이를 털고 일어나더니 산채 안으로
들어갔다. 그 모습을 보고 있던 대일이 투덜거렸다.

"원 녀석도, 오랜만에 만났는데 이야기나 좀 더 하지 않고."

"앞으로 질리도록 같이 있을 텐데 이야기는 무슨. 두고두고
해도 늦지 않아. 나도 가서 자련다."

곽풍산도 툭툭 털고 자리에서 일어났다. 그리고 휑하니 송
추월을 따라 산채로 들어가자 원무극 역시 그림자처럼 두 사
람의 뒤를 따랐다.

"넌 안 들어가냐?"

대일이 몸을 일으키며 부루에게 물었다.

"난 수하들을 좀 정리하고."

"아, 그렇군. 그럼 나중에 들어와라."

대일마저 자리를 뜨자 이제 장내에는 부루 한 명만이 덩그
러니 남아 있게 되었다.

"어쨌든… 사형이 뒤를 따를 근거는 마련했군."

부루가 중얼거리며 자리에서 일어났다.

한 대의 마차가 푸릇한 봄기운이 돋아나는 평원을 가로지르고 있었다. 평원에 난 길은 오랜 세월 오간 사람과 말로 인해 자연스럽게 생겨난 것으로 평탄하지는 않았지만 마차가 이동하는 데는 큰 무리가 없었다.

마차의 고삐를 잡은 사람은 송추월이었다. 다섯 친구가 돌아가며 마차를 몰았기에 여행은 그리 힘들지 않았다. 더군다나 송추월 등은 길을 서둘지 않았다. 그들은 오직 하루에 세 시진만을 이동했다. 이동 속도도 그리 빠르지 않았는데, 그건 그들이 아직은 곤륜행을 서두를 이유가 없기 때문이었다.

물론 가끔 기승을 부리는 마기를 생각하면 서둘러 곤륜으로 가야 하지만 사실 마효가 처음 약속한 시기까지는 아직 여러 해가 남아 있었다. 마효가 화동을 떠나면서 말한 시간은 십오 년. 그런데 마효와 헤어진 지 십오 년이 되려면 아직 삼 년여의 시간이 남아 있으니 곤륜으로 가는 길이 그리 급한 것은 아니었던 것이다. 해서 여행은 일단 평온했다.

"이대로라면 곤륜까진 그리 오래 걸리지 않겠어."

문득 송추월과 함께 마부석에 앉아 있던 원무극이 입을 열었다.

"아직 요동이야. 앞으로 어떤 일이 벌어질지 모르지."

"그렇긴 하지만 무슨 일인들 우리 앞을 막을 수 있겠어?"

원무극이 등을 마부석 등받이에 기대며 말했다. 원무극의 말대로 당금 무림에서 이들 다섯을 막아설 인물은 존재하지 않을지도 몰랐다. 오직 마기, 마효는 스스로 신기라도 말한 그 기운만이 문제일 뿐이지 무공으로 보자면 이 다섯 친구는 강호 절정의 경지에 올라 있었다. 그 사실을 알고 있기에 송추월도 원무극의 말에 별반 이의를 달지 않았다. 약간의 침묵 후 송추월이 화제를 돌려 입을 열었다.

"그는 어떻게 되었어?"

"그라니?"

"그때 신단평에서 끌고 갔던 혁지광 말이야."

"아, 그놈! 참 일찍도 묻는다. 그게 벌써 몇 년 전 일인데……."

"그간 만날 기회가 없었잖아."

"듣고 보니 그러네. 그자는 산음장주에게 죽었어."

"그래?"

"산음장주… 잔혹한 면이 있더군."

"절대 정인군자는 아니지."

"혁가 놈을 산음장주에게 끌어다 주고 어찌하나 봤더니 산음장의 충복들에게 호랑이를 생포해 오게 해서 그 우리에 집어넣더라구."

"혁가장에서 알면 가만있지 않을 텐데? 설혹 그들이 봉문을 했다고 해도."

"네 예상대로 산음장주의 끝도 좋지는 않았어. 비록 산음장주가 혁가 놈을 죽인 일을 극비에 붙이기는 했지만 발 없는 말이 천 리를 간다고, 삼 년 전인가 살수계에 소문이 돌았는데,

산음장주가 살수의 칼에 맞아 비명횡사했다고 하더라고. 흑천은 본래 우리에게 청부한 자들을 수년간 관찰하는 전통이 있어서 산음장의 소식을 들었지."

"살수?"

"그래. 살수를 보낸 곳이 어디겠어? 아마 혁가장에 혁지광의 죽음에 대한 비밀이 흘러들어 갔을 거야. 하지만 혁가장은 여전히 봉문 중이니 직접 산음장주에게 복수를 할 순 없었을 테고, 결국 살수를 움직인 거겠지. 아니면 혁가장의 무사 몇이 스스로 살수의 흉내를 냈거나. 어쨌든 그렇게 산음장주는 죽었어."

"그래? 그럼 산음장은 어찌 됐지?"

"글쎄, 그것까지는 잘 모르겠는데? 하지만 뭐, 워낙 산음장이 하던 장사가 이문이 많이 남는 장사이니 누군가 재빨리 그 자리를 차지했겠지."

'나중에 한번 들러봐야겠군.'

산음장이 송추월에게 아픔만 있는 곳은 아니었다. 그곳엔 송추월이 추억할 만한 사람들도 있었다.

길은 여전히 평탄했다. 이대로 가면 채 닷새가 지나지 않아 요동의 경계를 벗어나게 될 듯싶었다. 그런데 평탄하던 길 위에 갑자기 일단의 인물들이 모습을 드러냈다.

"뭐지?"

원무극이 경계심을 드러냈다.

"글쎄… 어쨌든 넌 들어가 있는 게 좋겠다."

"알았어."

살수란 함부로 외부에 모습을 드러내는 존재가 아니다. 원무극의 신형이 대답과 함께 그 자리에서 사라졌다.

"누구야?"

원무극이 사라지자 마차 앞쪽으로 난 창이 열리며 대일이 물었다.

"모르겠어."

"어? 제법 많은데?"

대일이 멀리 보이는 불청객들의 숫자를 세다가 놀란 듯 말했다.

"그러게. 적어도 스물은 넘어 보이는데?"

곽풍산이 대일의 어깨 위로 고개를 내밀며 말했다. 그러자 그 뒤에서 부루가 차분한 목소리로 말했다.

"모용세가의 사람들이야."

"모용세가?"

"그래. 저 복식은 모양세가의 것이야."

그러자 대일이 고개를 끄덕였다.

"이제 보니 그렇군. 그런데 이곳은 요동 서쪽인데 왜 저들이 모습을 드러낸 거지? 혹시 무슨 일 있어?"

대일이 부루를 보며 물었다. 부루는 천목맹의 총사였다. 그는 요동에서 일어나는 일이라면 가장 빠르게 그 정보를 얻을 수 있는 위치에 있었다. 물론 지금은 천목맹을 떠나 있어 가끔 전서구를 통해 소식을 얻을 뿐이지만 그래도 다섯 중 가장 강호 소식에 밝은 사람은 부루였다.

"글쎄… 어쩌면 장성 인근에 일이 있을 수도 있고……."

"무슨 일인데?"

"두어 달 전부터 장성 이북의 문파 몇이 이상한 움직임을 보인다는 소식이 있었어. 그 흐름이 최근 산해관까지 이어졌고."

"산해관이면 애매한 곳이군. 천추성도 천목맹도 눈치만 보는 곳이잖아?"

"그렇지. 이령문이 있는 곳이니까."

"천추성이 움직였나?"

"그건 아닐 거야. 그랬다면 내가 모를 리 없어."

"어쨌든 산해관에 무슨 일이 생긴다고 모용세가가 움직일 이유는 뭐야?"

"몰랐어? 모용세가주의 둘째 아들 모용검중의 처가가 바로 이령문이야."

"아, 맞다. 들은 것 같아."

대일이 무릎을 쳤다. 그러는 사이 마차는 어느새 모용세가 고수들과 십여 장 안쪽으로 가까워졌다. 마차가 다가서자 모용세가 고수들도 경계의 빛을 보였다.

히힝!

모용세가 고수들이 길을 막고 있었으므로 송추월은 마차를 세울 수밖에 없었다. 마차가 서자 모용세가의 고수 중 한 명이 앞으로 나서며 물었다.

"어디서 오는 마차요?"

평원 한가운데서 길을 막고 지나가는 자의 신분을 확인하는 것은 극히 무례한 일이 아닐 수 없다. 그것이 비록 요동의 패자이자 천목맹의 주요 문파 중 하나인 모용세가의 고수들이라 할지라도. 질문을 받은 송추월이 귀찮은 표정을 지으며 뒤쪽을 향해 소리쳤다.

"안 나올 거야?"

부루에게 하는 말이었다. 이런 일은 당연히 천목맹 총사인 부루의 몫이다.

"나간다."

부루가 차분한 목소리로 대답을 하고는 마차 문을 열고 밖으로 나왔다. 그리고는 천천히 걸음을 옮겨 모용세가 고수들 쪽으로 다가갔다. 그러자 모용세가 고수들 사이에서 잠깐의 웅성거림이 일어나더니 이내 무리 중에서 두 사람이 급히 앞으로 걸어나왔다.

"총사가 아니십니까?"

"모용 노사셨군요."

부루가 앞으로 나와 아는 척을 하는 두 명의 모용세가 고수 중 초로의 인물에게 포권을 해 보였다.

"총사를 이곳에서 뵙다니 뜻밖입니다."

"저 또한 모용 노사를 이곳에서 뵐 줄은 몰랐군요."

"저희들은 산해관 이령문으로 가는 길입니다만……."

"아, 역시 이령문으로 가시는군요. 그런데 이령문에 무슨 일이라도……?"

부루의 물음에 모용세가의 고수가 표정을 굳히며 말했다.

"그건… 차차 말씀드리지요. 그런데 총사께서는……?"

"맹의 사정이 어느 정도 안정되었기에 천하를 돌아보려 출행을 하였습니다."

"음, 이야기는 들었습니다. 총사께서 원행을 하신다는……. 그런데 장성까지 오실 줄은 몰랐습니다."

"하하, 강호의 정세를 알아두려면 어찌 요동에 머물 수만 있겠습니까?"

"하면 장성을 넘을 생각이십니까?"

노고수가 조금 놀란 표정으로 물었다.

"그렇습니다. 이 기회에 천하를 돌아볼 생각입니다."

"하지만 장성을 넘으면 위험할 수도 있습니다. 지금 천하무림인들 시선이 총사를 주목하고 있습니다. 맹을 제외한 나머지 오패 역시 총사의 행보를 예의 주시하고 있지요."

"하하, 너무 걱정하지 마십시오. 한 몸 지킬 수단은 가지고 있습니다."

"총사의 뛰어남이야 어찌 이 늙은이가 모르겠소이까? 하지만 총사는 천목맹의 기둥이라 노파심에 드리는 말씀이지요."

"걱정, 감사드립니다."

"감사는 무슨, 맹의 일원으로 당연한 일이지요."

모용세가의 노고수가 고개를 저으며 말을 하다 문득 옆에 있는 중년 고수와 눈을 마주치더니 다시 입을 열었다.

"총사, 오늘 소개시켜 드릴 사람이 있습니다만……."

그러자 부루 역시 중년 사내를 바라보며 말했다.

"강호에서 사람을 사귀는 일이야 언제나 즐거운 일이지요. 아무래도 이 분을 말씀하시는 듯하군요."

부루가 사람 좋은 미소를 지으며 말했다. 이럴 때 보면 그의 가슴속에 마기가 살아 꿈틀댄다는 사실이 믿겨지지 않을 정도였다.

"맞습니다. 이 사람은… 음, 총사께선 혹 모용검중이란 이름을 들어보셨습니까?"

중년 사내를 소개하다 말고 노고수가 슬쩍 질문을 던졌다. 그러자 부루의 표정이 변했다.

모용검중, 이 이름을 강호에서 모르는 사람이 있을까. 특히나 요동무림에 속한 사람 중에 이 이름을 모르는 사람은 없다.

"그렇다면 혹 이분이……?"

부루가 새삼스런 눈으로 중년 사내를 보며 물었다.

"그렇습니다. 이 사람이 바로 모용검중입니다."

"아, 모용 대협이셨군요. 만나게 되어 반갑습니다."

부루가 중년 사내에게 정중하게 포권을 해 보였다. 그러자 중년 사내 역시 무게가 느껴지는 움직임으로 마주 포권을 했다.

"저야말로 영광입니다. 총사의 명성은 귀가 따갑도록 들어왔습니다. 오늘 이렇게 뵈니 참으로 기쁩니다."

"무슨 말씀을. 모용 대협의 명성에 비할 바가 아니지요. 항상 모용 대협의 협명을 들어와 한번 얼굴을 뵈었으면 했는데

통 맹에 나오시지 않아 섭섭했습니다."

"죄송합니다. 아직 가진 재주가 부족해 맹을 돕기에는 힘에
부칩니다."

"하하하! 천하의 모용 대협께서 그런 말씀을 하신다면 누가
있어 천목맹의 일을 볼 수 있겠습니까. 기회가 되신다면 꼭 맹
에 나오셔서 큰일을 맡아주시기 바랍니다."

"그리 말씀해 주시니 고마울 뿐입니다."

모용검중이 재차 고개를 숙여 보였다. 그런 모용검중을 한
순간 부루가 날카로운 눈으로 살폈다. 그러다가 다시 부드러
운 미소를 지으며 물었다.

"그런데 정말 이령문에 무슨 일이 있는 겁니까? 두 분께서
산해관으로 오실 정도면⋯⋯?"

부루의 질문에 초로의 고수가 잠시 망설이다 다른 질문을
던졌다.

"장성을 넘으시겠다면 역시 산해관으로 가시겠지요?"

"그럴 생각입니다만⋯⋯."

"하면 동행을 하시지요. 가면서 말씀드리겠습니다."

"그럴까요?"

"그런데 함께 가는 분들이 있으신 모양입니다."

모용세가의 노고수가 송추월 등이 타고 있는 마차를 보며
말했다.

"맹의 고수들은 뒤처져 오고 있고, 이번 여행에는 어릴 때
친구들이 동행하고 있습니다."

"아, 그러시군요. 하면 어쩐다?"

마차를 타고 이동하며 노고수의 이야기를 들을 수는 없었다. 그러자 부루가 입을 열었다.

"혹 말이 여유가 있으면 한 필 내어주시지요. 말씀하시는 동안 동행하지요."

"그러시겠습니까? 알겠습니다."

노고수가 반색을 하며 뒤쪽 모용세가의 고수들을 보며 소리쳤다.

"말을 한 필 가져오너라!"

노고수가 명을 내리는 사이 부루는 송추월 등이 있는 마차 쪽으로 다가왔다.

"누구야?"

대일이 마차 안에서 나직하게 물었다.

"몰라?"

부루가 의아한 표정으로 되물었다.

"모르겠는데?"

대일이 고개를 갸웃했다.

"나이 든 쪽은 모용목이고 젊은 쪽은 모용검중이야."

"허! 대단한 사람들이군. 모용목도 모용목이지만 모용검중은 의원데?"

"아무튼 산해관까지는 동행해야 할 것 같아."

부루가 송추월을 보며 말했다.

"어차피 가는 길이니……."

송추월이 고개를 끄덕였다.

"난 잠시 저들과 함께 갈게. 아마도 산해관에 무슨 일이 있는 모양이니 좀 알아봐야겠어."

"그렇게 해."

송추월이 가볍게 고개를 끄덕이자 부루가 다시 모용세가의 고수들 쪽으로 이동했다. 부루가 마차를 떠나자 곽풍산이 물었다.

"모용목이라면 모용세가주의 세 아우 중 하나 아닌가?"

"맞아. 그중에서도 무공으론 특출 난 인물이지."

"흠… 그런 자가 오다니 무슨 큰일이 일어난 걸까?"

"그보다는 모용검중이 왔다는 게 더 큰일일걸?"

"모용검중이 그렇게 대단한 인물인가?"

"몰랐어? 이미 삼 년 전 모용검중이 모용검천을 제치고 모용세가의 후계자로 결정되었잖아."

"그야 뭐 요동이 떠들썩했던 일이니 나도 알고 있지."

"그는 모용세가의 정식 후계자가 되고서도 지금껏 강호에 나오지 않았어. 그가 호방한 성격에 뛰어난 무공을 지니고 있다는 이야기만 돌았지 정작 그를 보았다는 사람은 극히 드물어. 그런 그가 강호에 나왔으니 놀랄 일이지."

"그렇게 되는 건가?"

곽풍산이 고개를 주억거렸다.

"아무튼 부루가 무슨 이야기를 들어오겠지, 저들이 왜 산해관으로 가는지."

대일이 호기심이 동한 표정으로 서쪽을 향해 출발하는 모용세가 고수들을 보며 중얼거렸다.

송추월은 모용세가 고수들이 출발하자 이십여 장의 거리를 두고 그들을 따르기 시작했다.

그렇게 시작된 모용세가 고수들과의 동행은 산해관에 도착할 때까지 이어졌다. 그리고 그 도중에 송추월과 친구들은 부루를 통해 모용세가 고수들이 산해관으로 출행한 이유를 알 수 있었다.

第五章
이령문

화마경

"알 수 없는 일이군."

대일이 고개를 저었다. 산해관까지 하루 거리를 남기고 마차는 곽풍산이 몰고 있었다. 마차 안에는 곽풍산을 제외한 네 친구가 모여 이야기를 나누고 있었다.

"뭐, 강호에 새로운 세력이 나타나는 거야 일상사인데 놀랄 일은 아니잖아?"

원무극이 고개를 갸웃하는 대일을 보며 말했다.

"그렇긴 하지만 장소가 문제지."

"산해관이라는 장소가 문제란 말이야?"

"그래. 더군다나 문제는 그들이 산해관에 새로운 문파를 개파할 생각은 아닌 것 같다는 거지. 단지 이령문을 자신들의 수

족으로 만들겠다는 의미 같은데…….”

대일의 말에 부루가 고개를 끄덕였다.

“대일이 말이 맞아. 내가 생각해도 그들은 새로운 문파를 개
파하는 대신 이령문을 접수하려는 것 같아. 그것이 잠깐이든
아니면 영원히든. 하지만 어쨌든 그들이 이령문에 마수를 뻗
쳤다는 사실이 중요해. 그건 그들에게 생각보다 대단한 힘이
있다는 의미니까. 강호의 무인들치고 이령문이 어떤 문파인지
모르는 사람은 없어. 비록 이령문이 모용세가와 사돈을 맺었
다고는 해도 그들은 천목맹과 천추성 어느 한쪽으로도 기울지
않은 독립된 문파란 말이야. 다시 말해 이령문에 그럴 만한 저
력이 있다는 말이지.”

“혹 육패 중 한곳이 아닐까? 천목맹이야 네가 모르는 일이
진행될 리 없고.”

원무극이 부루를 보며 물었다.

“그럴지도.”

“만약 육패 중 한곳이라면 난 묵련에 걸겠다.”

대일이 단정하듯 말했다.

“왜?”

“묵련은 천목맹과의 싸움 이후 무척 의기소침해져 있어. 그
활동 반경도 막북으로 한정되어 육패에 속하기도 어려운 지경
이지. 만약 그들이 반전을 꾀한다면 산해관은 괜찮은 곳이야.
아무리 이령문이 대단하다 해도 묵련이 전력을 기울인다면 대
항할 수 없어.”

"묵련은 아니다."

대일의 말에 부루가 고개를 저었다.

"무슨 이유로?"

"네 말대로 묵련은 육패 중에서 가장 약소한 세력으로 전락했어. 물론 산해관은 그들이 다시 강호의 중심으로 나서기 위해 좋은 장소이긴 하지만 그렇게 되면 천추성과 천목맹 양쪽의 공격을 받게 돼. 넌 묵련이 천추성과 천목맹 양 세력의 공세에서 산해관을 지켜낼 수 있다고 보냐?"

"음, 그렇군. 그들이 섣불리 산해관을 도모할 수는 없겠군. 그러면 누굴까?"

대일이 다시 고개를 갸웃했다. 그러자 부루가 시선을 돌려 송추월에게 물었다.

"추월, 네 생각은 어때?"

"뭘?"

송추월이 마치 이야기를 처음 듣는 사람처럼 되물었다.

"이령문의 일 말이야."

"할 일들도 없다. 할 일 없으면 잠이나 자. 어차피 이령문으로 갈 테고, 가면 알게 될 텐데 뭘 벌써부터 난리들이야."

송추월이 퉁명스레 대답하고는 눈을 감아버렸다.

"망할 놈. 하여간 재미가 없어."

대일이 송추월을 보며 투덜거렸다.

"그러게 말이다. 머릿속에 무슨 생각이 든 건지."

부루 역시 송추월에게 핀잔을 주었으나 송추월은 더 이상 눈을 뜨지 않았다.

산해관은 요동에서 중원으로 들어가는 길목의 요충지다. 또한 수많은 역사가 쓰인 곳이며, 만인의 피가 뿌려지며 쟁탈전이 벌어졌던 곳이기도 하다. 산해관을 점령하는 자가 결국 천하를 지배한 경우도 종종 있었다.

더불어 산해관은 천하 물산이 모이는 교역의 요충지기도 했다. 장성으로 이쪽과 저쪽의 세계가 나뉘어져 있었으므로 양쪽의 상품이 교류하기 위해선 반드시 산해관을 거쳐야 했다. 덕분에 산해관은 안팎을 거쳐 천하 어느 곳보다 큰 시장이 형성되어 있었다.

그 산해관으로부터 반나절 거리에 귀산(龜山)이 있다. 귀산은 거북의 모양을 하고 있어 붙여진 이름이지만 사람들은 귀산의 그 특이한 모양보다는 그 귀산에 거하는 한 문파 때문에 귀산을 중시한다.

이령문(梨嶺門).

본래 귀산 남쪽 삼분지 일쯤 지점에 귀산을 남쪽에서 북쪽으로 넘어가는 이령이란 고개가 있다. 예전 산해관의 거부가 이령을 중심으로 양쪽 산비탈에 배나무를 심어 큰 재물을 모았다 해서 붙여진 이름이 이령(梨嶺)이다. 지금은 겨우 십여 그루의 배나무가 남아 과거 그곳이 배나무 밭이었음을 말해주고 있지만 여전히 사람들은 그 고개를 이령이라 부른다.

이름의 유래는 그렇지만 이령이란 이름이 유지된 것은 그곳에 고갯길의 이름을 그대로 딴 문파가 존재하기 때문이기도 하다. 이령문은 그렇게 강호의 여타 문파와는 다르게 귀산의 고갯길을 이름으로 쓴 기이한 문파다.

"저곳이 이령문이군."

곽풍산이 고개를 빼며 말했다. 귀산의 동쪽에서 이령으로 이어지는 길은 산 능선을 따라 이어지기 때문에 송추월과 친구들은 남쪽에 위치한 이령문을 한눈에 내려다볼 수 있었다.

"역시 대단하군. 뭐랄까, 무게가 있다고 해야 하나? 전통이 느껴지는 문파야."

대일이 고개를 끄덕였다. 대일의 말처럼 이령문은 흔들리지 않는 바위와 같은 모습으로 귀산의 한 귀퉁이를 차지하고 있었다. 그 남쪽으로는 산해관으로 이어지는 길이 나 있었고, 북쪽으로는 귀산을 넘어가는 이령이 뱀처럼 구불거리고 있었다.

두두두!

갑자기 선두에 서 있던 모용세가 고수들 중 셋이 속도를 내산길을 달려나갔다. 그들은 금세 이령문에 도착하더니 잠시 후 이령문에서 십여 명의 인물이 나와 일행이 있는 곳으로 빠르게 달려왔다.

"사돈!"

이령문에서 나온 인물들 중 백염과 흑염이 뒤섞인 멋들어진 수염을 지닌 자가 모용목에게 먼저 인사를 건넸다. 그러자 모용목이 얼른 말에서 내려 마주 포권을 해 보였다.

"문주께서 직접 마중을 나오시다니… 그간 평안하셨습니

까? 형님께서 안부를 여쭈라 전하셨습니다."

모용목의 인사를 받는 사람은 이령문의 문주 전곡이다. 전곡이 모용목의 손을 잡았다.

"세가의 일이 바쁠 터인데 이렇게 한걸음에 달려와 주시니 고맙기 이를 데 없소이다."

"무슨 말씀을! 우리 두 문파는 비록 수천 리 떨어져 있지만 한집안이나 다름없지 않습니까?"

모용목이 담담한 표정으로 대답하는 사이 어느새 말에서 내린 모용검중이 전곡의 앞으로 다가가 깊이 허리를 숙였다.

"장인어른!"

"오, 그래, 사위. 자네가 직접 왔군. 일이 바쁠 터인데……."

"사위도 자식인데 어찌 다른 사람에게 일을 맡길 수 있겠습니까?"

"아아, 그리 말해주니 정말 고맙네. 그래, 이화는 잘 지내는가?"

"걱정 마십시오. 아주 잘 지내고 있습니다."

"그래, 내 서찰은 받았네. 태기가 있어 몸을 조심해야 한다고?"

"그렇습니다. 만약 그렇지 않았다면 같이 왔을 것입니다."

"귀한 자손이니 함부로 몸을 움직이면 안 되지."

"그런데… 일은 어찌 되어가고 있습니까?"

"음… 제법 일이 심각하게 돌아가고 있네. 그들이 이틀 후 본 문을 찾아오겠다고 통보를 해왔네."

"어떤 자들인지는 알아보셨습니까?"

모용검중의 질문에 전곡이 고개를 저었다.

"아직 알아내지 못했네. 그들의 정체라도 안다면 이렇게 걱정하진 않을 텐데."

"혹 육패와 관련된 인물들이 아닐지……?"

"글쎄, 그도 아직은 확실치 않네. 일단 그들을 만나보면 정체를 알 수 있겠지. 이렇게 사위와 사돈께서 와주었으니 이제 한시름 놓았네."

전곡이 만면에 미소를 지으며 고개를 끄덕이자 장인과 사위의 대화를 지켜보고 있던 모용목이 차분한 목소리로 입을 열었다.

"문주께 소개해 드릴 분이 있습니다."

모용목의 말에 전곡이 시선을 송추월 등이 타고 있는 마차로 향했다. 마차의 마부석에는 험상궂게 생긴 곽풍산이 올라 있었기에 전곡의 얼굴에 잠시 경계의 빛이 돌았다.

"세가 분들이 아닌가 보군요."

"그렇습니다. 하지만 무척 귀한 분을 모시게 되었으니 이번 일을 처리하는 데 큰 도움이 될 겁니다."

"어떤 분들이기에……?"

전곡이 모용목의 신중한 태도에 호기심을 드러냈다. 본래 모용세가의 사람들은 자존심이 강하기로 유명했다. 그런 모용목이 이렇게 신중할 정도면 마차에 타고 있는 인물들이 보통 인물이 아닌 것을 능히 짐작할 수 있었다.

모용목이 천천히 걸음을 옮겨 마차로 다가왔다. 그리고는
차분한 목소리로 부루를 불렀다.

"총사, 소개시켜 드릴 사람이 있습니다."

모용목의 말에 부루가 기다렸다는 듯 마차 문을 열었다.

"언제 인사를 시켜주실지 기다리고 있었습니다."

"아, 그러셨습니까? 제가 게으름을 피웠군요."

"하하, 아닙니다. 그저 농으로 한 말입니다."

"그럼 이쪽으로."

모용목이 부루를 데리고 전곡의 앞으로 다가갔다. 전곡은
마차에서 내린 인물이 생각보다 젊기에 다시 한 번 놀랐다. 이
렇게 젊은 사람에게 모용목과 같은 노고수가 예의를 지키고
있다는 것이 신기하기도 한 모양이었다.

"문주께 소개해 드리지요. 문주께선 혹 대천목맹의 총사에
대해 들어본 적이 있으신지요?"

순간 전곡의 눈빛이 번쩍였다.

"물론 천목맹 총사에 대한 소문은 귀가 따갑게 들었습니다
만… 설마 이분이?"

전곡의 말에 모용목이 고개를 끄덕였다.

"그렇습니다. 이분이 바로 천목맹의 총사 부루 대협이십니
다."

"아! 그렇군요. 이거 늙은이의 눈이 어두워 결례가 큽니다.
이령문의 전곡이라고 합니다."

전곡이 정중하게 부루에게 포권을 해 보였다. 비록 전곡이

산해관의 가장 큰 세력인 이령문의 문주이자 강호의 노고수이긴 하지만 강호 육패 중 하나인 대천목맹의 총사 앞에선 그 권위를 내세울 입장이 아니었다.

"부루라고 합니다. 우연한 기회에 모용 노사를 만나 이렇게 폐를 끼치게 되었습니다."

부루가 정중하게 마주 포권을 하며 말했다.

"폐라니 당치 않습니다. 귀빈을 맞이하는 것은 오히려 본 문의 영광이지요. 자, 길 위에서 이러고 있을 것이 아니라 어서 본 문으로 가시지요."

전곡이 서둘러 일행을 이령문으로 인도하기 시작했다.

배꽃이 흐드러지게 피어 있는 작은 마당과 연해 한 채의 아담한 건물이 자리 잡고 있었다. 이령문의 문주 전곡은 천목맹의 총사인 부루와 그 친구들의 거처로 이 모옥을 권했다. 한눈에 보기에도 이령문에서 가장 좋은 위치에 자리 잡은 모옥은 소담하고 조용해 손님이 묵기에는 최상의 장소라고 할 수 있었다.

"좋군."

안내했던 이령문의 문주가 물러가자 대일이 고개를 끄덕이며 말했다.

"그러게 말이야. 역시 사람은 귀하게 되고 봐야 해. 천목맹 총사니까 이런 대접도 받는 것이지."

곽풍산이 대일의 말에 맞장구를 쳤다.

"그런데 정말 이령문의 일에 관여할 거냐?"

본능적으로 모옥의 처마가 만든 그늘 속에 서 있던 원무극이 물었다.

"뭐, 돌아가는 상황을 보면서 결정해야지."

"우린 곤륜으로 가는 게 중요해."

송추월이 냉정하게 말했다.

"알아. 하지만 잠시 이곳에 머문다고 곤륜으로 가지 못하는건 아니잖아?"

부루가 송추월을 보며 말했다. 그러자 송추월이 조금 불만스런 표정을 짓더니 이내 모옥 안으로 들어가며 말했다.

"어쨌든 천목맹 총사의 자격으로 이곳에 머무는 것이니 할일이 있으면 네가 알아서 해라. 귀찮게 만들지 말고."

"망할 녀석!"

횡하니 모옥 안으로 들어가는 송추월을 보며 부루가 투덜댔다.

"뭐 하루 이틀 겪는 일이냐? 추월 녀석이 본래 저런 녀석인줄 몰랐어? 아무튼 추월이 말이 틀린 것도 아니야. 사실 네가천목맹 총사라서 이런 좋은 대접을 받는 것이긴 하지만 또 네가 아니었다면 우리의 행보가 이곳에서 지체됐을 일도 없을테니까."

곽풍산이 부루의 어깨를 툭 치며 말을 건네고는 송추월을따라 모옥 안으로 들어가 버렸다.

차가운 바람 한줄기가 배나무를 스쳐 지나갔다. 그러자 달빛 아래 하얀 배꽃이 하늘거리며 떨어져 내렸다. 그 꽃 속에서 두 개의 광채가 번쩍였다.

"왔느냐?"

배나무 아래 있던 부루가 고개를 들어 배꽃 무성한 나뭇가지를 올려다보며 낮게 말했다.

"총사를 뵙습니다."

배꽃 사이의 투명한 광채가 사람의 목소리를 흘려냈다.

"알아보았느냐?"

"이령문을 위협하는 자들의 신상을 파악하지는 못했습니다. 다만 그들이 산해관에 오기 전 이미 장성을 따라 북쪽으로 늘어선 일곱 문파의 수장들을 무릎 꿇렸다는 사실은 확인했습니다."

"응? 그런데 왜 그런 소식이 내 귀에 들어오지 않았지?"

"그들이나 혹은 그들에게 복속된 문파들이나 그 사실을 철저히 비밀에 붙였기 때문입니다. 그간 들려왔던 장성 이북의 분주함은 이 일에 연유해 일어난 현상이었습니다."

"그래, 그랬단 말이지. 음, 생각보다 대단한 자들이란 말인가? 그런 일은 비밀이 유지되기 힘든데. 그들에게 꺾인 문파는 어떤 문파들이지?"

"목가장, 홍원문, 보륜산장, 개원 이가장, 오종 탁씨세가, 초정원, 그리고 밀가입니다."

"밀가(密家)?"

부루가 놀란 표정으로 되물었다.

"그렇습니다."

"놀랍군. 밀가까지 손에 넣다니…… 밀가는 강호 이대살문에 육박하는 청부문인데……."

"조사한 바에 의하면 밀가 삼십이살수 중 여덟이 죽었답니다."

"여덟이나?"

"밀가로서도 버틸 수 없었을 겁니다. 자칫 멸문에 이를 수 있었다 합니다."

"생각보다 잔혹한 자들이란 말인가?"

"그게 조금 이상합니다."

"무엇이 말인가?"

"밀가를 상대한 방법은 잔혹했지만 다른 문파를 굴복시킨 방법은 또 달랐습니다. 대부분 문파들의 경우 비밀스런 비무를 통해 항복을 받아낸 것으로 밝혀졌습니다."

"비무?"

"그렇습니다."

"흥미롭군. 무가는 무공으로, 살문은 살수로서 복속시킨다? 강호에 새로운 강자가 탄생하려는가?"

부루가 가벼운 탄성을 흘렸다.

"어찌하시려는지……?"

"좀 더 살펴주게."

"그들과 맞서는 것은 조심하셔야 할 듯합니다만……."

"일의 결정은 내가 한다."

"죄송합니다."

"그는 어찌하고 있나?"

"태산오룡의 호위 속에 유유자적입니다."

"흠, 오랜만에 바람을 쐬니 신이 났겠군. 잘 감시해야 해. 무척 위험한 사람이야. 천하를 뒤집을 흉계를 가슴에 지니고 있는 인물이니까."

"명심하겠습니다."

"태산오룡은?"

"별다른 행동은 보이지 않았습니다."

"좋아, 그들도 잘 살피게. 비록 나에게 복속했다고는 해도 언제 마음을 바꿀지 모르는 자들이야. 그들이 애초부터 그의 사람들이었음은 부인할 수 없으니까."

"알겠습니다."

"가보게."

부루의 말이 끝나자 다시 하늘에서 배꽃이 휘날렸다. 그 사이로 청명한 달빛이 모옥 앞마당에 내려앉았다.

"달빛 한번 좋구나!"

부루가 하늘을 보며 탄성을 자아냈다.

송추월은 어두운 방 안에 앉아 창에 난 작은 구멍을 통해 부루의 모습을 지켜보고 있었다. 한 명의 인영이 배나무 위에 밤새처럼 앉아 있다가 날아가는 모습 또한 놓치지 않은 송추월이었다.

"네가 위험한 일을 꾸미지 않기를 진심으로 바란다."

송추월이 나지막한 목소리로 중얼거렸다.

*　　*　　*

"참으로 애통한 일이지."

네 사람이 길을 가고 있었다. 해는 져서 어둑한 그림자가 길 위에 뿌려지고 있었다. 먼저 말을 꺼낸 인물은 넷 중 가장 앞서서 걸음을 걷고 있는 삼십대 후반으로 보이는 사내였다. 그러나 자세히 보면 어쩌면 그의 나이가 생각보다 훨씬 많을 수도 있어 보였다. 깊은 눈과 눈가의 주름은 오히려 노년에 이른 자의 것 같았다.

하지만 어쨌든 겉으로는 삼십대 후반으로밖에 보이지 않는 사내는 어둠 속이었지만 장대한 체구와 호방해 보이는 얼굴에서 일대 영웅의 기상이 묻어나고 있었다.

"무엇을 말씀하시는 것인지……?"

사내의 뒤를 따르고 있던 삼 인 중 한 명이 조심스럽게 물었다.

"후후, 이렇게 남들의 눈을 피해 강호행을 해야 한다는 것 말이지."

"그건… 저희들도 궁금해하던 일입니다. 공자님의 무공이라면 단숨에 강호를 질타할 수 있을 텐데 왜 이런 식으로……."

"자네가 보기에도 내가 답답한가?"

"그, 그런 뜻으로 드린 말씀은……."

사내가 얼른 말꼬리를 흐렸다. 그러자 애초에 입을 열었던 삼십대 후반의 사내가 호탕한 웃음을 흘렸다.

"핫하하! 괜찮네. 내가 봐도 내가 답답한데……."

"이유를 여쭤봐도 될는지……?"

"아니, 말해줄 수 없네. 단 하나, 내 사부의 명 때문이라고 해두지. 본래 나의 문파는 지극히 신비스런 곳이거든. 그 이상은 말해줄 수 없어."

"알겠습니다. 더 이상 알려고 하지 않겠습니다."

"고맙군."

"그런데 이번에 이령문을 손에 넣으시면 다음 행보는 어찌 하실지……?"

"이령문에 모용세가의 고수가 나와 있다고 했지?"

"그렇습니다. 이틀 전에 이령문에 들었다고 합니다."

"그럼 잘됐군. 이령문 다음은 모용세가로 하지."

"네?"

"뭘 그리 놀라는가?"

"모용세가는……."

"너무 큰가?"

"뒤에 천목맹도 있고……."

"알아. 뭐, 천목맹과 싸우겠다는 것은 아니야. 그건 일을 너무 크게 벌이는 것이니까. 하지만 만약 오늘 모용세가가 내 일을 방해한다면 모용세가도 한 번쯤 손을 봐줘야겠지. 난 내 일을 방해하면 어떤 사람이나 문파도 그냥 두고 보지 못하는 성미라서."

"그럼 자연히 천목맹과……."

"후후, 뭐, 모용세가에 눌러앉겠다는 게 아니니까. 잠깐 그들에게 세상 넓다는 걸 보여주고 내 일을 방해한 사과를 받고 나면 물러날 거야. 그럼 천목맹과 마주칠 일은 없겠지. 사실 천목맹이라고 해서 두려운 것은 없어. 천목맹의 본산이 있다는 신단평에 가서 한바탕 분탕질을 할 수도 있으니까. 하지만… 그건 아무래도 조금 귀찮은 일이고, 사부도 좋아하지 않을 거야. 뭐, 어쨌든 오늘은 이령문의 실력을 보자고!"

사내가 호기롭게 걸음을 옮기며 말했다.

동쪽에서 달이 떠오르고 있었다. 달빛이 어둠을 밝히기에 부족함이 없었지만 귀산 이령문은 횃불을 대낮처럼 밝히고 있었다. 그 횃불 아래 이령문의 고수들이 장승처럼 서서 정문을 지키고 있었다. 정문만이 아니었다. 정문을 지나 횃불의 빛이 미치지 못하는 이령문의 담장 아래로도 강렬한 안광의 고수들이 곳곳에서 외부에서 오는 적을 감시하고 있었다. 한순간 장원을 지키는 이령문 고수들의 눈빛이 번쩍였다.

터벅터벅!

마치 산보를 나온 듯 조금은 흐트러진 발걸음 소리가 이령문 고수들 귀에 들렸다. 그리고 잠시 후 이령문이 밝혀놓은 불빛 속으로 네 사람이 들어섰다.

"누구냐?"

이령문의 정문을 지키던 고수 한 명이 차가운 목소리로 물었다. 이미 이령문의 고수들 손에는 도검이 들려 있었다.

"이령문은 손님을 이렇게 맞이하나?"

네 명의 사내 중 신분이 높아 보이는 사내가 되물었다.

"이름을 밝혀라!"

이령문의 고수가 사내의 말에 대답하는 대신 더욱 차가운 목소리로 사내들의 정체를 물었다.

"오늘 이렇게 그대들이 횃불을 밝히고 있는 것은 보름에 찾아오겠다는 손님을 기다리는 것이겠지? 내가 바로 그 손님이야."

사내가 조금 부드러워진 목소리로 말했다.

"그대가… 뇌룡인가?"

이령문의 고수가 다시 물었다.

"뇌룡? 이게 무슨 말이지?"

사내가 고개를 돌려 자신의 뒤에 서 있는 세 명의 사내에게 물었다. 그러자 그중 하나가 재빨리 대답했다.

"칠문을 복속시키며 공자께서 보이신 무공 때문에 그런 별호가 붙은 듯합니다."

"응, 그래? 허허, 기이한 일이로군. 나도 모르는 사이에 내 별호가 만들어지다니……. 뇌룡인지 무언지는 모르지만 내가 그대들의 문주에게 제안을 보낸 사람은 맞아. 그러니 기별을 넣지?"

　사내의 말에 이령문의 고수가 잠시 사내를 노려보다 이내 장원 안으로 사라졌다.

　"어때? 패기는 있어 보이지?"

　"그간 겪은 문파 중 제일인 듯합니다."

　"그래… 거기에 더해 모용세가까지. 재밌는 밤이 되겠어."

　뇌룡이라 불린 사내가 고개를 끄덕였다.

　장원 안으로 들어갔던 이령문의 고수는 일각이 지나지 않아 다시 모습을 드러냈다.

　"따라오시오."

　이령문 고수의 말이 떨어지자 정문을 막고 있던 이령문 무사들이 길을 열었다. 그러자 뇌룡이라 불린 사내가 서슴없이 이령문 고수를 따라 장원 안으로 들어갔다.

　수십 개의 횃불이 이령문 장원 안쪽 이십여 장의 공터를 환하게 비추고 있었다. 공터의 바닥은 청석이 깔려 있어 이령문의 잠력을 은근히 드러내고 있었다.

　그 공터의 가장 깊은 안쪽에 이령문주를 비롯한 이령문의 고수 이십여 명이 줄지어 늘어서 공터 안쪽으로 들어서는 네 명의 사내를 응시하고 있었다.

　터벅터벅!

　사내는 언제나처럼 조금 흐트러진 발걸음으로 이령문 고수들 앞으로 다가섰다. 그리고는 마치 제집에 온 사람처럼 입을 열었다.

"어느 분이 이령문주시오?"

사내의 태도는 그야말로 안하무인이어서 이령문 고수들의 얼굴에 노기가 감돌았다.

"내가 이령문주요."

문도들의 노기를 뒤로하고 이령문주 전곡이 앞으로 나섰다. 그러자 사내가 가볍게 포권을 해 보였다.

"대이령문의 주인을 뵙게 되어 영광이오. 연락드렸던 조산이오!"

"그대가 뇌룡이오?"

"뇌룡이라…… . 뭐, 칠문의 수하들이 날 그리 부른다고 들었소. 내가 정한 별호는 아니고."

"그대의 이름… 생소하구려. 혹 그대에 대해 좀 더 알 수 있소?"

"내가 어느 문파, 어느 세력 출신이냐고 묻는다면… 물론 말해줄 수 없소. 하지만 뭐, 뒤에 대단한 배경을 지니고 있는 것은 아니오. 그저 아주 강하고, 뛰어나며, 괴팍한 성정의 사부를 한 분 모시고 있다는 것 정도? 물론 내 사부의 이름 역시 문주께선 들어보지 못하셨을 거요."

"신분을 밝히지 않는 것은 스스로의 행동이 정명하지 못하다는 것을 자인하는 것이오?"

"하하하! 문주 역시 보통의 강호인인가 보구려. 누군가의 행동을 정과 사로 나누는 것은 하류배들이나 하는 짓거리요. 나에겐 오직 내 이름 두 자, 조산이란 사람의 행동이 있을 뿐 정사의 구분은 부질없소. 난 세간의 평판에 좌우되는 사람이 아니란 말이오. 내 사부의 이름을 밝히지 않는 것은 사부께선 나와 달리 세상에 나서기를 꺼려하시기 때문이오. 물론 세상 역시 내 사부가 나서는 걸 원치 않겠지만 말이오."

"그대의 사부는 진정 대단한 인물인가 보군."

"날 겪어보시면 내 사부를 알게 될 것이오."

"정말 대단한 자군."

곽풍산이 감탄사를 흘렸다. 수십 명의 이령문 고수를 앞에 두고 행하는 뇌룡 조산이란 사람의 행동은 그야말로 호기롭기 이를 데 없는 것이었다. 그의 행동 하나하나는 사람들을 위압하는 기운이 있어서 단 세 명의 수하를 거느리고도 이령문 전체의 고수들을 능가하는 기세를 흘려내고 있었다.

"보통 사람은 아니군."

부루 역시 고개를 끄덕였다. 또한 부루의 눈빛이 차갑게 굳어가고 있었는데, 그건 부루가 강적을 만났을 때 보이는 눈빛이었다.

송추월은 다른 눈으로 사내를 바라보고 있었다. 한편으로 자유로운 듯 보이면서도 뭔가에 억압되어 있는 듯한 사내의 모습에서 송추월은 답답함을 느끼고 있었다.

'누가 저자에게 고삐를 매어놓았을까? 저런 자를 움켜쥐고 있는 자라면 정말 무서운 자일 거야. 그가 말하는 사부라는 자일까?

　송추월이 보기에 사내의 무공은 장내의 그 누구보다 뛰어나 보였다. 설혹 송추월 자신과 그의 네 친구를 포함해도 사내가 흘려내는 기도에 맞설 수 있을 것이라고 장담할 수 없었다. 물론 싸움이란 일단 시작되고 나면 상황에 따라 그 양상이 변하는 것이지만, 일단 사내가 보여주고 있는 강력한 기도는 장내의 고수들을 휘어잡기에 충분했다. 그런데 그런 자를 통제할 수 있는 인물이 존재한다면 그는 아마도 천하에서 가장 무서운 인물일 터였다.

　'마효 그 늙은이 같은 자가 또 있다는 말인가? 아니면……'

　송추월의 머릿속에 내심 의심이 생겨났다, 어쩌면 사내가 마효의 제자일지도 모른다는. 그러나 송추월은 이내 고개를 저었다. 사내의 기운은 송추월 자신과 친구들의 기운과는 확연히 달랐다. 마효가 말하길, 그의 제자들도 화수유천으로 시작되는 신공을 익혔다고 했으니 사내가 마효의 제자라면 그 기운이 이렇게 이질적일 수는 없었다.

　"정말 세상 넓군."

　송추월이 나직하게 중얼거렸다. 그사이에도 사내와 이령문주의 신경전은 계속되고 있었다.

　"그대가… 이곳에 오기 전 칠문을 복속시킨 것이 맞소?"

　"맞소. 그들은 나와 한 수 겨뤄보고는 순순히 내 앞에 무릎을 꿇었소. 내 생각엔 잠시 후 문주께서도 그들과 같은 입장이 될 것 같소이다만……."

"이령문은 그들과 다르오."

"아아, 물론 이령문이 그들보단 조금 더 가치있는 문파라는
건 알고 있소. 그래서 나도 좀 더 신경을 쓸 참이오. 문주, 내가
보낸 전갈을 기억하시오?"

"그렇소."

"그 제안에 동의하시오?"

"열 번의 비무라면 그대에게 너무 불리한 것 아니오?"

"하하하, 불리할 것이 뭐가 있겠소. 내 수하들은 족히 백 인
을 상대할 수 있고, 난 족히 천 인을 상대할 수 있다오. 물론 만
인을 상대할 수 있는 사부도 있지만……."

사내의 자부심이 하늘을 찔렀다. 그럼에도 장내의 고수 누
구도 사내가 허풍을 떨고 있다고 느끼지 못했다. 사내의 기도
가 그만큼 무거웠기 때문이다.

"좋소, 그대의 실력을 보리다."

이령문주가 고개를 끄덕였다. 그리고는 슬쩍 고개를 돌려
뒤쪽의 고수에게 눈빛을 보냈다. 그러자 이령문주 뒤에 있던
초로의 인물이 앞으로 걸어나오며 말했다.

"난 매초라 하오."

이령문의 고수 매초가 자신의 신분을 밝히자 조산이 고개를
돌려 그의 수하를 바라봤다.

"이령삼호 중 한 사람입니다. 이령문에선 열 손가락 안에 들
어가는 고수입니다."

"그래? 좋은 상대군. 누가 상대할 텐가?"

"제가 하겠습니다."

조산을 따르는 삼 인 중 한 명이 앞으로 나섰다.

"단진 자네의 도를 본 지 오래군. 좋아."

조산이 고개를 끄덕였다. 그러자 비무를 하겠다고 나선 단진이란 사내가 크게 걸음을 옮겨 이령문의 고수 매초 앞으로 나섰다.

"난 단진이라 하오. 조심하시오."

단진의 말에 매초의 표정이 변했다. 단진의 말투는 이미 자신의 승리를 확신하고 있는 듯했다. 매초는 이령문의 고수로 산해관 인근에선 상대를 찾기 어려운 인물이었다. 이령문에서 문주의 혈통인 전 씨를 제외하고 가장 강한 사람 삼 인을 이령삼호라 부른다. 이 이령삼호의 무공은 전 씨에게 내려오는 이령문 전통의 무공은 아니지만 그에 버금가는 수준의 무공으로 알려져 있었다. 그러므로 스스로의 무공에 대한 자부심은 단진 못지않은 매초였다.

스르릉!

매초가 말 대신 검을 뽑는 것으로 단진의 말에 대응했다.

"좋군. 무인은 도검으로 말을 대신하지."

단진이 고개를 끄덕였다. 매초의 태도가 그의 마음에 든 모양이었다. 그럴수록 매초의 노기는 커져 갔다.

"그대의 도(刀)를 보겠다."

파아악!

말이 끝나는 순간 매초의 검이 무서운 속도로 단진을 향해 날아갔다. 단진은 아직 도를 뽑지 않은 상태였다. 매초의 검은 경탄할 정도로 빨라서 그의 검이 움직였다 느낀 순간 벌써 단진의 면전에 그 검끝을 들이밀고 있었다.

"역시!"

단진의 입에서 감탄사가 흘러나왔다. 그러나 그는 상대의 공격에 어떤 위협도 느끼지 않는 표정이었다. 사람들은 단진이 허세를 부리고 있다고 생각했다. 단진이 도를 뽑아 매초의 검을 상대하기에는 너무나 시간이 촉박했다.

"끝났어!"

이령문의 문도 사이에서 누군가의 목소리가 흘러나왔다. 매초의 승리를 확신하는 듯한 목소리. 그러나 단진은 장내의 누구도 예상치 못한 방식으로 매초의 공격을 막아냈다.

퉁!

단진은 도를 뽑지 않았다. 대신 그는 도를 도갑째 들어 닥쳐드는 매초의 검을 막았다. 둔중한 타격음과 함께 매초의 검이 단진의 도갑에 꽂혔다. 그리고 다음 순간 단진이 도갑을 밀어냈다.

팡!

기이한 파공음이 단진과 매초 사이에서 일어났다.

"웃!"

순간 매초의 입에서 나직한 침음성이 흘러나오더니 밀어내는 단진의 힘을 버티지 못하고 뒤쪽으로 대여섯 걸음 물러났다.

"정말 조심해야 할 거요."

매초가 뒤로 물러나자 단진이 다시 경고를 흘려냈다. 그리고 다음 순간, 그의 도가 도갑에서 빠져나왔다.

우우웅!

일순 장내에 광풍이 일어났다. 광풍의 시작은 단진의 도에서부터였는데, 그 강렬함이 한여름 태풍을 보는 듯했다.

카카캉!

도풍을 일으키며 어지럽게 회전하는 단진의 도를 매초가 검을 들어 급히 막아냈다. 차가운 소성이 장내를 뒤흔들었고, 어둠을 밝힌 횃불들이 광풍 같은 도풍에 이리저리 흔들렸다.

"아!"

누군가의 입에서 한마디 탄성이 흘러나왔다. 그리고 연후 천지를 뒤흔드는 굉음이 터져 나왔다.

꽝!

"헛!"

굉음 뒤에 연이어 매초의 당황한 듯한 음성이 이어졌다. 그리고 그런 매초의 눈앞에 한 자루 도가 태산 같은 무게를 자랑하며 멈춰 서 있었다.

"좋은 검법이었소. 하지만 약간 부족한 듯하구려."

단진이 당황스런 눈빛을 흘려내고 있는 매초를 보며 투박하게 말하고는 도를 거둬들여 도갑에 넣었다. 그리고는 성큼성큼 걸음을 옮겨 조산 앞으로 다가가더니 가볍게 고개를 숙여 보였다.

"수고했어."

"생각보단……."

단진이 약간 실망한 표정으로 말꼬리를 흐렸다.

"기다려 봐. 이곳엔 이령문의 고수들만 있는 것은 아니니까."

말을 하며 조산이 이령문의 고수들 뒤쪽에 서 있는 모용세가 고수들을 응시했다.

"저들도 맡겨주시겠습니까?"

"기회가 되면!"

"감사합니다."

"고마울 것까지야……. 어차피 해야 할 일인데."

조산이 단진의 어깨를 툭 치고는 두어 걸음 앞으로 걸어나와 이령문주 전곡에게 말을 건넸다.

"첫 번째 비무는 우리가 이겼소이다. 음… 비무 방식을 바꾸겠소."

마치 자신에게 모든 일을 결정할 권한이 있다는 듯 조산이 말했다.

"어떻게 말이오?"

이령문이 자랑하는 고수 매초가 단 십 초를 넘기지 못하고 불청객에게 패퇴하자 이령문주 전곡이 상기된 표정으로 조산에게 물었다.

"이렇게 합시다. 열 번의 기회는 여전하오. 대신 그대들 중 누구라도 우리 중 한 사람을 꺾는다면 우린 그만 물러가겠소. 그리고 산해관은 여전히 이령문의 손에 있을 것이오."

그야말로 오만하기 이를 데 없는 제안이었다. 애초의 조건은 열 번의 비무를 통해 더 많은 승리를 거두는 쪽이 이기는 것이었다. 그런데 단 한 판의 비무가 끝나자 조산은 자신들에게서 한 번의 승리라도 거둔다면 이령문의 승리를 인정하겠다고 말하고 있었다. 이령문에 극히 유리한 조건이었지만, 대신 이령문주의 자존심을 무참하게 꺾는 제안이기도 했다. 그러나 이령문주 전곡은 신중한 인물이었다. 어쨌든 조산의 제안대로라면 이령문으로서는 나쁠 것이 없었다.

"그 약속 반드시 지켜지길 바라오."

"걱정 마시오. 이 조산은 정인군자는 아니지만 한 입으로 두말하는 사람은 절대 아니니. 그래, 두 번째 비무는 어느 분이 나서시겠소? 앞서 봐서 아시겠지만 날 따르는 사람들의 무공이 제법 괜찮은 편이오. 신중하게 비무할 자를 고르시기 바라오."

조산은 진정으로 상대를 배려하는 표정으로 말했다. 그러자 이령문주가 고개를 돌려 한 사람의 노고수를 바라봤다. 이령문주의 눈길을 받은 노고수가 차분한 안색으로 걸음을 옮겨 앞으로 나왔다.

"아우가 본 문의 위기를 막아주시겠나?"

노고수가 앞으로 나서자 이령문주가 물었다. 그러자 노고수가 고개를 숙여 보이며 대답했다.

"이런 날을 위해 검을 익혔으니 당연한 일이지요."

"아우님만 믿겠네."

"너무 심려 마십시오."

노고수가 다시 한 번 고개를 숙여 보인 후 다섯 걸음 앞으로 나서서 조산을 보며 말했다.

"난 이령문의 전상이라 하오. 한 수 가르침을 바라겠소."

전상이 나서서 자신을 소개하자 조산이 고개를 돌려 다시 수하들을 바라봤다.

"이령문주의 첫째 아우입니다. 무공에 관해서는 이령문 최고의 고수로 알려져 있습니다. 이령문주조차 무공에서 있어서는 그에게 한 수 접어준다고 하더군요."

"그래? 그런데 왜 문주가 되지 못했지?"

"이령문은 장자에게 문주의 직위가 계승됩니다. 더불어 무공을 제외하고는 이령문주가 그 아우보다 모든 면에서 뛰어나다고 알려졌습니다."

"우스운 일이야. 강호에선 강한 자가 법이거늘……. 무공이 뛰어나면 당연히 그가 문주가 되었어야지."

조산이 혀를 찼다. 그리고는 시선을 돌려 전상을 바라보며 말했다.

"그가 이령문 제일의 고수라면 내가 나서야겠군."

"소인에게 기회를 주십시오."

"백안 자네가?"

"그들의 뒤에는 아직 모용세가가 있으니……."

"그렇군. 아직 기회는 있군. 좋아, 이번 비무는 자네가 맡아."

"감사합니다, 공자님!"

고개를 숙여 보인 백안이란 사내가 훌쩍 걸음을 옮겨 이령문 최고의 고수 전상 앞에 나섰다.

"공자를 모시는 백안이라 하오. 그대의 명성은 익히 들었소. 기대가 크오."

역시 앞서 나섰던 단진처럼 상대를 아래로 내려다보는 말투였다. 그러나 전상의 표정은 전혀 변하지 않았다. 비무에 임해 상대의 도발에 흔들리는 경지를 벗어난 전상이다.

"한 수 가르침을 받겠소."

전상이 차분하게 말했다. 그러자 백안 역시 신중한 표정으로 바뀌었다. 전상이 드러내는 기도에서 심상찮은 고수의 기운을 느꼈기 때문이다.

第六章
구패자(求霸者)

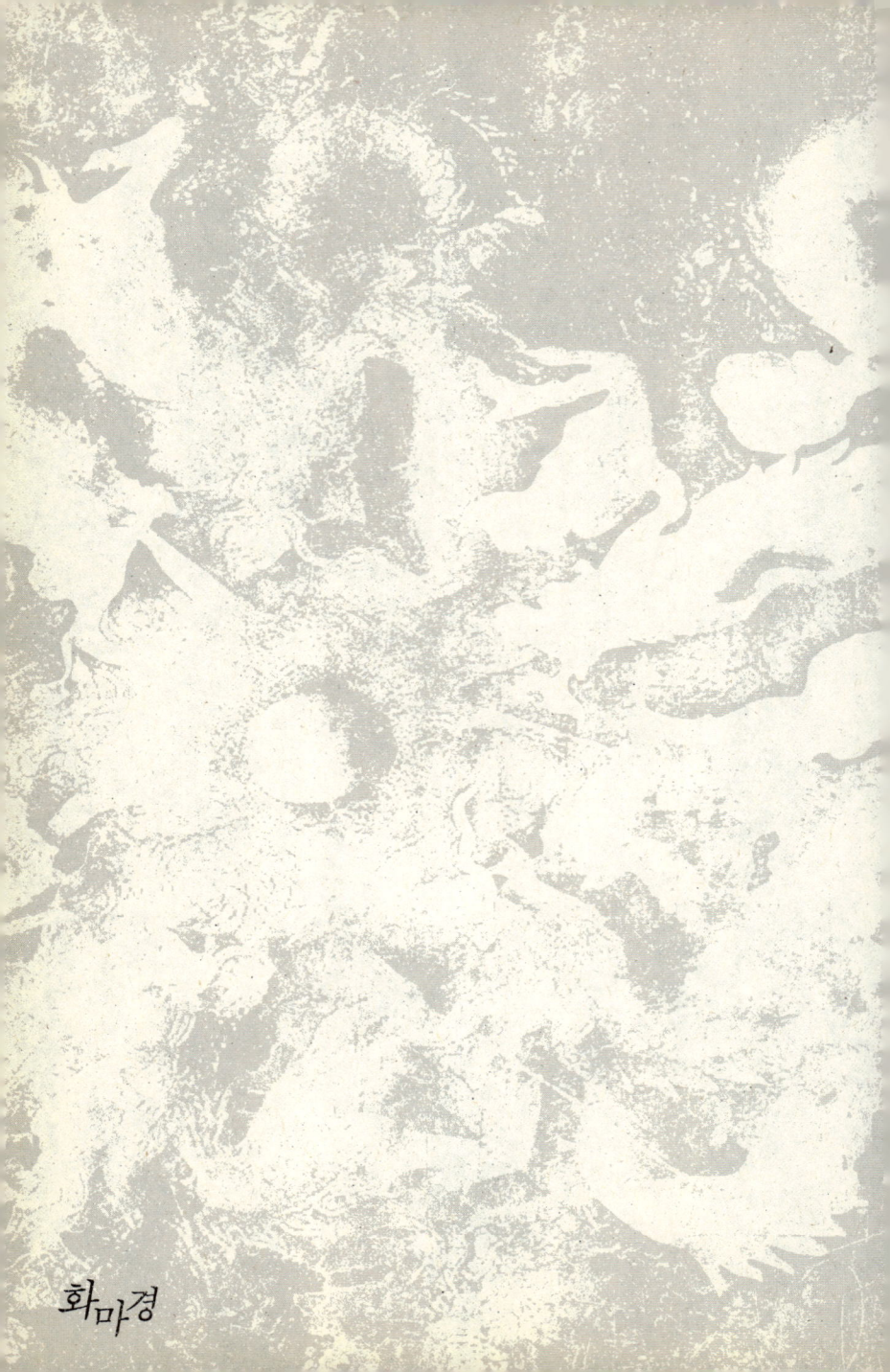

화마경

"이번 비무는 제법 재미있겠군."

문득 송추월이 입을 열었다.

"누가 이길 것 같아?"

대일이 물었다. 그러자 송추월이 망설이지 않고 말했다.

"승패는 이미 결정돼 있어. 저들은… 보통 사람들이 아니야."

승패는 송추월의 말처럼 정해져 있었다. 그들은 전혀 다른 세계의 무공을 가지고 있었다. 전상은 이령문 최고의 고수였지만 백안의 무공은 상궤를 벗어난 강력함을 지니고 있었다.

쿠쿠쿵!

백안의 도가 연신 대못을 박듯 전상을 때려댔다. 전상은 혼신의 힘을 다해 백안의 공격을 막아냈지만 채 삼십 초가 지나기도 전에 처음 비무를 시작했던 자리에서 십여 장이나 뒤로 밀려나 있었다. 조금만 더 밀려나면 더 이상 비무를 펼칠 공간을 확보할 수 없을 만큼 곤궁한 처지에 빠진 전상의 얼굴이 벌겋게 상기되어 있었다.

산해관의 주인을 자처하는 이령문. 그 이령문 최고의 고수로 꼽히는 전상이다. 그러나 그런 그조차도 조산의 수하 백안의 적수가 되지 못했다. 앞서 이령삼호 매초가 조산의 수하 단진에게 패한 것은 결코 우연이 아니었던 것이다.

"차원이 달라."

곽풍산이 고개를 저었다. 도저히 이령문의 고수들로서는 조산의 수하들을 감당할 수 없을 듯 보였다.

"그가 독심을 품는다면 전상이란 사람은 벌써 죽었을 거야."

대일도 고개를 저었다.

"도대체 어디서 저런 자들이 나온 걸까? 저렇게 강한 자는 천목맹에서도 찾아보기 힘들 것 같은데."

곽풍산이 고개를 갸웃했다. 그러나 곽풍산의 말에 답을 해줄 사람은 주변에 아무도 없었다. 누구도 조산의 정체를 알지 못하기 때문이기도 했고, 또 사람들의 시선이 백안이라는 고수의 움직임에 매여 있기 때문이기도 했다. 특히나 부루의 표정은 매우 심각해서 그는 두 사람의 비무를 보면서도 홀로 여러 가지 궁리를 하는 모습이었다.

그러는 사이 비무는 어느새 오십 초에 이르고 있었다. 물론 대일의 말처럼 끝나려면 이미 오래전에 끝났어야 할 비무지만 백안은 상대에게 철저한 패배를 경험시키겠다는 듯 비무를 끝내지 않고 완벽하게 전상을 밀어붙이고 있었다.

그리고 급기야 전상은 백안의 의도대로 스스로 검을 거뒀다.

"졌소."

한순간 전상이 다섯 걸음 뒤로 물러나며 검을 거꾸로 세웠다. 그의 얼굴은 수치심으로 붉게 달아올라 있었으나 더 이상 비무를 진행하는 것이 오히려 구차하다는 걸 알 만큼의 인물은 되는 전상이었다.

"다행히 승패의 구분은 할 줄 아는구려. 즐거웠소."

오만하기까지 한 백안의 말투에 다시 한 번 전상이 수치심으로 얼굴을 붉혔다. 그러나 강호에서 패자가 할 말은 없다. 강자존의 세계에서 승자는 오만할 권리를 갖는 법이니까.

백안이 도를 거둬들이고 오연한 걸음으로 조산 앞으로 돌아왔다. 그리고는 조산을 향해 가볍게 고개를 숙여 보였다.

"수고했어."

조산이 백안을 보며 무심하게 고개를 끄덕였다.

"조금 걸렸습니다."

"음, 수련을 게을리하지 말아야겠어."

이기고 돌아온 자에게 조산은 오히려 일종의 타박을 하는 듯 보였다.

"명심하겠습니다."

"그나저나 생각보다 실망이군. 겨우 이 정도라면……."

조산은 자신의 두 수하와 비무를 벌인 이령문 고수들의 수준에 실망한 듯 보였다. 그의 앞에는 수십 명의 이령문 고수가 늘어서 있었으나 조산은 그들을 허깨비 보듯 대하고 있었다. 그렇게 잠시 실망한 표정을 짓고 있던 조산이 한순간 이령문주 전곡을 보며 물었다.

"계속하겠소? 내가 볼 땐 이건 시간낭비 같은데……."

비웃음조차도 깃들지 않은 말투. 마치 더 이상 귀찮은 일을 하기 싫다는 지루함이 묻어나는 목소리였다.

전곡의 표정은 딱딱하게 굳어져 있었다. 믿었던 아우 전상이 속절없이 패하고 나자 그로서도 의기소침하지 않을 수 없었던 것이다. 그리고 이제 그가 내놓을 패는 그리 많지 않았다.

전곡이 슬쩍 시선을 돌려 모용세가의 고수들을 바라봤다. 그러자 모용목이 가볍게 고개를 끄덕였다.

"아직… 비무는 끝나지 않았소."

모용목의 동의를 받은 전곡이 조산을 보며 무거운 음성으로 말했다.

"이령문에서 더 내세울 고수가 있다는 말이오? 설마… 문주께서 이 위험한 비무에 직접 나서시려오?"

"물론 나서지 못할 것은 없소. 하지만 이미 그대들의 실력을 보았으니 내가 나선다 하여 승패가 변하지는 않을 것이오."

"하하하! 역시 듣던 대로 이령문주께선 판세를 읽는 눈이 밝으시구려. 그렇다면 이령문주께선 이제 어떤 수를 두실 생각이오?"

조산이 흥미로운 표정을 지으며 물었다. 물론 그러면서 그의 시선도 모용세가의 고수들을 바라보고 있었다. 이령문주가 어떤 수를 내놓을지 이미 짐작하고 있다는 듯.

"우리 이령문에선 이번에 그대들을 상대하기 위해 약간의 준비를 했소."

"물론 그러리라 기대하고 있었소. 이대로라면 너무 실망스런 행보일 테니 말이오. 그런데 그 준비란 것이 외부의 고수를 초빙하는 것이오?"

"짐작하고 있으리라 생각하오."

"오면서 듣기는 했소, 이령문이 사위를 잘 보았다는……."

조산의 시선이 모용검중을 향했다. 순간 모용검중이 자신도 모르게 흠칫했다. 조금은 허술하게 여겨질 만큼 능청거리던 조산의 눈에서 번개와 같은 안광이 한순간에 폭사했기 때문이다. 그건 오로지 모용검중에게만 향한 안광이었기에 다른 사람들은 두 사람 사이에 일어난 시선의 교환을 전혀 눈치채지 못했다.

"문파의 일에 외부의 도움을 받는 것은 부끄러운 일이나 당신들이 장성 이북의 칠문을 격파했다는 소식을 들었기에 준비하지 않을 수 없었소. 당신의 짐작대로 본 문은 모용세가의 고수 분들을 초빙했소이다. 모용세가의 영웅들이 본 문을 대신해 비무에 나서도 되겠소?"

전곡의 질문에 조산이 가볍게 고개를 끄덕였다.

"물론 상관없소. 아니, 오히려 나에겐 잘된 일이오. 오늘 하루 애써 시간을 내었는데 이렇게 재미없게 일이 마무리되어서는 곤란하니까. 모용세가라면… 흥미가 동하는구려. 그래, 모용세가에선 어떤 고인께서 나오셨소?"

조산이 이젠 드러내 놓고 모용세가 고수들을 살피며 물었다. 그러자 모용세가의 고수들을 이끌고 있는 모용목의 얼굴에 일순 불쾌한 표정이 지어졌다. 모용세가는 요동을 넘어 강호 천하에 명문으로 이름난 곳이다. 사패를 지나 육패의 시대에 접어든 오늘날의 강호에서도 대모용세가 앞에서 오만할 자는 강호에 없었다.

모용목이 천천히 걸음을 옮겨 이령문 고수들 앞쪽으로 나와 섰다. 그리고는 차가운 목소리로 조산을 향해 입을 열었다.

"그대의 이름이 조산이라고 했소?"

"그렇소이다. 그대는?"

나이로 보자면 분명 모용목이 조산에 비해 한참 위였지만 조산은 모용목에 대한 예의 같은 것에는 관심이 없는 듯 보였다.

"난 모용목이라 하오. 혹 들어봤는지 모르겠군."

"모용목이라……. 후후, 모용세가주의 세 아우가 있어 모용세가를 떠받친다는 말은 들었소. 당신이 그중 한 명이구려."

"놈! 강호의 예법을 모르는 망나니로구나!"

갑자기 모용세가 고수들 사이에서 노성이 터져 나왔다. 계속해서 모용목에게 불손한 태도를 보이는 조산의 행동을 더 이상 지켜보기 어려웠던 모양이다. 그러자 조산의 뒤에 있던 세 명의 수하 중 한 명이 낮은 목소리로 응대했다.

"감히 공자께 그런 불손한 말을 지껄이다니 목숨이 서너 개쯤 되는 모양이구나!"

"뭣이라! 감히 모용세가를 능멸하다니!"

분기에 싸인 모용세가의 고수들이 일제히 도검을 뽑아 들려는 찰나 문득 모용목이 손을 들어 동요하는 문도들을 진정시켰다. 그리고는 조산을 보며 차분하게 말을 건넸다.

"그대의 진정한 목적은 뭔가?"

모용목의 정색을 한 질문에 조산의 표정도 조금 변했다. 그역시 지금까지완 다른 표정을 지으며 대답했다.

"몰라서 묻는 거요?"

"칠문에 대한 그대의 처분을 전해 들었다. 그들을 복속시키기는 했지만 하나의 세력으로 모은 것은 아닌 것 같던데……."

"맞소. 사실 칠문이 제법 뛰어난 문파들이긴 하지만 그들을 이용해 뭔가를 해볼 생각은 없소."

"하면 도대체 왜 이런 행보를 하고 있는 것인가?"

"그 자세한 이유야 당신에게 설명할 필요는 없을 것 같고… 그저 재미 삼아 하고 있다고 생각하시오."

"재미 삼아?"

"강호에 몸담아 무공을 익혔으니 그 무공을 써보긴 해야 할 것 아니오?"

"칠문이… 그리고 이령문이 그대에겐 한낱 장난거리에 지나지 않는다는 말인가?"

모용목의 목소리에 노기가 서렸다.

"후후후, 거기에 모용세가를 더하면 어떻소?"

"놈!"

모용목의 입에서 차가운 노성이 흘러나왔다. 모용세까지 자신의 재밋거리로 생각하는 조산의 태도를 모용목으로서는 도저히 참아줄 수 없었다. 아니, 모용목뿐 아니라 장내의 고수 누구도 이 조산이란 자를 이해하기 힘들었다. 도대체가 대모용세가까지도 자신의 노리개에 지나지 않을 거라니 누가 있어 강호에 이런 자가 존재한다고 믿을 것인가? 그러나 사람들의 노기와 당혹감에도 불구하고 조산은 자신이 하고 싶은 말을 계속했다.

"오늘 이곳에서 날 막지 못하면 내 걸음은 산해관을 지나 요동으로 갈 거요. 요동에 가면… 먼저 모용세를 찾도록 하지. 오늘 그대들과 인연을 맺었으니 그 인연을 따라 움직이는 것이 순리일 터!"

조산의 목소리엔 자신감이 역력했다. 그는 모용세가 또한 이령문과 처지가 크게 다르지 않다고 말하고 있었다.

"넌 결코 산해관을 넘지 못할 것이다. 더불어… 오늘 이곳에서 살아 돌아가기도 어려울 것이다."

모용목이 차가운 살기를 드러냈다. 그러자 조산 역시 정색을 하며 말했다.

"지금까지 날 막아섰던 모든 자들이 그런 소리를 했다. 그러나 그중에 내 옷자락 하나 벤 자가 없었지. 그대는 몰라, 나에 대해서."

"너에 대해 자세히 알아보는 것은 네 무릎을 땅에 꿇린 후 하도록 하지."

스르룽!

모용목이 검을 뽑았다. 검집을 스치며 몸을 드러내는 검이 차갑게 달빛을 흘렸다. 그러자 조산이 한 걸음 앞으로 나섰다.

"공자, 제가……."

조산의 뒤에 있던 삼 인의 수하 중 비무에 참가하지 않았던 자가 말리려 했으나 조산이 고개를 저었다.

"아마도 저자 이후에는 더 이상 상대가 없을 것 같으니 내가 하도록 하지. 손 한 번 안 쓰고 그냥 갈 순 없으니까."

"알겠습니다."

그의 수하가 두 번 만류하지 않고 순순히 뒤로 물러났다. 그 러자 조산이 다시 서너 걸음 앞으로 나서더니 허리춤에 매달 린 검을 뽑아 들었다.

그런데 조산의 검이 기이했다. 강호의 여타 검과는 달리 무 척 두꺼운 검신을 지니고 있었다. 본래 검이란 찌르기에 용이 하게 만들어진 병기다. 그런데 조산의 검은 그런 검의 특징이 거의 드러나지 않았다. 오히려 대도와 비슷할 만큼의 두꺼운 도신과 무게 때문인지 일반 검에 비해 절반 정도에 지나지 않 는 길이를 지닌 특이한 검이었다.

대체로 기병을 쓰는 자는 두 종류에 한한다. 특별히 뛰어난 무공을 지닌 자이거나 혹은 별 볼일 없는 하수. 그러나 조산 정도의 기도를 지니고 절대 경지에 오른 수하를 데리고 다니 는 자가 하수일 리는 없다. 그러니 그가 지닌 기이한 검은 그 의 무공을 더욱 무섭게 만드는 기병일 터였다.

모용목의 눈에 조산의 검에 대한 경계심이 드러났다. 그가 천천히 검을 들어 올려 조산을 겨누며 왼쪽으로 돌기 시작했다. 그런데 그런 모용목을 상대하는 조산의 움직임이 또한 상궤에 벗어나 사람들을 놀라게 했다.

터벅터벅!

왼쪽으로 원을 그리며 도는 모용목을 향해 조산은 정면으로 걸어 들어갔다. 보통의 경우라면 같은 방향으로 신형을 움직여 적의 빈틈을 찾아야 하는 것이 당연한 수순인데 조산은 그런 무림의 상식을 완전히 무시하고 있었다. 그리고 그건 곧 조산이 이 싸움에 대해 확고한 자신감을 가지고 있다는 의미이기도 했다.

"놈!"

조산의 오만한 움직임에 모용목의 입에서 차가운 노성이 흘러나왔다. 동시에 횡으로 움직이던 그의 몸이 직선으로 방향을 바꿨다.

팡!

강하게 차낸 발끝에서 흙먼지가 일어났다. 모용목의 신형이 쏘아진 화살처럼 조산을 향해 폭사했다.

우우웅!

앞세운 검에서 강렬한 파공음이 일었다. 금성철벽이라도 뚫을 듯한 모용목의 기세는 그가 왜 모용세가의 최고수 중 한 명인지를 증명해 주고 있었다.

"아!"

이미 조산 일행의 강력한 무공을 경험한 장내의 무인들이었으나 모용목이 보여주는 신위는 그들에게 일말의 기대감을 일으켰다. 빠르면서도 뇌성처럼 강력한 모용목의 일검이 무모할 정도로 자신감 넘치는 조산의 가슴을 꿰뚫을지도 모른다는 기대가 이령문과 모용세가 고수들 사이에서 일렁였다.

그런데 강호일절이라 불려도 좋을 공격을 받은 조산의 표정은 전혀 변함이 없었다. 상대의 절륜한 무공에 대한 감탄조차도 그의 얼굴에는 나타나지 않았다. 대신 그는 마치 나무 작대기 잡는 듯 들고 있던 괴검을 불쑥 머리 위로 들어 올렸다.

슈우욱!

그사이 다가온 모용목의 검이 조산의 가슴을 찔렀다. 그 순간 조산의 괴검 역시 허공에서 땅으로 떨어져 내렸다.

우왕!

마치 울음을 토하듯 조산의 괴검에서 기이한 음향이 일었다. 그리고 다음 순간,

꽝!

하늘이 무너지고 땅이 갈라질 듯한 굉음이 조산과 모용목 사이에서 터져 나왔다.

"옷!"

강력한 격돌음에 장내의 고수 중 몇이 기겁하며 뒤로 물러났다. 그러나 대부분의 시선은 격돌한 조산과 모용목에게 향해 있었다. 두 사람의 검은 허공에서 묘하게 엉켜 있었다. 조산의 검은 마치 도끼처럼 모용목의 검을 내리찍고 있었고, 모용목의 검은 그런 조산의 검을 피해 상대의 가슴을 찌르려다

멈춰 선 것처럼 비스듬히 틀어져 있었다. 언뜻 보기엔 누구도 승세를 점하지 못한 듯한 상황. 그러나 기실 눈 밝은 사람은 이 일 합의 격돌에서 일어난 두 사람의 우열을 금세 눈치챌 수 있었다. 송추월 역시 그런 사람 중 하나였다.

'놀라운 자다. 저 단순한 검식으로 오묘하기 이를 데 없는 모용목의 공격을 막아냈어. 더군다나 저자는 숨 하나 흩뜨리지 않고 있지 않은가? 도대체 얼마나 막강한 공력을 지닌 것일까?'

송추월이 놀란 것은 조산의 검공도 검공이지만 그보다는 그의 공력이었다. 모용목 정도의 노고수라면 절정의 공력을 지니고 있을 것이 분명하지만 조산은 그런 모용목의 공세를 가볍게 막아내고도 아직 한참 여유가 있어 보였던 것이다.

반면 모용목의 얼굴은 평온한 듯 보였지만 그의 눈초리가 잘게 떨리고 있었고, 조산의 검에 막힌 그의 검 역시 조금씩 아래로 처지고 있었다. 이 격돌은 결국 조산이 우세한 승부였던 것이다.

팟!

석상처럼 서 있던 두 사람 사이에 한순간 변화의 바람이 불었다. 먼저 움직인 것은 모용목이었다. 더 이상 버티다가는 자신의 검이 땅에 처박힐지도 모른다는 경계심이 그를 움직이게 만들었다. 그의 발끝이 땅을 차는 순간 모용목의 신형이 번개처럼 조산의 검 아래에서 빠져나왔다.

조산을 벗어난 모용목의 신형이 한줄기 바람처럼 삼 장을 물러나더니 한순간 허공을 솟구쳤다. 그리고는 허공에서 재빨리 몸을 틀어 다시금 조산을 향해 닥쳐들었다.

파파팟!

모용목의 검초가 변했다. 첫 공격에서 일 검에 승부를 내려는 듯 쾌속하고 강렬한 초식을 선보였던 모용목의 검에 신묘한 변화가 깃들기 시작했다.

그의 검이 허공에서 두어 번 그어지자 하나였던 검이 두 개로, 두 개가 다시 넷으로 늘어나더니 한순간 여덟 개까지 그 숫자를 늘리며 조산의 팔방을 점했다.

"좋군."

대일의 입에서 자신도 모르는 사이에 감탄사가 흘러나왔다. 모용목이 보여주는 검술은 능히 절대지경에 오른 경지를 드러내고 있었다. 검의 강렬함은 여전히 살아 있으되 그 변화막측함이 처음 그가 조산을 공격했던 검초보다 진일보한 경지의 초식이었던 것이다.

모용목이 검초의 현묘함을 높인 이유는 분명했다. 공력에 있어서는 도저히 조산의 힘을 당해낼 수 없다고 판단했기 때문일 터다. 그러니 검법의 현묘함을 빌어 조산의 강한 공력을 제압하려는 것은 당연한 선택이었다.

그러나 조산은 그런 모용목이나 또는 모용목의 검술에 찬탄하는 장내 고수들이 상상한 것 이상으로 특별한 인물이었다.

조산은 폭포수처럼 떨어지는 모용목의 여덟 줄기 검기를 무덤덤한 표정으로 응시하고 있었다. 그러다 한순간 검을 허리아래로 늘어뜨리더니 모용목의 검이 그를 그물처럼 휘감으려는 찰나 다시 검을 위로 들어 올렸다.

검은 산처럼 무거워 보였다. 본래부터 조산이 들고 있는 검은 길이에 비해 그 두께가 보기 드물게 두꺼운 것이었으므로 무게가 수십 근은 나갈 만한 검이었다. 그러나 조산 같은 막강한 공력의 고수가 지금처럼 무겁게 들어 올릴 만한 검이라고는 할 수 없었다. 그래서 사람들은 어쩌면 조산이 현묘한 모용목의 초식에 이미 그 기세를 제압당한 것이 아닌가 하는 의문을 품을 정도였다.

그런데 그런 조산의 검이 미처 그의 허리 위로 올라오기도 전에 장내에 기이한 변화를 일으켰다.

쩌저적!

이른 봄, 얼음 갈라지는 소리가 일어났다. 사람들은 이 생경한 소리가 무엇을 의미하는지 처음에는 쉽게 알아챌 수 없었다. 단지 그들이 본 것은 현묘한 초식을 선보이며 조산을 휘감아가던 모용목의 얼굴이 살짝 일그러지는 모습이었다.

쩌정!

급기야 팽창을 이기지 못한 얼음이 깨지는 소리가 터져 나왔다. 그리고 그 순간 두 사람의 격돌을 지켜보고 있던 사람들은 팔방을 점하고 조산을 향해 떨어져 내리던 모용목의 검이 마치 폭죽처럼 하늘로 터져 나가는 것을 목도했다.

"헛!"

누군가의 입에서 당혹스런 음성이 터져 나왔다. 모용목의 검이 조산의 신형과 두 자 정도의 거리를 두고 마치 강력한 반탄력에 막힌 듯 허공으로 비산하는 모습은 강렬하면서도 아름

답기까지 했다. 그리고 그 순간 그물에 갇힌 맹수와 같던 조산의 몸이 꼿꼿하게 섰다. 그의 검은 어느새 가슴 어림까지 올라와 있었고, 횃불에 물든 어둠이 그의 검을 따라 느리게 회전하고 있었다.

쿵!

다시 한차례의 폭발음이 터져 나왔다. 그 순간 가슴 어림에 있던 조산의 검이 그의 머리 위에 도달했다.

"컥!"

한줄기 비명이 모용목의 입에서 터져 나왔다. 동시에 그의 몸이 맥없이 오 장여를 날아가더니 디딜 곳을 찾지 못하고 땅 위에 허물어져 내렸다.

쿡!

만약 노련한 그의 몸이 본능적으로 검을 땅에 꽂아 자신의 몸을 지탱하지 않았다면 그는 필시 땅 위에 나뒹구는 수모를 감수해야 했을 터이다. 모용목이 사시나무 떨 듯 검을 쥔 팔을 떨며 자신의 신형을 일으켰다. 그의 안색은 달빛보다 파랗게 질려 있었고, 그의 눈은 자신이 방금 겪은 일을 믿을 수 없다는 듯 허망했다.

"도대체… 그대는 누군가?"

모용목의 말에서 깊은 두려움이 느껴졌다. 그는 진정 이 조산이란 사내에 대해 새삼스런 두려움과 호기심을 느끼고 있는 모양이었다. 그러나 조산은 자신이 한 일이 별것 아니라는 듯 들고 있던 검을 느리게 검집에 꽂은 후 다시 그 오만한 목소리로 입을 열었다.

"내 이름은 말해줬고, 내 출신이야 여전히 말할 수 없고, 아무튼 이 비무는 이제 정말 끝난 것 같군. 이령문의 명성에 비하면 실망이지만 그래도 늦게나마 나도 한 초식 제대로 쓸 수 있었으니 헛걸음한 것은 아닌 것 같고. 이보시오, 이령문주!"

조산이 이령문의 문주 전곡을 불렀다, 마치 수하를 부르는 것처럼. 전곡이 붉게 달아오른 낯빛으로 대답없이 조산을 응시했다.

"비무는 계속할 거요? 내 생각에는 이쯤에서 그대가 나에게 이령문을 들어 바쳐야 할 것 같은데……."

조산에겐 오늘의 이 일이 그의 말처럼 한낱 놀이에 지나지 않은 듯 보였다. 그러나 전곡으로서는 수백 년 이어온 이령문의 명예를 하루아침에 내려놓아야 하는 중대한 문제였다. 본래 무인이란 명예를 목숨과도 바꾸는 족속이다. 물론 실제론 그런 경우가 말과 달리 극히 드물지만.

전곡은 쉽게 조산의 말에 대답하지 못했다. 거부한다면 이 무지막지한 무공을 지닌 자의 공격을 받아내야 할 것이고, 비무를 멈춘다면 이자의 말에 수긍해 이령문을 오늘 처음 보는 낯모르는 자에게 바쳐야 한다. 물론 다른 방법도 있었다.

전곡이 천천히 시선을 돌려 주변을 돌아봤다. 그의 곁으로 늘어선 수십 명의 이령문 고수, 그리고 비록 당혹스런 상태였지만 여전히 날카로움을 드러내고 있는 이십여 명의 모용세가 고수. 이들이라면 비무의 결과에 상관없이 이 기이한 네 명의 침입자를 한순간에 요절내 버릴 수 있지 않을까 하는 간사한 욕망이 전곡의 마음속에 돋아났다.

"후욱!"

전곡이 크게 숨을 들이마셨다. 강호의 약속이란 얼마나 허망한 것인가. 강호에서 약속을 목숨처럼 지키는 정의대협이 없는 것은 아니지만 그런 자는 그야말로 가뭄에 콩 나듯 찾아보기 힘들다. 강호란 그런 헛된 명예 대신 실리와 이득을 찾아 행보를 정하는 곳이라 할 수 있다. 적을 도륙할 기회가 여전히 남아 있는데 약조에 얽매여 이령문을 내어줄 수는 없는 문제였다.

물론 강호에 잠시간 이령문에 대한 불명예스런 소문이 날 수도 있다. 그러나 그 누가 약속을 지키기 위해 문파를 내어줬다고 칭송할 것인가. 오히려 이령문을 내어준다면 강호인들은 더 큰 비웃음을 흘려댈 것이다.

검을 잡은 전곡의 손에 힘이 들어갔다. 그런 전곡의 변화를 읽고 있었음인가. 조산의 표정이 조금씩 굳어가기 시작했다. 연후 전곡이 막 입을 열려는 순간, 조산이 먼저 말을 꺼냈다.

"그대가 결정을 하기 전 한 가지 해줄 이야기가 있소."

"뭐요?"

막 목구멍까지 올라왔던 공격 명령을 삼키며 전곡이 물었다.

"내가 이곳에 오기까지 장성 이북 일곱 문파를 복속시킨 것은 알고 있을 거요."

"물론, 새삼스런 말이 아니구려."

"그런데 그들을 복속시키던 중 일어난 일에 대해선 아마도 자세히 알지 못할 거요."

"일곱 문파를 어떻게 복속시켰는지 자랑이라도 늘어놓겠다
는 말이오?"

"물론 그 모든 내용을 알 필요는 없겠지. 하지만 그중 보륜
산장에 대한 이야기는 들어야 할 것 같구려."

"보륜산장……."

보륜산장은 장성 이북에서 그 세력으로는 다른 칠문에 비해
한발 앞서 있는 문파였다. 그들은 막대한 재력으로 천하의 고
수들을 산장에 끌어들여 최근 들어서는 이령문에 버금가는 성
세를 자랑하고 있었다.

"내가 처음 보륜산장에 갔을 때 보륜산장주는 육십이 명의
고수로 날 맞았소. 물론 난 오늘과 마찬가지로 비무를 청했지.
보륜산장주는 비무를 순순히 받아들였소. 우린 비무를 펼쳤
고, 당연하게 비무는 나의 승리로 끝났소. 그런데… 사람이란
간사해서 비무에 패하자 보륜산장주는 아마도 자신의 뒤에 서
있는 육십이 명의 칼잡이를 쓰지 못한 것이 못내 아쉬웠나 보
더이다. 그래서 그가 선택한 것은 비무의 약속을 무시하고 육
십이 명의 칼잡이를 쓰는 것이었소. 이보시오, 이령문주. 보륜
산장주의 결정이 어떤 결과를 가져왔을 것 같소?"

조산의 물음에 전곡이 허를 찔린 것처럼 쉽게 대답하지 못
했다. 그도 지금 막 보륜산장주와 같은 결정을 내리려던 찰나
이지 않았던가. 대답이 없자 조산이 스스로 그 답을 했다.

"그 결과는 이렇소. 보륜산장주가 믿었던 육십이 명의 칼잡

이 중 살아남은 자는 스물일곱, 그리고 이건 정말 큰 비밀인데, 사실 지금 보륜산장의 주인은 새로운 인물로 바뀐 상태요. 물론 세상에는 알려지지 않았지만… 이게 보륜산장주가 내린 결정의 결과요. 혹 노파심에서 하는 말인데… 그대는 보륜산장주보다 현명한 사람이라 믿겠소."

말이 끝나는 순간 조산의 눈에서 한차례 뇌광이 번쩍였다. 순간 이령문주 전곡의 신형이 벼락 맞은 사람처럼 흔들렸다. 조산이 보낸 시선은 지금까지 그가 보였던 조금은 허술해 보이던 인상과는 전혀 다른 기운을 지니고 있었다. 그건 천하를 발아래 두어도 모자람이 없는 정복자의 눈빛이었던 것이다.

문도들을 동원해 조산과 그 수하들을 제압하려던 전곡의 결심은 시작도 하지 못하고 흔들리기 시작했다. 조산이 말한 보륜산장의 일은 결코 거짓이 아닐 터였다. 조산 같은 인물이 상대를 현혹하기 위해 허황된 이야기를 지어낼 리 없었다.

지금 이령문을 방문한 이 기이한 고수들은 애초에 전곡이 생각했던 것 이상의 무서운 힘을 지닌 존재들임이 분명했다. 어쩌면 간혹 강호에 전설처럼 떠도는 일인무적의 고수일지도 몰랐다.

전곡의 눈동자가 심하게 흔들렸다. 내면에서 일어나는 갈등이 가감없이 그의 눈에 드러났다. 그가 시선을 돌렸다. 모든 사람들이 그 한 사람을 주시하고 있었고, 또한 그의 입에서 나올 말을 기다리고 있었다. 누구도 자신이 이령문의 운명을 결정하는 데 조언 같은 것은 할 생각이 없어 보였다. 결정은 오직 이령문주인 자신의 몫이라는 듯 사람들은 그의 입만을 바라보고 있었다. 그러다 문득 전곡의 눈빛이 반짝였다.

한 사람, 동요되지 않는 시선으로 자신을 바라보고 있는 한 사람을 전곡이 발견했다. 그리고 그는 새삼스럽게 오늘 이 자리에 최근 강호에서 가장 유명해진 인물이 한 명 와 있다는 사실을 깨달았다. 그리고 그라면 혹시라도 자신을 대신해 오늘의 이 난제를 풀어줄 수도 있다는 기대가 전곡의 마음속에 떠올랐다.

"결정을 내리기 전 내게 약간의 시간을 주시겠소?"

문득 전곡이 침착함을 회복한 목소리로 조산에게 물었다. 그러자 조산이 눈에 이채를 띠며 고개를 끄덕였다.

"물론 시간이야 충분하오. 하지만… 고민한다고 달라질 일은 없을 텐데?"

조산이 네가 이 지경에 감히 뭘 할 수 있겠냐는 표정을 지으며 대답했다. 그러나 일단 조산의 승낙이 떨어지자 전곡은 더 이상 그에겐 관심을 두지 않고 송추월 등과 섞여 있는 부루에게 시선을 주며 말했다.

"부 대협, 한 가지 도움을 청해도 되겠습니까?"

"말씀하시지요."

부루가 기다렸다는 듯 입을 열었다. 순간 송추월이 살짝 인상을 찡그렸다. 말투에서 이미 부루가 오늘의 일에 관여하기로 결심했다는 걸 깨달았기 때문이다.

'쓸데없는…….'

송추월로서는 곤륜에 가는 일 말고 다른 일에 발을 들이는

것은 결코 달갑지 않았다. 어떤 일도 곤륜으로 가는 일보다 중
요치 않다. 더군다나 그가 본 조산의 무공은 절대 자신과 그
친구들의 아래가 아니었다. 그러니 그런 인물과 악연을 맺을
이유가 없었다.

그러나 그건 오직 송추월의 생각일 뿐, 부루의 생각은 또 다
른 모양이었다.

'하긴 네 녀석은 여전히 천목맹의 총사니까.'

송추월이 고개를 저으며 한 걸음 뒤로 물러나 어둠 속으로
몸을 숨겼다. 오늘 이령문의 일에 나서겠다면 그건 오로지 부
루의 몫이었다.

"솔직히 말한다면 전 오늘 부 대협께서 본 문에 깃든 이 불
운을 해결해 주실 수 있으리란 기대를 하고 있습니다만……."

"제게 이령문의 일에 나서달란 말입니까?"

"그렇습니다."

"하지만 저로서는……."

"물론 이령문은 천목맹과 무관한 문파입니다. 적어도 오늘
까지는 말이지요. 하지만 오늘 부 대협께서 본 문에 도움을 주
신다면 당장 내일부터 본 문은 천목맹의 충실한 일원이 될 것
을 약속드리겠습니다. 하면 천목맹의 변경은 산해관으로 넓어
질 것입니다. 그건 천목맹이 아주 오래전부터 원했던 일이라
생각됩니다만……."

유혹적인 제안이었다. 전곡의 말은 모두 사실이었다. 오래
전부터 천목맹은 천추성과 산해관 인근을 놓고 팽팽한 신경전

을 벌이고 있었다. 산해관이 워낙 요지 중 요지라 어느 쪽도 손에 넣고 있지는 못했지만.

"물론 본 맹으로서는 이령문의 합류는 진심으로 환영할 일이지요."

부루가 고개를 끄덕였다. 그러자 전곡이 자신의 생각대로 일이 풀려간다고 생각했는지 즉시 입을 열었다.

"그런데 보시다시피 이렇게 오늘 우리 이령문에는 예기치 않은 일이 벌어졌습니다. 만약 오늘 천목맹이 본 문을 도와주지 않는다면 우린 부득불 약속한 대로 그에게 이령문을 바칠 수밖에 없을 것입니다."

전곡은 싸움을 이령문과 조산이 아닌 천목맹과 조산의 싸움으로 이끌려 하고 있었다. 아무리 조산이라도 강호육패 중 하나인 천목맹을 상대로는 함부로 도발을 감행할 수 없을 것이기 때문이었다. 그런데 그런 전곡의 의중을 아는지 모르는지 불쑥 조산이 입을 열었다.

"이제 보니 천목맹의 고수 분이 계셨구려. 내 미처 알아보지 못해 인사가 늦었소이다. 그래, 젊은 대협께서는 성함이 어찌 되시는지?"

조산의 표정으로 보아선 오히려 천목맹 고수의 등장이 즐거운 듯 보였다. 조산이 전곡의 말을 끊고 들어오자 부루 역시 차분하게 조산을 상대하기 시작했다.

"천목맹의 부루라 하오."

그러자 재빨리 조산의 뒤에 있던 그의 수하 중 한 명이 조산에게 귓속말을 전했다. 그러자 조산의 눈빛이 살짝 변했다.

"그대가 그 유명한 천목맹의 젊은 총사?"

"그렇소이다. 과분하게도 천목맹의 총사를 맡고 있소이다."

"저런! 정말 소문이 사실이었군. 천목맹의 총사가 새파랗게 어린 애송이라더니… 설마 이렇게 어린 자일 줄이야. 재밌군, 재밌어!"

조산이 부루에게 큰 관심을 보였다. 물론 그 와중에도 조산은 천목맹 총사라는, 최근 강호에서 가장 유명한 인물 중 한 명인 부루에 대한 조금의 두려움이나 경계심을 갖는 것 같지는 않았다.

"나 또한 오늘 이곳에서 세상에서 보기 드문 고수를 만나게 되어 무척 흥분했소이다."

부루도 조산 못지않은 침착함으로 응대했다.

"흐흠, 좋아, 좋아. 이령문이 정말 준비를 많이 했군. 어쨌든 그대가 이령문과 나 사이의 일에 관여를 하겠다는 것이겠지?"

상대가 대천목맹의 총관임에도 불구하고 조산은 전혀 부루의 지위를 존중하지 않았다.

"이령문을 지나면 그대의 걸음은 요하를 넘어 요동으로 향할 듯한데 이쯤 되면 그대의 행보가 남의 일이라고만은 할 수 없을 듯하구려. 또한… 산해관은 좋은 땅이기도 하고."

"후후, 산해관에 욕심이 난다 이런 말이지? 좋아. 그런데… 과연 그대가 나의 일에 관여할 자격이 있을까? 그리고 자격이 있다면 어떤 식으로 관여할지 궁금하군. 듣기로 그대는 무공보다는 지모로 천목맹 총사의 자리를 얻었다고 하던데……"

조산이 팔짱을 끼며 물었다. 그러자 부루가 망설이지 않고 대답했다.

"이 일에 관여할 방법이라면 이미 정해져 있는 것 아니겠소?"

"무슨 말인가?"

"애초에 비무로 일을 처리하기로 했으니 당연히 비무를 통해 일을 해결해야 하지 않겠소?"

"핫하하! 설마 나와 비무를 하자는 거냐?"

조산이 가소롭다는 듯 물었다. 그는 이미 대모용세가의 노고수 모용목을 철저하게 패배시킨 이후다. 그런 그에게 비록 천목맹 총사라고는 하지만 애송이에 불과해 보이는 부루가 도전한다는 것은 누가 봐도 무리한 도전이었다.

"달리 방법이 없다면!"

부루가 부인하지 않았다. 그러자 조산의 표정이 서서히 굳어졌다.

"강호에서 비무란 결국 생사를 둔 싸움과 다를 바 없다는 걸 알고 있는가?"

"물론!"

부루가 고개를 끄덕였다.

"천목맹의 젊은 총사가 강호의 늙은 구렁이들 못지않게 심기가 유별나다고 하더니 그도 아닌 모양이군. 이렇게 앞뒤 분간을 못하다니… 쯧쯧!"

조산이 혀를 찼다. 아무리 생각해도 이 젊은 총사를 자신의 상대로 생각할 수 없는 모양이었다. 그러자 그의 수하들 중 한 명이 입을 열었다.

"허락하신다면 제가 그에게 공자님을 대신해 훈계를 내리 겠습니다."

나선 자는 조산의 세 수하 중 지금껏 비무에 나서지 않은 인 물이었다.

"아몽 그대라면 그에게 제대로 된 경험을 하게 해줄 수 있겠 지."

조산이 고개를 끄덕였다.

"그럼 맡겠습니다."

아몽이라 불린 자가 조산의 허락을 얻자 다섯 걸음 앞으로 나와 섰다. 그러자 그의 뒤에서 조산이 부루를 보며 말했다.

"난 이미 한 번의 비무를 마쳤으니 그대를 상대하는 일은 나 의 수하가 할 걸세. 그러나 최선을 다해야 할 거야. 나의 수하 는 나를 제외한 그 누구보다도 강한 사람이니."

조산의 말에 부루가 한줄기 미소를 지었다.

"나로서야 상대가 약하면 좋은 일이오."

"하하하, 대단한 호기야. 좋아, 그대의 무공을 좀 보자."

조산이 두어 번 고개를 끄덕이고는 뒤로 물러났다.

"다행이다."

대일의 입에서 안도의 한숨이 새어 나왔다. 그러자 곁에 있 던 곽풍산도 고개를 끄덕였다.

"그래, 정말 다행이군."

두 사람이 말하는 것은 부루의 상대가 조산이 아니라 아몽이라는 조산의 수하임을 두고 하는 말이었다. 두 사람 모두 조산이 모용목을 상대하는 것을 보았으므로 부루가 조산을 상대해야 한다면 승리를 점치기가 무척 어려웠을 거란 걸 알고 있었다.

"애초부터 녀석은 조산을 상대하지 않을 생각이었다."

송추월이 뒤쪽에서 낮게 말했다.

"뭐? 설마 저 아몽이란 자를 상대할 걸 미리 예측하고 나선 것이라고?"

대일이 놀란 표정으로 뒤를 돌아보며 물었다.

"그 정도 계산을 했으니 나선 것이야."

"설마……."

"아니라면 비무가 아닌 다른 방법을 택했을 거야."

송추월이 단정하듯 말했다.

"설마 우리가 일대일로 그를 이기지 못할 거라 생각하는 거냐?"

이번엔 곽풍산이 물었다.

대일과 곽풍산은 자신들의 무공에 대해 확고한 자신감을 지니고 있었다. 비록 조산이 대단한 무공을 선보였다고는 해도 곽풍산과 대일은 적어도 그에게 패하지는 않을 자신이 있는 모양이었다.

"패할 수도 있지."

송추월이 그런 두 사람의 자신감에 찬물을 퍼부었다.

"흥, 추월, 겁이 많이 늘었구나."

곽풍산이 비웃듯 말했다.

"겁이 아니라 현실을 말하고 있는 거야. 그는 고수다."

"누가 몰라? 하지만… 우리도 그에 못지않아."

곽풍산이 결코 양보할 생각이 없다는 듯 말했다.

"그래? 뭐, 그럼 그렇다고 해두지. 어쨌든 부루 녀석이 애초부터 그가 아닌 그의 수하와 비무를 할 생각이었던 건 분명하다. 아니라면 스스로 비무에 나서는 대신 우릴 끌어들였을 거야. 우리가 함께 나서면 일은 좀 더 수월해질 테니까."

송추월의 말에 대일이 고개를 끄덕였다.

"그건 그래. 우리 다섯이면 뭐… 흐흐!"

"어쨌든 부루가 홀로 일을 처리하기로 선택했으니 두고 보자."

조용한 목소리로 곁에 있던 원무극이 말했다. 원무극의 말대로 부루는 막 조산의 수하 아몽과 비무를 시작하고 있었다.

아몽의 검은 조산의 검과 유사했다. 짧은 길이에 비해 두꺼운 검신, 물론 조산의 검보다는 길었지만 역시 검치고는 짧고 두꺼운 병기가 아몽의 손에 들려 있었다.

반면 부루는 언제나처럼 빈손으로 조산을 향해 걸어나갔다.

"수공을 익혔는가?"

아몽이 빈손으로 다가오는 부루를 보며 물었다. 그러자 부루가 빙긋 미소를 지었다.

"그렇소. 하지만 가끔 나도 모르게 뭔가가 손에 들려 있을 때도 있소."

"암기를 쓴다는 말이군."

부루는 대답하지 않았다. 반면 두 사람의 대화에 오히려 그 친구들이 어리둥절해했다. 그들은 오랫동안 부루를 알아왔지만 부루가 암기를 익혔다는 것은 금시초문이었다.

"뭐야?"

곽풍산이 어리둥절한 표정으로 송추월을 돌아봤다. 그러자 송추월이 짧게 대답했다.

"그냥 장난친 거야."

"응?"

"부루가 암기를 익히지 않은 건 다들 알잖아."

"그럼 정말 장난으로?"

그러자 곁에 있던 원무극이 혀를 차며 말했다.

"쯧쯧, 설마 정말 그런 장난을 쳤겠냐? 부루는 상대의 움직임을 제약할 생각으로 그런 말을 한 거야. 언제 암기를 꺼내 들지 모르는 상대는 무척 껄끄러운 법이니까."

"망할 녀석, 하여간 어떤 때라도 간교한 술책을 부린다니까."

곽풍산이 마음에 들지 않는다는 듯 부루를 보며 퉁명스럽게 중얼댔다. 그리고 그 순간 부루와 아몽의 신형이 허공에서 교차했다.

第七章
다시 서쪽으로

화마경

그그긍!

짧은 검이 땅을 헤집었다. 검끝은 여전히 허공에 있었으나 그 검끝에서 흘러나온 기이한 기운이 검이 가리키는 방향의 땅바닥을 긁어 올렸던 것이다.

푸스스!

검기에 의해 일어난 먼지가 부루를 향해 몰려들었다. 그러나 부루는 눈 뜨기조차 힘든 상황에서도 평정심을 유지하며 먼지 저편에서 다가드는 아몽의 검을 바라보고 있었다.

쿠우웅!

한순간 아몽의 검이 성을 냈다. 그러자 부루와 아몽 사이를 채우고 있던 먼지가 파도 갈리듯 갈라지더니 한줄기 섬광과 함께 아몽의 검이 부루의 가슴을 때렸다.

팟!

부루의 오른쪽 어깨 위 옷깃이 터지듯 뜯어져 나갔다. 그러나 다행히 부루의 몸에는 아몽의 검기가 닿지 못했다.

스스슥!

옷깃이 터져 나가는 순간에도 부루의 눈은 침착했다. 그는 별일 아니라는 듯 뜯어진 옷깃에는 신경 쓰지 않고 걸음을 옮겼다. 그러자 그의 신형이 미끄러지듯 왼쪽으로 이동해 아몽의 검기에서 멀찍이 벗어났다.

웅!

그러자 아몽이 허공에 뜬 상태에서 검을 횡으로 휘둘렀다.

촤아악!

순간 멀어지는 부루를 향해 마치 폭우를 쏟아붓듯 아몽이 뿌려댄 검기가 덮쳐 왔다.

"앗!"

장내의 고수들 사이에서 나직한 탄성이 흘러나왔다. 아몽이 선보이는 검공은 그동안 조산을 비롯한 그의 동료들이 보여준 무공에 비해 훨씬 강력하고 거친 것이었다. 그 내면에 깃든 무공의 깊이야 비교할 수 없겠지만 일단 두 눈으로 보기에 아몽의 검은 무시무시할 정도의 패기를 지니고 있었다.

반면 그를 상대하는 부루는 지금껏 이령문을 대표해 비무에 나선 사람들 중 가장 유약해 보였다. 일단 손에 도검을 들고 있지 않은 것도 그렇거니와 아몽의 전율적인 공격이 이어지는 동안에 계속해서 수세에 몰리고 있는 모습도 그러했다. 그래서 사람들은 일순 이 젊은 고수가 근자에 들어 천하를 떨쳐 울리고 있는 천목맹의 총사라는 사실을 잠시 잊고 그의 위급함에 안타까운 탄성을 터뜨렸던 것이다.

"위험한가?"

곽풍산이 눈을 가늘게 떴다.

"아니."

송추월이 냉정하게 대답했다.

"그렇지?"

이번엔 대일이 확인하듯 물었다.

"여유가 있어. 눈이 흔들리지 않고 있잖아. 거칠긴 한데… 허점이 있는 모양이야. 부루 녀석은 그 허점을 찾은 듯하고."

뒤이어 원무극이 차분한 목소리로 말했다. 살수의 눈은 정확해서 사람들이 보기엔 위급한 지경에 처한 듯 보이는 부루의 눈빛에서 원무극은 오히려 비무를 처음 시작할 때보다도 차분해진 부루를 읽어내고 있었다.

팟!

폭풍 같은 검기가 밀려드는 순간 부루의 발이 가볍게 땅을 찼다. 그러자 그의 신형이 구름처럼 둥실 허공을 떠올랐다. 그리고 연이어 기이한 일이 일어났다.

"어어?"

부루의 위기에 안타까움의 탄성을 자아내던 사람들이 이번엔 놀란 음성을 흘려냈다. 그들의 시선은 허공에 떠오른 부루를 향해 있었는데, 부루는 마치 바람에 날리는 연처럼 허공에 떠오른 채 폭풍처럼 밀려드는 아몽의 검기를 타고 이리저리 몸을 흩날리고 있었던 것이다.

바람에 맞서지 않고 몸을 맡기는 허수아비처럼, 강풍에 휘어져 꺾이지 않는 갈대처럼 부루는 아몽의 강력한 공격을 온몸의 힘을 빼고 부드러움으로 이겨내고 있었다. 그것은 그야말로 신비한 신법이었다. 송추월과 그 친구들조차 부루에게 이런 절정의 신법이 있을 거라곤 미처 예상치 못한 모습. 놀란 것은 조산과 그의 수하들도 마찬가지였다.

조산과 그 수하들은 부루가 아몽의 공격을 신묘한 신법으로 피해내는 것을 보자 얼굴에서 여유를 거뒀다. 그들은 고수였다. 이미 그들은 부루의 움직임에서 오늘의 이 비무가 결코 아몽에게 유리하지만은 않다는 걸 알아챘다.

본래 조산과 이령문주 전곡의 약속은 열 번의 비무에서 단 한 번이라도 이령문 쪽의 고수가 이기면 조산이 순순히 이령문에서 물러나는 것이었다. 그건 조산이 이령문에서 어떤 고수를 내더라도 모든 비무를 승리로 이끌 수 있다는 자신감 때문에 이루어진 약조였다. 그리고 적어도 부루가 비무에 나서기 전까지는 조산의 계산이 틀리지 않았다.

그런데 지금 눈여겨보지 않았던 젊은 고수 한 명에 의해 그 계획이 틀어질 수도 있는 상황에 처하게 되었으니 조산과 그 수하들의 표정이 변한 것은 당연한 일이었다.

쿠쿠쿵!

장내의 고수들이 각자의 입장에 따라 부루와 아몽의 비무를 다른 감정으로 바라보고 있었지만 그 와중에도 부루와 아몽은 자신들만의 비무를 이어가고 있었다.

비무의 양상도 비슷했다. 여전히 아몽은 강력한 공력을 바탕으로 부루를 공격하고 있었고, 부루는 현묘한 움직임으로 그런 아몽의 공세를 피해내고 있었다.

그러나 시간이 지나면서 두 사람의 표정엔 서서히 감정의 변화가 드러나기 시작했다.

아몽의 표정은 처음과 달리 무척 상기되어 있었다. 그의 예상대로라면 이미 오래전에 끝났어야 할 비무가 여전히 이어지고 있다는 것도 당혹스런 일이었지만, 이 기이한 천목맹 총사의 신법은 도저히 그의 검으로 따라잡을 수 없는 현묘함을 지니고 있었다.

더군다나 계속 수세에 몰려 있던 부루가 간혹 한 번씩 뻗어내는 수공은 그야말로 도검보다도 날카로워서 결코 방심할 수 없는 절기였던 것이다.

반면 아몽에 비해 부루는 점점 여유를 찾아가고 있었다. 이제 그는 아몽의 검세에 완전히 몸을 맡기고 그 속에서 상대의 허점을 찾고 있었다. 부유하는 낙엽 같은 그의 신법은 아몽의 공세를 공격이 아닌 자신의 몸을 떠받치는 부드러운 미풍으로 여기는 듯한 모습이었다. 그렇게 기이한 비무를 이어가던 중 한순간 부루의 움직임이 변했다.

팟!

"음!"

부루의 움직임이 변하는 순간 아몽의 입에서 나직한 침음성이 흘러나왔다. 그동안 수세에 몰려 있던 부루가 한순간 속도를 내 아몽의 품속으로 파고들었기 때문이다.

단순히 부루가 아몽의 품속으로 뛰어든 것만이 문제가 아니었다. 부루는 아몽의 품속으로 뛰어들며 두 손을 기이한 형태로 교차시켰는데, 그 순간 부루의 두 손이 여섯 개의 수영을 만들어내며 아몽의 사혈을 매섭게 때려댔던 것이다.

파파팡!

아몽의 검이 어지럽게 허공을 갈랐다. 그러자 부루가 만들어낸 여섯 개의 수영이 환영처럼 허공에서 흩어졌다. 그러나 부루의 공격을 막아냈다고 해서 아몽이 싸움의 우세를 차지한 것은 아니었다. 부루의 첫 번째 반격을 막아내는 와중에 아몽의 단단하던 검세가 흐트러졌다. 그리고 그 빈틈을 타고 다시 부루의 손이 파고들었다.

팟!

아몽이 재빨리 신형을 틀었을 때, 부루의 왼손이 아몽의 가슴을 아슬아슬하게 스치고 지나갔다.

찍!

부루의 손에 걸린 아몽의 옷자락이 가슴팍 부근에게 길게 찢겨졌다.

"흥!"

순간 아몽의 입에서 한줄기 콧소리가 흘러나왔다. 부루의 일수에 옷자락이 찢어지자 못내 자존심이 상한 모양이었다. 그리곤 그 분풀이라도 하려는 듯 등을 보인 부루를 향해 강력한 일검을 내리그었다.

기잉!

기이한 파공음이 아몽의 검에서 만들어졌다. 단단하던 검이 활처럼 휘는 듯한 착시를 일으켰다. 아몽의 검이 곧바로 부루의 등에 꽂혀 들었다.

"앗!"

싸움이 부루에게 유리한 쪽으로 진행될 듯 보여 안심하고 있던 장내의 고수들 입에서 자신도 모르는 사이에 다급성이 터져 나왔다. 그만큼 아몽의 반격이 거세고 맹렬했던 것이다.

그런데 또다시 사람들이 예상치 못하는 상황이 벌어졌다. 부루를 단번에 베어버릴 것처럼 달려들던 아몽이 미처 검이 닿기도 전에 몸을 빼 급히 부루에게서 멀어졌던 것이다.

그때 부루의 왼손은 자신의 품속에 들어갔다 빠르게 벗어나고 있었는데, 바로 그 행동이 아몽을 스스로 뒤로 물러나게 만들었다. 아몽은 처음 부루가 적수공권으로 자신을 상대하는 순간부터 줄곧 부루가 언젠가는 암기를 꺼내 자신을 공격할 거란 경계를 하고 있었다. 싸움을 시작하기 전부터 부루의 말과 행동에 상대가 암기의 고수라는 인식을 가지고 있던 아몽으로서는 당연한 경계였다.

그런데 마침 자신의 검이 막 부루의 등에 꽂히려던 찰나, 부루의 손이 품속으로 움직이는 것을 보고는 지레 암기의 반격이 있을 거라 예상하고 공격에 힘을 늦춰 몸을 뒤로 뺐던 것이다.

그러나 아몽이 생각했던 암기의 공격은 이뤄지지 않았다. 아니, 애초부터 부루는 암기 같은 것은 사용할 생각이 없었다. 고수이니 아무런 병기나 집어 던지면 암기보다 더 큰 위력을 낼 수 있겠지만 부루는 딱히 그럴 필요를 느끼고 있지 않았다. 그가 단지 암기를 던져 내려는 듯한 자세를 취한 것은 송추월의 예상대로 그저 상대에게 허점을 만들려는 술책에 지나지 않았다.

팡!

비록 뒤로 물러나기는 했지만 여전히 힘이 남아 있던 아몽의 검기가 부루의 귀밑을 스치고 지나가며 강력한 파공음을 일으켰다. 그러자 부루는 그런 검기에 위축되지 않고 그대로 아몽을 향해 달려들었다. 그리고는 한순간 두 손을 쫙 펴서 앞으로 내밀었다.

그러자 아몽이 재빨리 허공으로 치솟았다. 마치 암기가 당장에라도 자신을 파고드는 것처럼. 그러나 암기는 어디에도 없었다. 대신 부루의 손에서 일어난 두 개의 수영이 하늘거리는 꽃잎처럼 아몽을 향해 다가왔다.

너무 빠른 움직임에 취해 있던 사람은 눈에 익은 속도 때문에 그보다 느린 공격에 오히려 취약할 때가 있다. 아몽의 경우가 그랬다. 그는 자신의 쾌속한 검법에 더해 부루의 현묘하면서도 빠른 신법과 수공으로 몸과 눈이 쾌속한 변화에 익숙해져 있었다. 그런데 그런 그를 향해 다가오는 부루의 수영은 너무 느렸다. 춤을 추듯 살랑이며 다가드는 부루의 수공은 갓 무공을 배운 어린애조차도 피할 수 있을 만큼 느려 보였다.

웅!

아몽의 검이 부루가 만들어낸 두 개의 수영을 잘라갔다. 아무리 느려도 고수가 뻗어내는 공격에는 그만한 위력이 담겨 있는 법. 부루와 같은 고수의 공격을 부드럽고 느리다고 몸으로 막을 수는 없었다.

그런데 아무도 예상치 못한 일이 또 일어났다. 아몽이 번개처럼 그어낸 검초가 어린애도 막을 것처럼 느리게 다가오는 부루의 수영을 막아내지 못한 것이다.

팟!

아몽의 검은 애꿎은 허공을 갈랐다. 부루의 수영은 아몽의 검이 지나간 이후에도 여전히 제 모습을 유지하고 있었다. 이유는 간단했다. 이미 극한의 빠름에 익숙해져 있던 아몽의 검은 부루의 수영이 다가오는 속도에 비해 너무 빠르게 허공을 갈랐던 것이다.

부루가 아몽의 이런 실수를 예측하고 공격 속도를 조절한 것인지는 알 수 없으나 어쨌든 너무도 빠르고 강력한 아몽의 검은 그에 비해 지나치게 느린 부루의 수영을 어이없게도 베어내지 못하고 말았다.

그리고 다음 순간, 지금껏 느린 낙엽처럼 살랑이던 부루의 수영이 갑자기 폭사했다.

숙!

잘 갈린 칼처럼 부루의 수영이 허공을 잘랐다. 극도의 느림
에서 쾌속으로 변한 부루의 공격은 실제의 속도보다 수배는
더 빠른 느낌으로 아몽의 가슴을 때렸다.

"헛!"

고수 아몽의 입에서 헛바람이 흘러나왔다. 동시에 아몽이
급히 몸을 틀었다. 그러나,

팡!

둔탁한 타격음과 함께 부루의 두 손이 아몽의 가슴에 선명
한 손자국을 만들어 냈다.

"음!"

아몽의 입에서 나직한 신음성이 흘러나오며 그의 신형이 삼
장 밖으로 밀려났다.

투투툭!

아몽이 억지로 발을 끌어 신형을 세웠다. 그리고는 한차례
크게 흔들린 몸을 힘겹게 바로 세웠다. 그러자 어느새 다가온
부루가 그의 앞에서 가만히 아몽을 바라보며 물었다.

"비무는 끝났소?"

질문을 던진 것은 이미 승부가 끝난 것에 대해 동의하라는
의미다. 아몽의 얼굴이 붉어졌다. 승부를 계속할 수도 있을 것
이다. 그러나 생사결이 아닌 비무라면 승부를 끝내야 될 순간
이었다. 오히려 비무를 계속하고자 고집한다면 비무에서 패한
것보다 더한 수치를 감수해야 할지도 몰랐다. 명확한 승부를

인정하지 못하는 자는 고수일 수 없을 테니까.

아몽의 눈에 한순간 갈등이 스치고 지나갔다. 비무를 끝내야 했지만 그건 그리 단순한 문제가 아니었다. 이령문에 대한 그의 주인 조산의 도모가 실패로 돌아간다는 것을 의미하기 때문이었다. 그런데 그는 생각보다 좋은 주인을 둔 것이 분명했다. 왜냐하면 그의 주인은 그가 깊은 고민을 하도록 내버려두지 않았기 때문이다.

"그만해!"

불쑥 조산의 목소리가 들려왔다. 별반 감정이 느껴지지 않은 목소리. 수하의 패배에 대한 노기도, 부루의 무공에 대한 탄복도, 혹은 이령문과의 대결에서 패배했다는 것에 대한 아쉬움도 느껴지지 않는 조산의 목소리였다.

"졌소."

조산의 명이 있자 아몽이 부루를 보며 차게 말하곤 훌쩍 신형을 날려 조산의 앞으로 이동했다. 그리고는 그대로 조산 앞에 부복했다.

"죄를 지었습니다. 공자의 명성에 큰 흠을 남겼으니 죽여주십시오."

마치 일생일대의 전쟁에서 패하고 돌아온 장수의 비장함이 느껴지는 아몽의 모습. 사람들은 한 번 비무의 패배를 이토록 무겁게 받아들이는 아몽을 기이한 시선으로 바라봤다. 또한 당연히 그에 대한 조산의 반응도 궁금했다.

그런데 조산은 지나칠 정도로 자책하는 아몽에게 어떤 위로의 말도 하지 않았다. 대신 차가운 음성이 아몽의 머리 위에 떨어졌다.

"아몽, 그대가 날 실망시킨 것은 사실이야. 또한 내 명성에 큰 흠집을 낸 것도 사실이다. 내가 강호에 출도한 이후 어떤 일에서든 실패하고 물러나는 것은 오늘이 처음이 될 거야. 이 사실을 사형제들이 알면 날 얼마나 비웃을 것인가?"

"죽여주십시오."

"뭐, 죽을 정도의 죄는 아니지. 실력이 모자란 것이야 어쩔 수 없는 일이니까. 강호란 언제나 약자가 강자에게 패하는 곳이 숙명인 것 아닌가?"

"공자!"

"어쨌든 좋아. 그대의 목숨을 거둘 일은 없을 거야. 대신 한 몇 년 폐관을 해야겠지."

"그리하겠습니다."

"좋아, 이쯤 하고 뒤로 물러나. 사람들 눈에 우리 모습이 우습게 보이겠군."

조산의 말에 아몽이 훌쩍 자리에서 일어나 동료들의 뒤쪽으로 숨어들었다. 그의 동료들이라도 그에게 위로 한마디 던질 만했지만 오히려 조금은 싸늘한 표정으로 아몽을 응시할 뿐 누구도 위로의 말을 하지 않았다. 비무의 패배에 대해 조산보다 더 화가 난 모습들을 하고 있는 그의 동료들이었다.

그러는 사이 조산이 뭔가를 잠시 생각하는 듯하더니 천천히 걸음을 옮겨 공터의 중앙으로 걸어나왔다. 그리고는 시선을 돌려 비무를 끝내고 이령문주 전곡 옆에 서 있는 부루를 보며 말했다.

"좋은 수였네."

기이한 말이었다. 결코 무공에 대한 칭찬으로 한 말 같지는 않았다. 어쩌면 암기를 감추고 있는 듯한 행동을 한 부루에 대해 멸시의 기운을 드러내는 듯도 했다.

"칭찬, 감사하오."

"소문처럼 책략이 대단하군."

조산의 말에 부루는 그저 빙그레 미소를 지을 뿐 달리 답을 하지 않았다. 아마도 조산이 자신의 비무 방식에 불만을 품은 것을 이미 알고 있는 모양이었다. 그러자 조산이 다시 입을 열었다.

"어쨌든 술책을 쓰기는 했으나 그대의 무공 또한 예상보다 훨씬 뛰어났다."

"그 또한 감사하오."

부루가 다시 가볍게 고개를 숙여 보였다.

"기회가 된다면 한번 겨뤄보고 싶군."

"약속을… 지키지 않겠다는 말이오?"

이번엔 부루가 차가운 눈빛으로 물었다.

"글쎄… 갑자기 그러고 싶은 충동이 일기도 하는군. 혹 나와 한번 겨뤄볼 생각 없나?"

조산이 은근한 어조로 물었다. 그러자 부루가 단호하게 고개를 저었다.

"아니. 난 쓸데없는 싸움을 하는 사람이 아니오. 그대는 약속을 했으니 이제 그만 이령문에서 물러나시오. 난 그대가 그만한 신의는 있는 사람이라 보았소만……."

"만약 내가 끝까지 그대와 승부를 보겠다면?"

"만약 그렇다면 그대는 전혀 다른 방식으로 나와 싸워야 할 거요."

"다른 방식?"

조산이 호기심을 드러냈다. 그러자 부루가 천천히 고개를 돌려 주변에 늘어선 이령문과 모용세가, 그리고 송추월 등을 둘러보며 말했다.

"난 그대가 보륜산장에 행한 일을 이곳에서도 재현할 수 있다고 생각지 않소."

부루가 단호하게 말했다. 그러자 조산이 살짝 아미를 모았다.

"설마 내 능력을 의심한다는 건가?"

숨길 수 없는 호승심이 조산의 얼굴에 떠올랐다. 그러자 부루가 더욱 단호한 목소리로 말했다.

"그대의 능력이 강호에 짝을 찾아보기 힘들 만큼 대단하다는 것은 인정하오. 하지만… 그대 역시 내가 누군지를 다시 한 번 생각해 봐야 할 거요."

"그야 그대는 강호를 놀라게 한 천목맹의 젊은 총사지."

"그렇소. 또한 내가 무공보다는 술책에 능한 사람이란 것도 아실 거요."

"그래, 내 눈으로도 확인했으니."

"그래서 하는 말인데… 당신이 보륜산장에서 어떤 일을 했든 난 지금 이곳에 모인 고수들을 동원해 당신과 당신의 수하들을 제압할 자신이 있소. 사람이란 병기와 같아서 어떤 사람이 쓰느냐에 따라 그 위력이 하늘과 땅만큼이나 달라지는 법이오. 난 오히려 내가 쓸 수 있는 병기가 훨씬 유리하다고 생각하고 있소."

부루의 말에 조산의 눈이 가늘어졌다. 그는 잠시 말을 끊고 부루를 응시했다. 그건 지금껏 멸시하듯 바라보던 시선과는 전혀 다른 눈빛이었다. 그리고 얼마 후 조산이 나직하게 탄식을 흘렸다.

"내가 강호에 나온 지 여러 해. 그동안 난 내 눈에 차는 인물을 단 한 사람도 만나지 못했다. 그런데 오늘 이곳에서 예상치 않게 그대를 만났군. 그대야말로 내가 강호에 나와 본 사람 중 최고의 인물이라 할 수 있다. 내 잠시 눈이 어두워 그대의 진정한 가치를 알아보지 못했군."

"칭찬, 감사하오."

"좋아, 인정하지. 오늘 승부는 내가 패했다. 더 이상 이령문에 미련을 두지 않겠다."

"약속을 지켜주어 고맙소."

"뭐, 약속이니까 고마워할 건 없지. 그런데… 혹 나에게 개인적으로 시간을 내어줄 수 없을까?"

"난 그대와 달리 만날 일이 없을 것 같소만……."

"아니, 그건 그렇지가 않아. 그대가 나에 대해 좀 더 많은 것을 알게 된다면 그대는 내가 그대에게 꼭 필요한 사람이란 걸 알게 될 거야. 또한 나 역시 그대와 같은 사람이 꼭 필요하지."

"하하하!"

조산의 말에 부루가 한바탕 호쾌한 웃음을 터뜨렸다.

"왜 웃나?"

조산이 의아한 표정으로 물었다. 그러자 부루가 빙그레 미소를 지으며 말했다.

"그대는 설마 이령문 대신 날 얻고 싶은 것이오?"

"아! 역시 대단해. 이미 내 마음을 읽었군. 점점 탐이 나."

조산이 약간의 흥분까지 드러냈다. 그건 정말 얻고 싶은 물건이 나타났을 때 보이는 어린아이의 표정 같았다. 조산은 오늘 이곳에 온 목적인 이령문에도 이런 관심을 기울이진 않았다. 그러니 조산이 부루에 대해 얼마나 대단한 호감을 느끼고 있는지는 누구나 짐작할 수 있는 일이었다.

"그대는 정말 대단한 자신감을 가지고 있구려. 대천목맹 총사를 수하로 두고 싶어하다니……."

"천목맹이 강호육패 중 하나라지만 그거야 눈먼 사람들에게나 받는 찬사이고. 무림엔 그런 세속적인 무리와는 달리 살아가는 천외천의 사람들이 있네."

"당신이 그런 사람이란 말이오?"

"뭐, 그런 셈이지. 내가 마음만 먹는다면 언제든 강호육패의 시대를 종결지을 수도 있지."

조산은 오만했다. 그런데도 사람들은 그 오만한 자의 말을 그저 허투루 들을 수 없었다. 꼭 그가 모용목을 상대로 보여준 무공 때문은 아니었다. 기이하게도 조산에게서는 흐트러짐 속에서도 절대자의 기운이 은은히 묻어나기 때문이었다.

그러나 그런 기운에 현혹될 부루가 아니었다. 부루 역시 마음에 천하를 품고 있는 사람이었다. 물론 그렇기 때문에 조산이란 인물의 가치를 제대로 알아보고 있기도 했지만.

"물론 당신이 무척 대단한 인물이란 걸 알겠소. 또한 강호에 밖으로 드러나지 않은 천외천의 고수들이 존재하는지도 모르오. 그러나 아마도 오늘 그대는 이대로 물러가야 할 거요. 물론 나 또한 그대를 따라가는 일은 없을 거요. 사실 나에겐 지금 무엇보다 중요한 일이 한 가지 있어서 설혹 내가 그대를 따라가고 싶어도 그러지 못할 상황이오."

"음, 그런가? 무슨 일인지 내가 알아도 되겠는가?"

"우리가 그렇게까지 가까운 사이는 아니지 않소?"

"하하하! 그렇군. 그래, 아직은 그리 가까운 사이가 아니지. 좋아, 오늘은 이만 물러가겠다. 더불어 이령문은 이 조산의 손에서 벗어났음을 인정하지."

"약속을 지켜주니 고맙소."

부루가 가볍게 고개를 숙였다.

"아, 뭐, 고마울 것까지야. 그저 심심풀이로 해오던 일인데. 그럼… 또 보세."

조산이 부루를 향해 기이한 눈빛을 흘려내고는 미련없이 신형을 돌려 이령문을 벗어났다. 그러자 짙은 긴장의 무게에 덮여 있던 이령문이 어둠 속에서 작은 생기를 돋우기 시작했다. 조산이란 인물의 그늘이 얼마나 컸는지 그가 사라지자 새삼스레 느껴지는 순간이었다.

"총사, 고맙습니다."

조산이 완전히 이령문을 벗어나자 이령문주 전곡이 재빨리 부루를 향해 포권을 해 보였다.

"운이 좋았습니다."

부루가 담담한 미소를 지으며 대답했다.

"아니외다. 오늘 이 자리에서 저들의 무공을 받아낸 사람은 오직 총사 하납니다. 오늘 이령문이 굴욕의 위기에서 벗어난 것은 오로지 총사 덕분입니다. 해서 이 전곡 역시 총사와 한 약속을 지키겠소이다. 오늘부로 이령문은 천목맹의 가장 충실한 구성원이 될 것입니다. 더불어 이제 산해관은 천목맹의 땅이 될 겁니다."

"이령문이 천목맹의 형제가 된다면 서로에게 큰 복이 될 겁니다. 즉시 맹에 전서를 날려 이령문이 맹의 형제가 되었음을 알리겠습니다. 그리고 혹여라도 천추성의 도발이 있을지 모르니 맹의 고수들을 산해관으로 파견하도록 하겠습니다."

"그리해 주신다면 더욱 든든하지요. 그나저나 이젠 그만 안으로 들어가시지요. 며칠 이곳에 머무르시며 노고를 푸십시오. 성심을 다해 총사를 모시겠습니다."

"하하하, 어찌 이리 과분한 대접을 하십니까? 그저 오늘 하루 신세를 지겠습니다. 사실 거짓이 아니라 지금은 제가 급히 갈 곳이 있어서 말입니다."

부루의 말에 전곡이 호기심을 드러냈다.

"그에게 한 말이 허언이 아니셨군요."

"그렇습니다. 할 일이 있다는 말은 사실입니다."

"무슨 일이신지……. 혹 산해관 인근에서의 일이라면 제가 도움을 드릴 수도 있을 터인데……."

"아닙니다. 서쪽으로 가야 할 일입니다."

"서쪽으로요? 그건 천목맹의 영역을 벗어나는 일 아닙니까?"

"그렇습니다. 이미 맹의 대장로 분들께 양해를 구한 일입니다."

"아, 그렇군요. 하면 얼마나 외유를 하실지……?"

"글쎄요. 그건 떠나봐야 알 것 같습니다."

"그렇군요. 아쉽습니다. 총사를 좀 더 오래 모시고 싶었는데……. 또한 총사께서 맹을 떠나 있으시겠다니 맹으로서도 큰 손실이 아닐 수 없습니다."

전곡은 마치 아주 오래전부터 천목맹을, 그리고 부루를 알아온 사람처럼 친근함을 표시했다. 오늘 이령문이 위기에서 벗어난 것은 오로지 부루 덕분이었으니 당연한 일이기도 했지만 한쪽에 서 있는 모용검중 등 모용세가의 고수들에겐 그리 탐탁한 행동은 아니었다. 하지만 전곡은 모용세가의 고수들까지 신경 쓸 여력은 없는 듯 보였다.

"문주, 그만 안으로 드시지요."

장내의 기묘한 분위기를 읽은 사람은 앞서 비무에서 패했던 전곡의 아우 전상이었다. 전상의 눈치를 받은 전곡이 그제야 장내에 그와 부루만 있는 것이 아니라는 것을 깨닫고는 서둘러 고개를 끄덕였다.

"그렇게 해야겠군. 여러분! 오늘 여러분의 도움으로 우리 이령문은 큰 위기에서 벗어났소이다! 비록 밤이 깊었지만 어찌이 기쁜 날을 그냥 보낼 수 있겠습니까? 내 조촐한 술상을 준비하겠으니 모두 안으로 드시지요!"

전곡의 말에 장내의 사람들이 삼삼오오 이령문 고수들의 안내를 받아 장원 안쪽으로 이동하기 시작했다.

늦은 밤까지 흥청거리던 이령문은 새벽이 되어서야 잠에 빠져들었다. 그러나 그 새벽에 잠에서 깨어 서둘러 움직이는 사람들이 있었다. 송추월과 그 친구들이었다.

"뭘 이렇게 서둘러?"

곽풍산은 투덜거렸지만 다른 친구들이 묵묵히 떠날 채비를 하는 통에 더 이상 불만을 늘어놓지 못했다. 간밤 이령문주 전곡과 모용세가의 고수들을 상대해 술잔을 기울였던 부루조차도 잠을 잊고 떠날 준비를 서둘고 있었다.

"그런데 표정이 왜 그래?"

아무도 자신의 말에 대꾸를 하지 않자 곽풍산이 부루에게 물었다.

"뭘?"

부루가 짐을 챙기다 말고 되물었다.

"이령문을 천목맹에 끌어들이고 산해관을 장악한 네 공적은 또다시 강호에 큰 반향을 일으킬 텐데 표정이 썩 밝지가 않다?"

"그러게. 무슨 일이 있는 거냐?"

이번엔 대일도 관심을 드러냈다.

"아니. 별일없어."

부루가 짧게 대답했다.

"없는 게 아닌 것 같은데? 뭐냐?"

대일이 정색을 하며 물었다. 그러자 한쪽에서 송추월이 나직한 목소리로 입을 열었다.

"그 때문에 그러는 거냐?"

"그?"

원무극이 의아한 표정으로 송추월을 보며 물었다.

"그래."

"그라니? 누구?"

원무극이 재차 물었다.

"어제 보았던 그 조산이란 사람 말이야. 그 때문이야?"

송추월이 부루를 바라봤다. 그러자 부루가 잠시 침묵을 지키더니 고개를 끄덕였다.

"그래. 왠지 그가 자꾸 마음에 걸려."

"그자가 왜?"

곁에서 대일이 물었다.

"왠지 우리의 행보에 방해가 될 것 같은 느낌이 들어. 무시할 상대도 아니고."

"강한 자지."

송추월이 고개를 끄덕였다.

"까짓 한번 붙어보자면 붙어보지, 뭐. 우리 다섯이 나서면 그들을 상대하지 못할 것도 없잖아? 벌써 한 번은 이겼고."

"그자는 좀 달라."

부루가 고개를 저었다.

"뭐가?"

"그는 그의 수하들과는 차원이 다른 고수야."

"그건 부루 말이 맞다."

송추월이 부루의 말에 동의했다.

"우리가 그를 상대할 수 없을 거란 말이냐?"

곽풍산이 반발했다.

"혼자로는 어려울지도 모르지. 둘이면… 충분하겠어?"

부루가 송추월에게 물었다. 그러자 송추월이 고개를 끄덕였다.

"둘이면 충분하겠지. 더군다나 무극이도 있으니."

"난 왜?"

원무극이 갑작스런 송추월의 말에 놀라 되물었다.

"적어도 합공이라면 넌 두 사람 몫을 해낼 테니까."

"흐흐, 날 그렇게 높게 평가하다니 고맙다, 친구!"

"넌 그런 평가를 받을 만해. 사실 살수는 제법 쓸 데가 많거든. 어쨌든 상대를 하긴 할 수 있을 것도 같은데… 그래도 찜찜하지?"

송추월이 다시 부루를 바라봤다. 그러자 부루가 고개를 끄덕였다.

"그래. 뭔가 꺼림칙해. 아주 오래전부터 싸워온 적을 만난 느낌이랄까?"

"그만! 걱정일랑 일이 생기면 하자고. 일단 떠나자, 준비가 끝났으면."

대일이 먼저 마차의 마부석에 올랐다. 오늘 말을 모는 것은 대일의 몫이었다.

대일이 마차에 오르자 송추월 등도 마차에 올랐다. 그러자 기다렸다는 듯 그들 앞으로 이령문주 전곡과 모용목이 나타났다.

"벌써 가시다니 이렇게 일찍 떠나실 줄 몰랐습니다."

막 마차에 오르려던 부루가 전곡이 나타나자 다시 마차에서 내렸다.

"이미 지난밤 인사를 드렸는데 배웅을 나오시다니……."

"그래도 어찌 떠나시는 걸 보지 않을 수 있겠습니까?"

"번거롭게 해서 죄송합니다."

"번거롭다니요. 그런 말씀 마십시오. 총사는 이제부터 이 이령문의 영원한 은인이십니다."

"하하하, 그리 말씀해 주시니 감사합니다."

부루가 기분 좋은 웃음을 터뜨렸다. 그러자 그때까지 침묵하고 있던 모용목이 입을 열었다.

"총사, 언제쯤 돌아올 생각이시오?"

"글쎄요. 말씀드렸듯이 시간은 기약할 수가 없습니다."

"음… 맹의 대장로들께서 동의한 출행이기는 해도 너무 오래 맹을 비우지 않으시길 바랍니다. 신단평에 천목맹이 선 이후 맹은 총사와 함께 성장해 왔소이다. 맹에서 총사가 차지하는 비중을 결코 가볍게 보지 마시기 바라오."

"절대 그런 일은 없지요. 맹의 일은 저도 무겁게 생각하고 있습니다."

"알겠습니다. 그럼 빠른 복귀를 기다리지요."

"맹에서 사람이 나올 때까지는 이곳에 계시겠지요?"

부루가 물었다. 그러자 모용목이 고개를 끄덕였다.

"그래야겠지요. 비록 그자들은 물러갔다지만 산해관을 천목맹이 장악했으니 천추성이나 묵련이 움직일 수도 있으니까요."

"특별히 맹에 청해 백호신부나 청룡신부의 고수들을 요청했으니 아마도 그들 중 한곳의 고수가 올 겁니다. 그들이 산해관에 온다면 큰 걱정은 하지 않으셔도 좋을 겁니다."

"그렇군요. 청룡신장과 백호신장이라면 믿을 만하지요. 그동안은 최선을 다해 산해관을 지켜내겠습니다."

"모용 노사라면 믿고 떠날 수 있겠습니다. 덕분에 이렇게 길을 서두르는 것이고. 그럼 가겠습니다."

부루가 훌쩍 마차 안으로 몸을 실었다. 그러자 기다렸다는 듯이 대일이 마차를 몰기 시작했다. 마차는 순식간에 이령문을 벗어나 서쪽으로 이어진 관도를 달리기 시작했다.

"참으로 알 수 없는 사람입니다."

송추월 등을 태운 마차가 떠나자 모용목이 의문 어린 목소리로 말했다.

"뭐가 말입니까?"

"총사 말입니다."

"무슨 말씀이신지?"

"시간이 지날수록 그 진면목을 알 수 없는 사람입니다. 처음 그가 대산문을 대표해서 천목맹에 나왔을 땐 그저 특출 난 재주를 지닌 젊은 고수로 생각들 했었지요. 그런데… 그는 서른도 되기 전에 천목맹의 가장 중요한 인물이 되었지요."

"그의 출신에 대해선 여러 소문이 많더군요."

"가장 그럴싸한 소문은 저들 다섯 친구가 어려서 백두 깊은 산속에서 산적으로 컸다는 것입니다만……."

"그 소문은 조금 허황된 면이 있는 것 같습니다. 산적으로 자란 자들이 저런 고수가 되었다는 건 믿기 힘든 말이지요. 아마도 연유가 있어 산에 머문 것이 아니겠습니까?"

"다들 그렇게 말하지요, 분명 그들이 산에 머문 데는 다른 이유가 있을 거라고. 하지만 지금까지 그들이 산에 머문 이유를 정확히 아는 사람은 없지요. 어쨌든 그중에서도 총사의 경우는 더욱 알 수 없는 사람입니다. 어떤 때는 강호의 패권에 무척 집착이 강한 사람 같기도 하면서 또 오늘 같은 경우 미련 없이 맹을 떠나 서행을 선택했으니 말입니다. 사실 지금이 그에겐 무척 중요한 시기지요. 막 천목맹의 총사가 되었을 뿐 아니라 명성도 이젠 경쟁자들 중 가장 앞에 서 있지요. 그 대단하다는 청룡신장 고무룡 대협조차도 이젠 그에게 한 수 접을 수밖에 없다고 하니 말입니다."

"그 소문도 들었습니다. 사신장 중 총사의 위를 놓고 그와 고 대협의 경쟁이 치열했다고요?"

"그렇지요. 하지만 세간의 평판으론 고 대협의 대인적인 풍모가 총사와 버금가는 인기를 끈다 해도 총사가 묵련을 상대해 얻어낸 성과를 따라잡을 수는 없었지요. 애초에 총사의 공이 워낙 컸지요."

"그렇군요."

"총사가 묵련을 상대할 때는 무척 무서운 면이 있었다고 합니다. 집요할 정도로 묵련을 몰아붙였지요. 승부가 난 싸움에서도 철저하게 짓밟았으니까요. 그래서 혹자는 성정이 너무 냉혹한 게 아닌가 그런 의구심을 보였고, 그 이유로 천목맹의 권력을 향한 그의 야심을 의심하기도 했지요. 공을 세우기 위해 친구들을 위험에 몰아넣었다는 소문도 돌았고."

"그런 사람이었던가요?"

전곡이 조금 실망한 듯한 표정으로 물었다.

"지금까진 그렇게 알고 있었는데 오늘 보니 세간의 평판이 잘못되었는지도 모른다는 생각이 듭니다. 지금은 그가 천목맹의 권력을 틀어잡기 가장 좋은 시기인데 이런 기회를 버리고 외유를 나가다니. 그래서 알 수 없다는 겁니다. 본래는 권력에 초연했던가 하는 생각도 들고……."

"그런 말씀이셨군요. 듣고 보니 정말 속을 알 수 없는 인물입니다. 하지만 어쨌든 적이 아니니 다행이랄까요?"

"그렇지요. 크게 보면 적은 아니지요. 맹 내에서 권력을 두고 그와 겨룬다면 다르지만."

"모용세가는 어떻습니까? 그에 대해선……?"

"검천이 벽산에서 실족했을 땐 그에 대한 원망이 없었던 것은 아니지요. 하지만 지금은 오히려 그와 좋은 관계를 유지하려 하고 있습니다. 검중이 세가의 후계자가 된 것이 세가로선 오히려 다행이니……. 그리고 그의 대산문보다는 고월산장을 세가에선 더 큰 경쟁자로 보고 있습니다."

"음, 고월산장의 평판이 하루가 다르게 커지고 있다는 건 잘 알고 있습니다. 역시 고무룡, 고 대협의 힘이지요?"

"그렇지요. 그가 쌓아온 의협의 평판은 쉽게 허물어지지 않는 것이니……."

"검중이 상대할 수 있겠습니까?"

전곡은 현 모용세가의 후계자 모용검중의 장인이다.

"자질로 보자면 그러한데… 아무래도 너무 늦게 후계자가 된 감이 있지요."

"산해관의 일이 잘 끝나면 조금 힘을 얻지 않겠습니까?"

"그럴 겁니다. 더군다나 총사가 떠났으니 일을 잘 만들면 중

검의 명성을 높일 수 있을 겁니다."

"그렇군요. 제가 할 일이 있겠군요."

전곡이 고개를 끄덕였다.

"사돈만 믿겠습니다."

"하하하, 사위도 자식 아닙니까?"

전곡의 호탕한 웃음에 모용목도 빙그레 미소를 지었다. 그렇게 천목맹의 총사 부루가 떠난 자리에선 새로운 야심가들이 권력을 향해 움직이고 있었다.

第八章
암중의 동행자들

화마경

"클클, 고향에 돌아들 오니 기분이 어때?"

그는 겨우 두세 사람만이 탈 수 있는 작은 마차에 올라 있었다. 앉아 있기도 힘든지 마차 내부에 누울 수 있는 공간을 만들고 그곳에 비스듬히 누워 창밖을 내다보고 있었다.

"감개가 무량하군요."

태산오룡의 맏이 종회가 차갑게 말했다. 주종을 이룬 사이지만 주인에 대한 애정이나 존중을 찾아보기 힘든 말투였다.

"그래, 고향이란 좋은 곳이지. 언제나 마음을 편하게 해준단 말이야. 고향 떠나면 고생이란 말이 헛말은 아니야."

그가 살짝 눈을 감았다. 그렇다고 아주 감아버리는 것은 아니어서 그의 시선은 아스라이 창문 너머 서쪽 하늘에 가 닿아 있었다. 종회는 조금 생경한 표정으로 자신의 주인을 바라봤다. 태산에서 오룡으로 불리며 강호를 질주하던 시기, 그가 어찌 누군가의 수하가 되어 이렇게 강호를 떠돌 것이란 상상이나 했던가. 악연으로 만나 주인으로 삼고, 병자가 된 그를 아직도 떠나고 있지 못하니 인연도 질긴 인연이요, 악연도 보통 악연이 아니었다.

그래서 가끔 그를 베어버릴까도 생각했지만 항상 병자의 모습을 한 그의 뒤에 또 다른 그가 존재할지도 모른다는 두려움, 혹은 병자이면서도 간혹 드러내는 그 전율적인 기운에 억눌려 여태 그의 수족 노릇을 하고 있는 태산오룡이었다. 그리고 그의 기이한 지법에 제압되어 그의 손길이 아니면 풀 수 없는 혈도도 문제이긴 했다.

아니, 어쩌면 그 모든 것은 핑계일지도 몰랐다. 마음 깊은 곳에 숨겨둔 진실을 말하라면 탐욕이 태산오룡을 그의 곁에 머물게 하고 있는 것이라고 답해야 하리라.

강함, 그는 강한 자였다. 또한 강해질 수 있는 무공을 가지고 있었다. 그가 던져 주는 한마디 한마디, 혹은 듣도 보도 못한 기이한 한 초식의 무공이 태산오룡을 얼마나 흥분하게 만들었던가.

그가 무공을 가르쳐 주기 시작한 것은 춘봉산에서 그 기이하고 신비한 비구니들에게 패퇴한 이후였다.

그는 큰 부상을 당한 몸으로도 태산오룡을 자신의 손아래 잡아두었다. 애초에 태산오룡이 그에게 몸을 맡길 때 그가 결계해 두었던 족쇄, 수일에 한 번 그의 손을 빌어야 혈도가 풀리고 수월하게 살아갈 수 있는 태산오룡의 몸 때문이기도 했지만, 또한 그는 태산오룡에게 그들이 상상하던 것 이상의 무공을 전수해 주겠다는 달콤한 유혹도 더했다.

그래서 태산오룡은 이 괴팍하고 잔인하며 악마와도 같은 심성을 지닌 자를 지금까지 주인으로 모시고 있었다. 그런 그가 이런 아련한 감상이라니……. 종회는 자신의 주인이 어울리지 않는 짓을 한다고 생각하며 쓴 침을 삼켰다.

"그는?"

문득 그가 물었다.

"반나절 앞서 가고 있습니다."

"빠르지는 않군."

"그래도 꾸준히 움직이고 있으니 빠른 편이지요."

"오늘 태산을 지나면 배를 탈 것이고, 그럼 곧 장안이군. 장안을 지나면 파촉이라……. 그다음이 곤륜이군."

여전히 고향이 그리운 눈빛으로 그가 중얼거렸다.

"가려는 곳이 어딘지요?"

태산오룡은 아직 그가 어디로 가려는지, 또한 그가 뒤쫓고 있는 천목맹의 젊은 총사 부루가 어디로 향해 가는지 모르고 있었다.

"곤륜."

"그건 짐작하고 있었습니다만……."

곤륜으로 가는 것을 묻는 것은 아니었다. 곤륜의 어디인가를 묻고 있는 종회였다.

"곤륜에 천마봉이라는 곳이 있어. 그곳으로 가는 거야."

"그곳엔 뭐가 있습니까?"

종회가 오랜만에 자신의 말에 제대로 대꾸를 해주는 그에게 그동안 가지고 있던 호기심을 털어놨다. 그러자 웬일인지 그가 또다시 친절하게 입을 열었다.

"그곳에 뭐가 있냐고? 그곳엔… 그곳엔 그가 있지."

그는 또 누구란 말인가? 종회가 의문 어린 시선으로 마차 안의 그를 바라봤다. 그러자 그가 다시 혼잣말처럼 말했다.

"그곳엔 그가 있고, 그의 제자들이 있고… 그리고 또 다른 내가 있다."

그의 눈이 한순간 붉은 염기를 띠었다. 순간 종회가 다시 그의 주인에게 거부할 수 없는 두려움을 느꼈다. 그건 그가 춘봉산에서 부상을 입기 전, 그 시절에 느꼈던 원초적인 두려움 그것이었다. 그래서 종회는 더 이상 그의 주인에게 질문을 던지지 못했다. 그러자 그의 주인이 입을 열었다.

"파촉으로 들어서면 할 일이 생길 게다. 그때까지는 그의 뒤를 조용히 따를 뿐 다른 행동은 하지 마라."

마치 경고하듯 하는 말에 종회가 얼른 고개를 숙였다.

"알겠습니다, 주인."

"좋아. 내 비록 심성이 독한 놈이지만 너희들의 수고를 모르지는 않는다. 내 생각대로 일이 잘되면… 너희들은 천외천의 한쪽 하늘을 보게 될 것이다. 태산이 얼마나 작은 산인지 알게 되겠지. 후후후!"

태산오룡의 주인이자 부루의 사형을 자처하는 자가 나직하게 웃음을 흘렸다.

초록으로 우거진 산길을 한 대의 검은색 마차가 일정한 속도로 질주하고 있었다. 빠르지도 그렇다고 느리지도 않은 속도. 마차는 녹음 우거진 숲에 가려졌다 나타났다 하며 서쪽을 향해 이동했다.

마차가 향하는 곳, 길게 이어진 서쪽 길 북쪽에 어느샌가부터 우뚝 솟은 산 하나가 눈에 들어왔다. 사람들이 천하의 중심이라고 말하는 태산(泰山)이다. 기실 태산의 크기와 생김은 천하의 명산으로 꼽히는 고봉준령에 비하면 보잘것없을 수도 있었다. 그러나 태산은 그 산의 크기가 아니라 산에 깃든 전설이 만든 명산임으로 중원을 여행하는 사람이라면 누구나 한번 오르기를 소원하는 산이다.

그런데 마차는 그런 태산에는 눈길도 주지 않고 지나치고 있었다. 그러니 마차에 탄 사람들이 유람을 나온 사람들이 아님은 확실했다. 그런 마차를 태산의 중턱에서 지켜보는 일단의 사람들이 있었다.

"어찌하실 생각이오?"

눈에 띄는 모습을 지닌 자다. 흰색과 검은색이 절묘하게 배합된 수염과 노련해 보이는 눈초리, 무엇보다도 한 자루 검을 보는 듯한 위세가 가미된 노고수가 입을 열었다. 그러자 역시 대단한 기도를 지닌 노고수가 입을 열었다.

"장안으로 들어서면 일이 곤란해질 거요."

"물론 그럴 거요. 잡으려면 배를 타게 하면 안 되오. 배를 타면 남련이든 혹은 일월맹이든 우리의 행보를 방해하게 될 거요. 그리되면 그를 은밀히 제거하는 일은 불가능할 것이오. 더더욱 파촉으로 들어서면 그곳은 죽림의 본거지. 일은 거의 실패라고 봐야 하오."

"그가 어디까지 움직일지 몰라 망설였던 것인데… 이젠 더이상 망설일 수 없는 일인 것 같소."

"그럼 역시 태산을 벗어나기 전에……?"

"남쪽의 지리는 남제성주께서 밝으시니 적당한 자리를 추천해 주시기 바라오."

"허허허, 이 일은 요동에서부터 북황성주께서 도맡아 오신 일인데 이제 와서 제가 나선다는 것이……."

남제성주라 불린 노고수가 묘한 미소를 지으며 말했다. 그러자 요동에서부터 줄곧 부루의 뒤를 따라온 천추성 북황성주가 역시 미소를 지으며 응대했다.

"일이야 누가 나서든 무슨 상관이겠소이까. 단지 천추성을 위해 좋은 성과를 얻으면 그만이지. 우린 모두 한 식구 아니오이까?"

"하하하, 그렇긴 하오만… 그래도 북황성주께선 수년간 천목맹의 일에 깊이 관여해 오셨는데 이제 와서 제가 일을 떠맡으려니 미안한 감이 드는구려."

"그런 것은 신경 쓸 필요 없소이다. 나 조천석은 그저 천추성을 위해 그를 제거하면 그것으로 족하오."

"북황성주께선 역시 호인이시오. 천추성에 북황성주와 같은 분이 계시니 큰 복이외다."

"후후후, 고맙소. 그나저나 그를 제거하는 일은 그리 쉬운 일이 아닐 거요."

"그렇다고 해도 불가능한 일은 아니지요. 비록 외곽이라고는 하나 이곳도 엄연한 천추성의 영역. 거기에 천추삼성 중 북황성과 남제성이 힘을 합쳤으니 천하의 그 누구도 우리의 그물을 빠져나가지 못할 것이오."

"그는… 뛰어난 자요."

"물론 알고 있소. 그러니 서른도 되지 않은 나이에 천목맹의 총사 자리를 꿰찼겠지요. 물론 그 일에는 북황성주의 도움도 있었지만…….."

"난 그를 위해 한 일이 별로 없소. 단지 낭왕 별고를 그와 연결시켜 주었을 뿐."

"그 일에 대해선 성에서도 논란이 많았소이다. 결국 낭왕을 천목맹에 내어준 꼴이 되었으니…….."

"그가 변심한 것은 미처 예상치 못했던 일이오. 물론 그 변심의 원인은 바로 천목맹의 젊은 총사가 너무 뛰어났기 때문이지만."

"그렇긴 하오. 뭐, 너무 상심하지는 마시오. 어찌 천하의 일을 모두 예측할 수 있겠소이까? 계획대로라면 우린 이미 신인 도명의 천부를 손에 넣고 천목맹의 젊은 총사를 통해 천목맹을 지배하고 있었을 것이오. 계획이 나빴던 것이 아니라 운이 없었던 것이오."

"그렇게 말해주니 고맙구려. 일이란 결국 천운이 따라야 함을 이번 일로 다시 깨달을 수 있었소이다."

"그래서 더더욱 이번 일은 성공을 해야 할 거요. 현재 천추성 내에서 권력이 너무 우리 천추삼성에게 쏠리고 있다는 의견이 나오고 있다고 합디다."

"그동안 천추성의 일을 우리 삼 인이 도맡아 해왔으니 그런 말이 나올 만도 하지요."

"문제는 팔대야조차도 우릴 경계하려 한다는 사실이오."

"음, 그 이야기는 나도 들었소."

"그들은 핑계를 찾고 있고, 만약 이번 일에 실패하면 이 일을 물고 늘어질지도 모르오."

"후후, 냄새나는 늙은이들!"

북황성주 조천석의 입에서 싸늘한 비웃음이 흘렀다.

"우리 삼성이 서로 경쟁을 하는 관계이기는 하지만 또한 순망치한의 관계이기도 하오. 그대와 나, 그리고 중천성주는 성내에 기반이 없으니 말이오."

"수년의 노고를 쏟아부었는데 우린 아직 팔대야의 권위를 누르기에는 부족함이 많구려."

"그러게 말이오. 역시 전통의 힘은 강한 모양이오."

"이번 일을 잘 마무리 지어 반전의 계기를 만들어봅시다. 언

제까지 천추성이 팔대야의 노리개로 남아 있을 수는 없는 일
이니."

"그럽시다. 내 좋은 장소를 떠올렸소이다."

"그렇소이까?"

"갑시다."

강호에서 강호육패 중 가장 전통이 깊은 천추성을 대표하는
고수라면 모두 열한 명의 고수를 떠올린다. 천추성 팔대야와
천추삼성. 그중 팔대야는 실질적으로 천추성의 기반이 되는
무림 문파들의 수장들로 채워진 천추성 최고의 권력자들이었
고, 천추삼성은 특별한 기반 없이 오로지 스스로의 능력으로
천추성의 요직에 오른 세 명의 고수를 일컬었다.

천추삼성은 세 명의 절대고수를 가리키기도 하지만 또한 천
추성의 실질적 활동 조직을 일컫는 말이기도 하다. 북천성
와 남제성, 그리고 중천성, 이 삼성에 속한 고수들은 그 개개인
이 절대지경에 들었다는 소문이 파다한 일류고수들이었고, 그
들을 움직이는 사람들이 삼성주였다.

천추삼성의 성주 이름은 강호에 널리 알려져 있었다. 북황
성주 조천석, 중천성주 평소산, 남제성주 복조양, 이 삼 인의
이름은 당금에 와서는 천추성을 대변하는 이름으로 불리고 있
었다.

그러나 기이하게도 이름은 널리 알려졌으되 그들의 얼굴을
아는 사람은 극히 적었다. 그건 그들이 천추성의 일을 처리하
는 방식이 무척 은밀했기 때문이고, 또한 천추삼성에 속한 고

수들이 워낙 뛰어나 삼성주 본인들이 직접 강호사에 관여하는 예가 극히 적기 때문이었다.

그런데 그런 삼성주 중 두 명이 천목맹의 젊은 총사 부루를 노리고 있었다.

"재밌군, 재밌어."

조산이 흥미로운 표정으로 산을 타고 바람처럼 달리는 천추성의 고수들을 바라보았다. 그의 곁에는 언제나처럼 이령문에서 그를 수행했던 삼 인의 수하가 병풍처럼 조산을 에워싸고 있었다.

"천추성에서 그에게 관심을 두고 있는 줄은 몰랐습니다."

조산의 수하 단진이 비위를 맞추듯 입을 열었다.

"그러게 말이야. 어디 천추성뿐인가? 암중에 그를 쫓는 자들이 제법 있어 보여."

"강호육패의 무리일까요?"

"글쎄, 모르겠어. 뭐, 어쨌든 재밌는 자니까."

"여전히 그를 거두고 싶으신 겁니까?"

단진이 물었다. 그러자 조산이 고개를 끄덕였다.

"그래. 욕심이 나."

"그럼 기회가 있을지도 모르겠습니다."

"도와주자고?"

"은혜를 입으면 따르겠지요."

"글쎄… 과연 내 도움이 필요할까?"

"천추성의 고수들이라면… 아무리 그라도 쉽지 않을 겁니다."

"두고 보지. 과연 그를 얻을 기회가 올지……."

조산이 흥미로운 표정으로 다시 한 번 천추성 고수들의 움직임을 살핀 후 걸음을 옮겼다.

"다행이군."

또 다른 자들이 황하로 이어지는 관도를 걷고 있었다. 낯설지 않은 얼굴. 과거 송추월이 항주를 떠나 상선을 타고 요동으로 돌아갈 때 만났던 그 기이하고 강력한 기운을 뿜어내던 자가 그의 수하들과 함께 관도를 걷고 있었다.

"그렇습니다, 대인. 그들의 종적이 천목맹의 애송이와 연결되어 있다는 걸 알게 된 건 천운이 따른 일인 것 같습니다."

"태산오룡이 삼사형과 함께 있을까?"

"지금까지의 조사로는 거의 확실합니다."

"알 수 없는 일이야. 도대체 삼사형은 무슨 일을 하고 있는 걸까. 아니, 요동에 들어가 빙정을 구하려 했다는 것은 알겠는데 그 이후의 행적은 통 이해가 가지 않는단 말씀이야. 비록 사부의 추궁이 두려웠더라도 돌아와 용서를 비는 것이 좋았을 텐데."

"무슨 사정이 있지 않겠습니까?"

"사정이라……. 천하의 삼사형을 수년 동안 숨게 만들 사정이 무엇일까? 내 생각으로는 그런 이유는 없을 것 같은데……."

"아무튼 태산오룡의 흔적을 찾게 되었으니 곧 삼대인을 만나게 될 겁니다."

"좋아. 하지만 서둘러야 돼. 파촉에 들어서면 흑월이 움직일 수 있다."

"설마 흑월이 파촉까지 나오겠습니까? 지금은 그저 목숨을 부지하려 자중하고 있어야 할 입장인데……."

"아니. 살기 위해 더 위험을 무릅쓸 거야. 삼사형을 찾아야 그들의 목숨도 부지될 거라 생각할 테니까."

"설득할 길은 없을까요?"

"거의 불가능하지, 삼사형의 시체를 보여주기 전에는."

"만약 삼대인을 만나게 되신다면?"

"설득을 해야겠지."

"돌아가시지 않을지도 모릅니다."

"그때는… 스스로 모든 것을 포기한 것으로 봐도 되겠지. 뭐, 나쁜 결과는 아니야. 경쟁자가 준다는 것은 그만큼 좋은 일이니까. 그러나저러나 도대체 천목맹의 애송이는 어딜 향해 그렇게 달리는 거지?"

"그게 정말 의문입니다. 이미 천목맹의 경계를 지난 지는 오래고, 어느새 천추성의 경계도 빠져나가고 있으니 말입니다."

"이 일은 정말 기이하면서도 재밌군. 더군다나 그 친구를 다시 보게 되다니……."

"요동으로 올 때 상선에서 보았던 그자 말입니까?"

"그래. 역시 인연인가? 그가 천목맹의 젊은 총사와 인연이 있는 줄은 몰랐어."

"그 여인은 보이지 않습니다만……."

"그러게. 혼인을 한 사이로 보였는데 무슨 사정이 있는 모양이지. 아무튼 지켜보자고, 사형이 과연 왜 숨어 있는지. 그리고 조심들 해. 모두들 사형을 알지?"

"어찌 삼대인의 무서움을 모르겠습니까? 명심하겠습니다."

"좋아, 다시 움직여 보자고!"

*　　　*　　　*

두 개의 산이 하나의 관문을 이루고 있었다. 사방으로 펼쳐졌던 너른 벌판이 사라지고 어느새 관도는 좁은 산길로 이어져 있었다. 마차는 산속으로 뻗은 관도로 거침없이 질주했다. 대일의 말처럼 마차는 천리표국 최고의 마차임이 분명했다. 수천 리를 달렸음에도 마차에는 잔 고장 하나 나지 않았다. 때때로 여분으로 준비한 마차의 바퀴만을 갈아주는 것으로 마차는 송추월과 그 친구들을 요동에서 수천 리 밖까지 실어 날랐다.

두두두!

경쾌한 말발굽 소리가 기분 좋게 흘러나왔다. 녹음이 깊은 산길은 저절로 입에서 흥을 불러냈다.

"흐흐흥!"

마부석에 앉아 있는 곽풍산은 숲길로 접어든 이후 줄곧 콧

노래를 부르고 있었다. 송추월과 다른 친구들 역시 오랜만에 만나는 맑은 숲에 취해 느긋한 여행을 즐기고 있었다.

"이 산길을 지나면 삼문(三門)이라고 했나?"

문득 원무극이 물었다. 그러자 대일이 고개를 끄덕였다.

"그래. 삼문에는 큰 포구가 있고, 황하를 거슬러 오르는 대선단이 있으니 마차를 싣고 장안까지 갈 만한 배를 구할 수 있을 거야."

"배를 타면 일정을 앞당길 수 있겠군."

"곤륜으로 가자면 장안을 거쳐 파촉을 통과하는 것이 가장 빠른 길이지."

두두두!

마차는 쉬지 않고 숲을 달렸다. 마치 양쪽에 서 있는 산을 단숨에 뚫을 듯한 기세였다.

"삼문까진 얼마나 남았지?"

다시 원무극이 입을 열었다. 그러자 대일이 마차 밖을 내다보며 말했다.

"하룻길은 더 남았는데… 아무래도 오늘은 노숙을 해야 할 것 같다."

"이런 날은 노숙도 괜찮지."

원무극이 별일 아니라는 듯 말했다.

"풍산, 노숙할 곳이 있으면 마차를 세워!"

대일이 흥얼거리며 마차를 몰고 있는 곽풍산에게 소리쳤다.

"걱정 마라. 나도 이젠 쉬고 싶으니까. 보자. 저기가 좋을 것 같군."

곽풍산의 말에 대일이 마차 밖으로 고개를 내밀었다.

"마침 개울이 있네?"

"그러게. 풍광도 좋고 물도 구할 수 있고. 아늑하니 괜찮지?"

"그래, 저곳에서 쉬어가자."

"쉬기엔 너무 이른 것 아냐?"

문득 대일의 뒤에서 원무극이 소리쳤다. 그러자 곽풍산의 큰 목소리가 터져 나왔다.

"이러나저러나, 내일 하루 더 가야 삼문이야! 좋은 곳에서 쉬어가면 그뿐이지! 밤새 달릴 것 아니면!"

말을 마친 곽풍산이 서둘러 자신이 지목한 지점으로 마차를 몰았다.

대일이 준비하는 것은 마차만이 아니었다. 마차에는 천리표국의 표사들이 표행을 나갈 때 쓰는 노숙을 위한 도구들이 모두 마련되어 있어서 송추월과 그 친구들은 마차를 기대어 금세 노숙할 준비를 마쳤다. 두 개의 천막이 마차를 중심으로 양쪽으로 반원을 그리며 세워졌고, 그 앞에는 커다란 모닥불을 피웠다. 그리고 모닥불 위에는 중간 크기의 솥에서 음식이 끓고 있었다.

"이게 말이야, 살기 위해서가 아니라 여행을 하는 거라면 참 좋을 텐데……."

솥에서 끓고 있는 음식을 휘저으며 곽풍산이 입을 열었다.

"그러게 말이다."

대일이 맞장구를 쳤다.

"살기 위해 곤륜으로 갈 일이 없었다면 우리 다섯이 다시 이렇게 모일 기회가 없었을지도 모르지."

원무극이 나직하게 말했다.

"흐흐, 그렇게 되는 건가? 하긴 다른 사람은 몰라도 부루 녀석은 절대 시간을 내지 못했을 거야. 봐, 벌써 어디론가 새버렸잖아?"

"쫓아오고 있다는 천목맹의 수하들을 만나러 간 모양이지?"

"그런 모양이야."

"어쨌든 강호의 소식은 전해 들을 수 있겠군."

"좋지 않군요."

부루가 나직하게 중얼거렸다. 그의 앞에 부루의 사형이자 마효의 셋째 제자인 그가 있었다. 지난 세월 그를 사형으로 받아들이고 또한 그에게서 괴노 마효에 대한 거의 모든 사실을 알아내면서 부루는 이 사형에 대해서도 많은 것을 알게 되었다.

일악 오원지. 이것이 그의 사형이란 자가 가지고 있는 이름이었다. 일악이란 별호를 붙인 것은 사부인 괴노 마효로, 마효의 수십 명 제자 중 살아남은 네 명 중 오원지의 심성이 가장 악독하기에 붙여준 별호라고 했다.

"어쩌면 좋은 기회일 수도 있지."

"무슨 말입니까, 사형?"

"경쟁자들을 처리할 기회가 될 수도 있단 말이네. 후후후! 설마 똑똑한 사제가 내 말을 못 알아들은 것은 아니겠지?"

"친구들을 버리란 말입니까?"

"보게, 내 생각엔 말이야, 이번에 천추성 무리의 공격을 잘 막아내면 사부를 만나기 위한 관문은 오직 하나, 우리의 다른 사형제들만이 남을 뿐이네. 그렇다면 이쯤에서 몇 명의 경쟁자를 떨궈내는 것도 나쁜 것은 아니지."

일악 오원지의 말에 부루가 한줄기 미소를 지었다.

"전 그들을 제 경쟁자라고 생각지 않습니다. 그들은 제 친구들이지요."

"하하하, 설마 진정으로 그런 생각을 하고 있는 것은 아니겠지?"

"아닙니다. 진정입니다. 전 사형이나 사형께서 말씀하시는 다른 사형들과는 다른 부류의 사람이죠."

"스스로 악인이 아니라고 말하는 건가?"

"마인은 모르지만 악인은 아니지요."

"그래서 그들을 버리지 못한다?"

"적어도 그들이 제게 방해가 되기 전에는 그렇지요. 그리고… 지금은 방해보다는 도움이 되는 존재들이고."

"이제 알겠군. 아직은 더 써먹을 데가 있단 말이군."

"그런 의미도 있지요. 적어도 천추성의 공격을 막아내는 것보다는 다른 사형들의 살수를 막아내는 것이 더 힘들 테니 말입니다. 그들이 정 희생되어야 한다면 그건 바로 그때겠지요."

부루의 말에 일악 오원지가 천천히 고개를 끄덕였다.

"맞아, 자네 말이 모두 맞아. 천추성을 상대하는 것은 다른 사형들을 상대하는 것에 비하면 무척 쉬운 일이지. 내가 잠시 잊고 있었어. 자네가 나만큼이나 영악하다는 걸. 하지만 내 진심으로 충고 하나 하지."

"경청하겠습니다."

"보검을 아끼다 보면 언젠가 그 보검에 스스로를 베이는 법일세."

"제가 그들을 버릴지언정 그들은 저를 버리지 못합니다."

"후후후, 그리되길 빌겠네. 그러나저러나 그렇다면 천추성의 종자들은 어찌 처리할 건가?"

그러자 부루가 자신있는 말투로 말했다.

"그들을 버리지는 않겠지만 이번에야말로 제대로 된 실력들을 보여야겠지요. 녀석들이 지난 수년간 얼마나 대단한 경지에 올랐는지 확인해 봐야겠어요."

"그렇군. 하긴 신경의 후예들이라면 이런 정도의 공격쯤이야 우스운 일이지. 그렇지 않다면 곤륜에 갈 이유도 없는 것이고. 이거 호기심이 동하는데? 사제들의 무공이 어떨지……."

"너무 가까이 오지는 마세요."

부루가 불쑥 오원지 앞으로 고개를 들이밀며 말했다.

"내 걱정은 말게."

"싸움이 험해지면 다치실 수도 있습니다."

"설마 날 죽일 기회를 노리는 건가?"

"그럴 리가요. 사형은 제가 신경의 주인이 되는 데 꼭 필요한 사람인 걸요."

부루가 가벼운 미소를 짓고는 장내에서 사라졌다. 그러나 잠잠하던 오원지의 눈빛이 붉은 염기로 물들기 시작했다.

"사제, 넌 뛰어나다. 하지만 너무 자신을 믿고 있어. 신경의 경주는 그리 쉽게 얻을 수 있는 자리가 아니네. 사제가 날 농락하는 것도 이제 얼마 남지 않았어. 사천을 넘으면 나에겐 흑월이 있다네. 후후후!"

"위험한 건 친구들이 아니라 사형이란 걸 난 잘 알고 있소. 당신이 그곳에서 왔다면 그곳엔 당신의 사람들이 있겠지. 하지만 내 뒤통수를 치려면 제대로 쳐야 할 거요. 난 사형과 같은 종류의 사람이니까."

마차를 중간에 두고 두 개의 천막으로 이루어진 숙영지에 다가서며 부루가 중얼거렸다. 그러면서 그는 시선을 돌려 주변의 지형을 살폈다.

"기습을 하기엔 좋은 곳이야. 퇴로도 없고. 결론은 이곳에서 녀석들의 모든 것을 드러내게 해야 한다는 건데… 천추성이 문제군. 얼마나 끌고 올지. 혹은 얼마나 해줄지……."

천추성의 추격이 있다는 것은 이미 오래전부터 알고 있는 사실이다. 부루의 뒤에는 그의 심복들인 천목맹의 고수들과 태산오룡의 호위를 받으며 움직이는 일악 오원지가 있었다. 그들을 통해 부루는 자신과 친구들 주위에서 벌어지는 사정들을 세세히 전해 듣고 있었다.

"문제는 천추성이 아니라 다른 자들인데… 적어도 두세 곳의 무리가 우릴 주시하고 있다고 했지? 그들이 나서지 않아야 일이 수월하게 될 터인데……. 혹 그자도 와 있을까?"

부루가 문득 어둠 속을 바라봤다. 그의 머릿속에 떠오르는 사람은 당연히 조산이었다. 이령문에서 헤어진 후 조산은 그의 말과 달리 부루 앞에 모습을 드러내지 않았다. 자신을 욕심내는 사람, 단지 그 기도만으로도 천하를 아우를 수 있는 존재가 자신을 어둠 속에서 지켜보고 있다는 것이 썩 기분 좋은 일만은 아니었다.

"세상엔 참 뛰어난 자가 많아."

부루가 나직이 중얼거리는 순간 갑자기 숲의 북쪽에서 밤새 몇 마리가 날아올랐다.

"일찍 왔군!"

부루가 훌쩍 신형을 날렸다.

"이제 오냐?"

부루가 나타나자 대일이 부루를 보며 물었다. 뭔가 재밌는 소식이라도 가져왔기를 바라는 눈치였다. 그러나 부루는 그런 대일의 기대를 깨뜨리며 심각한 표정으로 말했다.

"준비를 해야겠어."

"무슨 준비?"

"우릴… 노리는 자들이 있어."

"뭐?"

큼직한 바위에 등을 기대고 있던 곽풍산이 뜨악해 눈을 뜨며 물었다.

"누군데?"

원무극이 심드렁하게 물었다. 이제 이 젊은 산적 친구들은 한 명 한 명이 절대고수의 반열에 올라 있어 웬만한 일은 덤덤히 받아넘길 그릇이 되어 있었다.

"천추성!"

"어라? 어쩐지 그대로 자신들의 영역을 통과시켜 준다 했지."

대일이 혀를 찼다. 이령문을 떠나 산해관을 넘은 이후에는 줄곧 천추성의 세력권을 통과해 온 일행이다. 그런데 그동안 천추성은 이 천목맹의 젊은 총사 일행을 그냥 두고 볼 뿐 어떤 위해도 가하지 않고 있었다.

강호에 육패가 선 이상 물론 드러내 놓고 천목맹의 총사를 공격할 수는 없지만 그래도 스스로 그물 안에 들어온 고기를 그냥 살려 보내는 것은 산해관 인근과 장성 부근에서 패권을 다투고 있는 천추성으로서는 아쉬운 일일 수밖에 없었다.

"배를 타면 더 이상 기회가 없다고 본 건가?"

원무극이 중얼거렸다.

"그렇다고 봐야겠지?"

"어쩌지?"

대일이 물었다. 그러자 송추월이 나직하게 입을 열었다.

"네가 처리해."

부루를 보고 한 말이다.

"내가?"

"그래. 이 일은 네 일이잖아. 애초에 그들이 노리는 건 너니까."

"흐흐, 그래서 나 혼자 그들을 모두 상대하라고?"

"못할 것도 없잖아. 정 죽게 되면 그땐 도와주지."

송추월이 싸늘하게 말했다. 그는 여전히 부루에 대해 감정의 골을 풀고 있지 않았다.

"망할 녀석!"

부루가 송추월을 흘겨보고는 다른 친구들에게 말을 건넸다.

"방법은 두 가지가 있어."

"말해봐."

"하나는 당연히 지금 짐을 싸서 도주하는 거야. 재빨리 이동하면 큰 어려움 없이 배를 탈 수 있을지도 몰라. 물론 이 산길이 외지기에 앞에 매복을 두었다면 어려울 수도 있겠지만 길이야 뚫으면 뚫는 거지, 뭐."

"두 번째 방법은?"

"이곳에서 그들을 정식으로 상대해 주는 거지. 힘으로 그들을 제압하는 거야. 이 방법은 거칠기는 하겠지만 두 가지 이득이 있다."

"무슨 이득?"

원무극이 물었다.

"첫째는 우리의 힘을 제대로 보여주면 더 이상 천추성의 추격이 없을 것이라는 거고, 두 번째는 덕분에 다른 날파리들도 스스로 조심하게 될 거란 거지."

"다른 날파리?"

"우릴 쫓고 있는 자들은 천추성만이 아니야. 아마도 육패의 고수들이나 다른 자들의 눈도 있을 거야."

"제길, 네 녀석이 유명하긴 유명한가 보구나. 은밀히 움직여도 천하의 이목이 모이니."

대일이 혀를 찼다.

"뭐, 나 때문이란 걸 부인하지는 않겠다. 하지만 그들은 모르고 있지, 사실 이곳에 나와 같은 자가 넷이나 더 있다는 걸. 그걸 알게 되면 그들은 결코 함부로 우릴 방해하지 못할 거야."

"다시 말해, 제대로 싸워보자는 말인데… 위험하지 않을까?"

대일이 물었다.

"어떤 위험을 말하는 거냐?"

"제대로 하면 크게 피를 볼 수 있는데……."

"우리 평판을 말하는 거냐?"

"그래. 천하의 마인으로 낙인찍힐 수 있어."

"그건 걱정 마라. 소문이란 결국 사람이 내는 거야. 나도 강호에 입을 두고 있으니 오히려 기습을 한 천추성의 행동이 비난받을 거야."

"자신있어?"

"그 일은 내가 장담하지."

"그렇다면 뭐… 제대로 한번 놀아보는 것도 좋겠지. 도에 녹이 슬어가고 있었으니까."

대일이 청룡도를 빼 들었다. 그러나 녹이 슬었다는 청룡도의 도신이 그 어느 때보다 투명하게 달빛을 반사했다.

"칼을 바꿨냐?"

대일의 청룡도를 보며 원무극이 물었다. 과거 투박했던 대일의 청룡도가 아닌 듯 보였기 때문이다.

"도를 바꾼 건 아니야. 단지 좀 다듬었지. 좋은 장인을 만났어. 시간이 지나니까 도가 견디지 못할 것 같더라고. 그래서 담금질을 다시 했지. 본래부터 좋은 쇠였다고 하더군."

대일이 퉁명스레 말하며 자리에서 몸을 일으켰다. 그리고는 시선을 돌려 북쪽 숲을 바라봤다. 어느새 숙영지를 향해 다가오는 인기척을 느낀 것이다.

푸스스!

다시 한 번 숲이 잘게 몸을 떨었다. 몇 마리의 밤새가 하늘로 솟구쳤다. 그러자 그 아래로 거뭇한 그림자들이 모여들더니 한순간에 근 이십여 명에 이르는 자들이 불쑥 모닥불 앞에 모습을 드러냈다.

"여, 어디서 오는 친구들이시오?"

어느새 거대한 체구를 일으켜 대일 옆으로 다가선 곽풍산이 호탕한 목소리로 소리쳤다. 대호산에서부터 손님을 받는 일은 항시 곽풍산의 몫이었던지라 송추월 등은 그저 그가 하는 대로 지켜보고 있었다.

천추성 북황성주 조천석의 눈빛이 살짝 흔들렸다. 줄곧 지켜보고 있었지만 기실 부루를 제외한 다른 친구들은 조천석의 관심에서 조금 멀어져 있었다. 그런데 이렇게 정면으로 다시 대하고 나니 그동안 성장한 것은 결코 천목맹의 총사 부루만이 아니었다. 일은 그의 생각보다 더 어려울 수도 있었다.

조천석이 슬쩍 옆에 선 남제성주 복조양을 바라봤다. 그러자 남제성주가 한 손을 들어 올렸다.

스스슥!

복조양의 손짓에 두 사람의 뒤를 따르던 천추성의 고수들이 바람처럼 흩어지더니 송추월 등의 노숙지를 그물처럼 에워쌌다. 그렇게 단단하게 그물을 잠근 후 조천석이 입을 열었다.

"그대의 친구와 이야기를 나누고 싶군."

"난 자격이 안 된단 말이우?"

곽풍산이 실쭉하며 물었다.

"난… 천추성에서 나온 사람일세."

"물론 알고 있소."

"그렇다면 내가 누구와 상대하고 싶은지도 알 것 아닌가?"

조천석의 말에 곽풍산이 조금 심드렁한 표정을 짓다가 부루를 돌아보며 소리쳤다.

"여기 천추성의 고수 분께선 천목맹의 총사와만 이야기를 하겠다는데?"

곽풍산의 말에 뒤로 물러나 있던 부루가 천천히 걸음을 옮겨 앞으로 나섰다. 그리고는 조천석을 보며 말했다.

"내가 천목맹의 총사요."

"물론 알고 있네. 그런데 혹 내가 누군지 짐작할 수 있겠나?"

조천석의 물음에 부루가 빙그레 미소를 지었다.

"아마도… 오랫동안 날 도와주신 천추성 북황성주가 아니실까 짐작합니다만……."

"흠, 역시 짐작하고 있었군."

"낭왕께 말씀 많이 들었지요."

"낭왕이 나에 대해 얼마나 이야기하던가?"

"필요한 만큼은 모두."

"역시 낭왕은 온전히 자네에게로 돌아섰군."

"천추성보다야 천목맹이 낭왕에겐 더 어울리지요. 기회도 많고."

"그렇지. 천하의 낭인을 변방이 아니면 어디서 받아줄 것인가?"

"그런 생각을 가지고 있으니 낭왕께서 나의 손을 잡은 겁니다. 당신은 좋은 칼을 스스로 버린 겁니다."

"낭왕이 누구의 칼이 될 사람은 아니지."

"전 잘 쓰고 있습니다."

부루의 말에 조천석의 표정이 다시 변했다. 무시를 당한 듯한 느낌인지 그의 아미가 좁아졌다.

"낭왕도 그대가 그를 자신의 칼로 생각하고 있다는 걸 아는지 모르겠군."

"아실 겁니다. 대신 나 또한 그분의 칼이 되어드리기로 했지요. 거래는 이렇게 하는 겁니다, 서로 주고받는 것으로. 그런데 천추성의 대북황성주께서는 너무 받으시려고만 했더군요."

"난 그에게 많은 것을 제공했어."

"하지만 역시 진심은 없었지요. 어쨌든 무슨 일입니까? 그동안 암중에 절 많이 도와주셨다는 걸 압니다. 묵련과의 싸움에서도 종종 도움의 손길이 느껴지더군요. 특히 북방으로 진격했을 때 초원 사정에 대한 정보는 아주 큰 도움이 되었지요."

"뭐, 괘념치 마시게. 우리로선 묵련보다는 천목맹이 낫다고 본 것이니까."

"그렇지요. 묵련의 무인들은 대화가 통하지 않으니. 자, 이젠 하고 싶은 말을 하시지요."

부루가 부드럽게 물었다. 그러자 조천석이 잠시 부루의 눈을 응시한 후 입을 열었다.

"몇 가지 묻고 싶은 것과… 끝내고 싶은 일이 있네."

"그 몇 가지 질문에 따라 일을 끝내는 방식이 달라지겠군요."

"후후후, 역시 현명하군. 그렇다네. 그래서 자넨 대답을 무척 잘해야 할 거야. 자네가 비록 천하에 위명을 떨치고 있다지만 이곳이 천추성의 권역임을 잊어서는 안 되네. 노파심에서 하는 말일세."

걱정이 아니라 협박이란 걸 모를 사람은 없었다. 그러나 부루는 전혀 긴장한 빛을 보이지 않았다.

"그동안 도움받은 것도 있으니 해드릴 수 있는 답은 해드리지요. 자, 뭐가 알고 싶습니까?"

부루가 시원하게 대답하자 조천석이 기다리지 않고 물었다.

"자넨 지금 어디로 가고 있는 것인가? 도대체 뭘 위해 요동을 떠나 이렇게 하염없이 서쪽으로 가고 있는 것이냔 말일세."

기실은 부루를 처리하는 것보다도 이것이 조천석이 그동안 가장 궁금해하던 질문이었다.

第九章
그날 밤, 그 마기(魔氣)

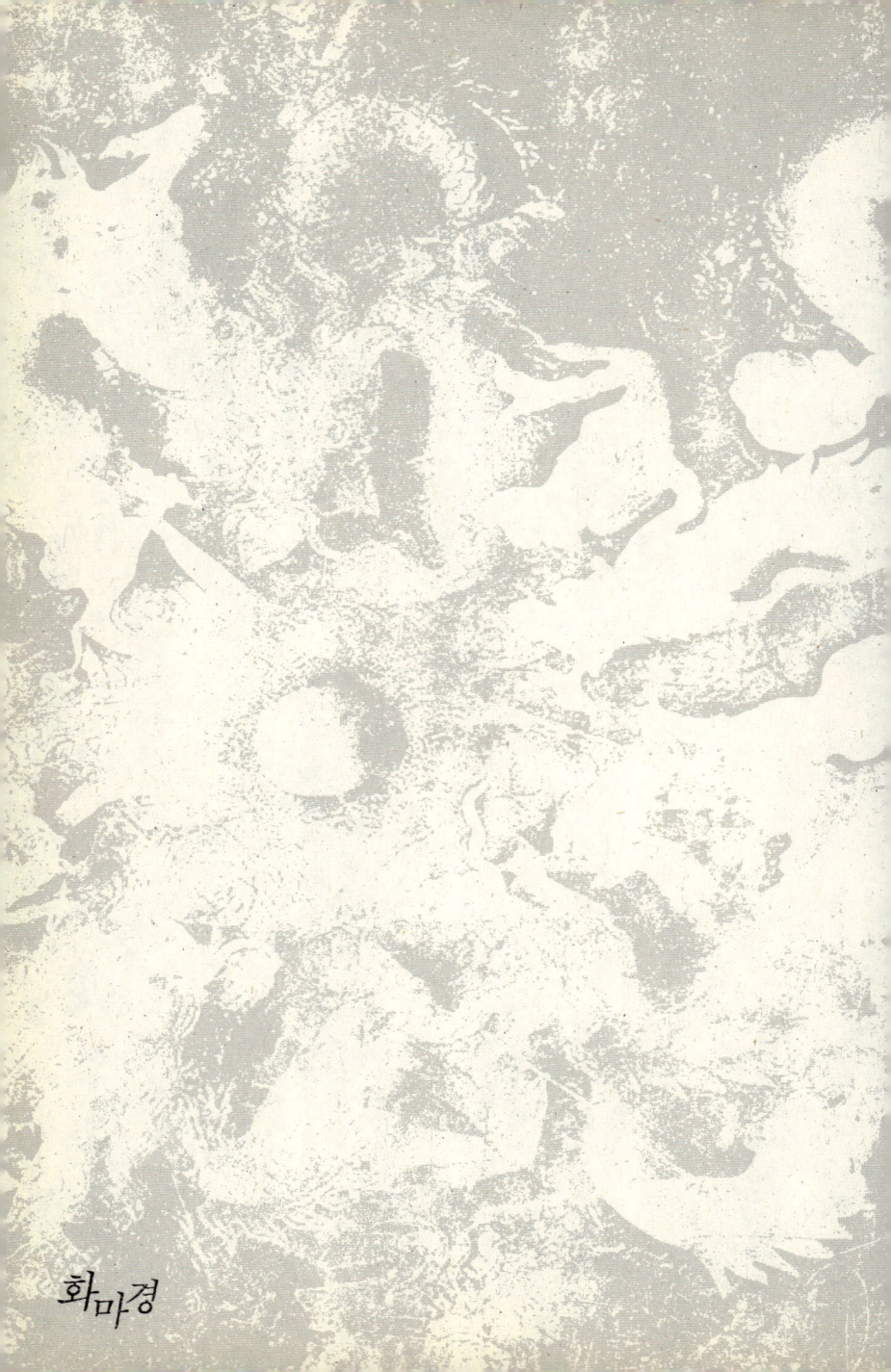

화마경

"강호 유람?"

조천석이 아미를 모았다, 기대했던 대답이 아니라는 듯. 그러나 또한 그의 예상에서 벗어나지 않은 대답이기도 했다. 부루가 그가 여행하는 목적을 사실 그대로 자신에게 털어놓을 거란 기대는 애초부터 없던 조천석이다.

"그렇습니다. 강호는 넓은데 척박한 요동에만 처박혀 있다보니 갑갑하더군요. 그래서 세상 구경을 나선 겁니다. 얼마나 넓은지……."

"천하의 천목맹 총사가 할 말은 아닌 것 같군. 자네가 과연 세상이 얼마나 넓은지 모른단 말인가?"

"글쎄요. 여전히 전 모자란 구석이 많은 사람입니다."

"내 생각은 조금 다르네."

"노사의 고견을 듣고 싶군요."

"내 생각에 자넨… 천하를 노리고 있는 것 같아."

"천하를 향한 야망이야 무림인이라면 누구나 가지고 있는 것 아닐까요?"

"하지만 이렇게 대담하게 천하사패의 영역을 염탐하고 다니지는 못하지."

"염탐이라니… 사람을 너무 좀스럽게 만드시는군요."

"훗, 자네가 천하 유람을 핑계로 천추성이나 다른 천하 패자들의 경계를 아무런 제약 없이 드나드는 것은 기실 강호육패를 무척 무시한 처사일세. 자넨 천목맹의 총사야. 어느 누가 자네의 눈에 자신들의 세력을 고스란히 드러내고 싶겠는가?"

조천석의 말에 부루가 빙그레 미소를 지었다. 그러면서 천천히 고개를 저었다.

"억지가 지나치시군요. 천하의 정세와 그 사정을 살피는 일을 어느 누가 직접 나서서 하겠습니까? 천추성만 해도 사람을 보내 천목맹을 세심하게 살피고 있지 않습니까? 만약 제가 천추성의 사정을 좀 더 자세히 알아보려 했다면 결코 이런 식으로 움직이지는 않았을 겁니다."

부루의 말에 조천석이 이내 고개를 끄덕였다.

"그런가? 그렇다면 결론은 하나군."

"어떤 결론을 내리셨습니까?"

"자넨… 천하를 시험하고 있어."

"무슨 말씀인지 모르겠군요."

"자넨 지금 자네 스스로를 이용해 육패를 시험하고 있는 것 같아. 자네가 천하 횡보를 마치고 나면 강호의 호사꾼들은 이렇게 말하겠지, 천목맹의 젊은 총사는 정말 대단해. 홀로 천하 패자들의 영역을 자기 집 안방처럼 드나들었다더군. 그럼에도 불구하고 천하의 패자들은 누구 하나 그를 건드리지 못했어. 아아, 앞으로 천하는 아마도 천목맹의 젊은 총사가 주인이 될 거야. 이렇게 말일세. 그리고 천하의 고수들이 자네 밑으로 찾아들겠지."

조천석의 말에 부루가 눈을 번쩍였다. 마치 기대하지 않았던 행운을 얻은 사람처럼.

"그런… 이득이 있을 줄은 몰랐군요. 정말 고맙습니다. 이건 정말 의도치 않은 성과군."

부루는 곤륜으로 가는 일에 집중하느라 자신이 이런 식으로 여행하는 것이 강호 무림인들에게 큰 반응을 불러일으킬 거라는 사실은 미처 예상치 못하고 있었다. 그런데 조천석의 말을 듣고 보니 이 여행이 제대로만 끝난다면 어쩌면 그는 곤륜에서 마효의 저주를 푸는 것 이상의 명성을 얻어낼 수 있을지도 몰랐다.

"의도치 않은 일이었다?"

조천석이 부루의 반응에 의구심 어린 표정으로 물었다.

"지금에서야 어리석은 절 노사께서 깨우쳐 주셨습니다만……."

"후후후, 그 말을 믿을 사람이 이곳에 있겠는가?"

"그야 각자의 판단에 맡길 뿐이지요."

"좋네. 자네가 부인하겠다면 어쩔 수 없지. 하지만 자네의 목적이 어떻든 이젠 그만 행보를 마쳐야 할 걸세."

"제 길을 막겠다는 말이군요."

"자넨… 황하에 닿을 수 없을 걸세. 내가 두 가지 제안을 하겠네."

"경청하지요."

"하나는 지금 즉시 천추성의 초청에 응해 말을 돌려 천추성으로 가는 걸세. 그리되면 자넨 천추성의 귀빈으로서 대접받게 될 걸세."

"스스로 포로가 되라는 말이군요. 두 번째 제안을 듣고 싶습니다."

"두 번째 제안은 무척 참혹한 것일세."

조천석이 안색을 굳혔다. 그러나 부루는 여전히 미소를 지은 채 조천석에게 말을 건넸다.

"강호에 참혹하지 않은 현실이 어디 있겠습니까?"

"음, 무림의 이치를 알고 있다면 내 두 번째 제안을 짐작하겠군. 두 번째 제안은 그대가 이곳에서 죽어주는 것일세. 아무런 흔적도 남기지 않고 말이야."

"흔적없이 죽기는 어려울 것 같군요. 이미 우리 일행을 주시하는 눈이 한둘이 아니니 이곳에서 천추성이 날 핍박하여 죽인다면 결국 천추성과 천목맹은 돌이킬 수 없는 상황에 처하게 될 겁니다. 큰 싸움이 일어날 거고… 이득을 보는 곳은 다른 패자들이겠지요."

"후후후, 어부지리를 노리는 자들 때문에 대어를 놓칠 수는 없지. 사실 자네가 죽는다고 천목맹이 천추성을 공격할 거란 생각도 기우네. 강호란 한 사람의 죽음으로 인해 전체를 희생하는 그런 곳은 아니란 말일세. 천목맹의 대장로들이 과연 자네의 복수를 하기 위해 나설까?"

"날 위해서가 아니라 자신들을 위해 나서겠지요."

"그들을 위해?"

"천하의 정세를 어찌 판단하시는지는 모르겠지만 천목맹의 저력은 기실 밖으로 드러난 것 이상이지요. 특히나 요동삼문의 야망은 이미 요동을 벗어난 지 오랩니다. 그들에겐 명분이 필요하지요, 정당하게 장성을 넘을 수 있는. 내가 죽는다면 아마도 그들은 장성을 넘을 겁니다. 복수! 이보다 더 좋은 명분은 없을 테니 말입니다."

"하하하!"

부루의 말에 조천석이 호탕한 웃음을 터뜨렸다. 그의 웃음 소리가 한밤중의 잠든 산을 뒤흔들었다. 그러더니 뚝 웃음을 멈추며 조천석이 차가운 눈빛으로 부루를 응시했다.

"천목맹이 천추성을 넘을 수 있다고 보는가?"

"못할 것도 없지요."

"광오하군. 비록 천목맹이 묵련을 북쪽으로 밀어냈다고 해도 천추성은 다르다. 천추성은 수백 년의 역사를 지닌 하북의 패자! 결코 천목맹과 같은 변방의 세력에게 침범당할 곳이 아니다."

"그건… 강호의 역사를 잘 모르고 하는 말이시군요. 역대로 장성을 넘어와 강호를 평정한 막북과 동방의 고수들이 얼마나 많았는지 잊었습니까? 그때마다 하북의 문파들은 언제나 동방의 고수들에게 머리를 조아렸지요. 현재 중원에 자리 잡은 문파 중 그 뿌리가 막북과 동방인 곳이 한둘이 아님을 잘 알고 계시지 않습니까? 천추성 역시 다르지 않지요. 그 역사가 되풀이 되지 말라는 법이 있겠습니까?"

부루가 협박하듯 다그쳤다. 그러자 조천석의 표정이 붉어졌다. 부루의 말은 사실이었다. 강호의 역사에서 장성을 넘어와 중원의 무림을 제패한 고수는 적지 않았다. 그래서 중원무림은 언제나 장성 이북의 무림에 대해 본능적인 두려움을 가지고 있었다. 그 두려움이 사패의 시대로 사라지나 했지만 이제 다시 묵련과 천목맹이 강호에 나타나 새로운 두려움을 중원무림에 던져 주고 있었다. 조천석이 오늘 조금 무리하게 부루를 제거하러 나선 것도 천목맹의 성장을 더 이상 두고 보기 어렵다고 판단한 때문이었다.

"천추성은 천하의 중심이다, 결코 그 누구에게도 흔들리지 않는."

"결과는 시간이 말해주겠지요. 어쨌든 오늘 절 이곳에서 죽이려면 천추성도 많은 것을 포기해야 할 겁니다. 더군다나… 내가 이곳에서 죽을 가능성도 많지 않고."

부루의 여유에 조천석이 다시 볼을 씰룩였다.

"그대가 이곳에서 살아갈 가능성은 일 푼도 없다."

"세상엔 가끔 예상치 못한 일이 벌어지는 법이지요."

그때 조천석의 곁에 있던 천추성 남제성주 복조양이 차가운 음성으로 입을 열었다.

"시간 끌 것 없소이다. 시작합시다."

복조양의 눈은 이미 살기로 번들거리고 있었다. 복조양의 재촉에 조천석이 고개를 끄덕였다.

"그렇구려. 생각해 보니 쓸데없는 말을 하고 있었소이다. 그저 베어버리면 그뿐인 것을!"

조천석이 동의하자 복조양이 앞으로 나섰다.

"내 이름은 들어봤을 거다. 난 천추성 남제성주 복조양이라고 한다. 오늘 이곳에서 네 목을 베는 것은 바로 내 검이 될 것이다."

복조양이 검을 들어 부루를 가리켰다. 그러자 부루가 눈을 가늘게 떠 복조양을 바라보며 말했다.

"그대의 가슴에 내 손자국이 남을 수도 있겠지."

"좋아, 입만큼 손도 맵나 보겠다."

복조양이 검을 떨쳐 냈다. 그와 부루의 위치를 생각하자면 다소 경솔한 공격. 그러나 그는 천추성의 남제성주 복조양이다. 급하게 내민 칼에서 한순간 검기가 일어났다.

웅!

한줄기 푸릇한 검기가 순식간에 부루와 복조양의 사이를 관통했다. 순간 부루의 신형이 흔들렸다.

팟!

복조양의 검기가 아슬아슬하게 부루의 옷깃을 스치고 지나갔다. 그러자 부루의 몸이 복조양으로부터 뻗어 나온 검기를 타고 오르듯 떠오르며 상대를 향해 다가갔다.

슈우욱!

복조양을 향해 다가가면서 부루가 유려한 움직임으로 두세 차례 손을 휘저었다. 그러자 허공에 여섯 개의 수영이 꽃처럼 피어났다.

"흥!"

부루가 만들어낸 수영을 보며 복조양이 콧소리를 흘려내더니 번개처럼 검을 사선으로 그어댔다. 그러자 허공에 떠올랐던 부루의 수영들이 순식간에 반으로 갈려져 나갔다.

삭!

여섯 개의 수영을 동시에 베어낸 복조양의 검술은 신기에 가까운 것이었지만 부루는 그에 아랑곳하지 않고 계속해서 복조양을 향해 다가갔다. 적이 검을 들고 있고 검기를 뿜어낼 수 있다면 수공을 쓰는 부루로서는 접근전을 시도해야 승기를 잡을 수 있었다.

쉬이익!

한순간 부루가 허공으로 오른손을 들어 올리더니 마치 독수리가 사냥감을 채듯 복조양을 할퀴어갔다. 굽어진 부루의 손끝에선 검은 기운이 감돌고 있었는데, 복조양은 감히 부루의 조공을 무시하지 못하고 서둘러 뒤로 몸을 뺐다. 그런데 그 순간 부루의 왼손이 번개처럼 일장을 쳐냈다.

팡!

허공에서 떨어지는 부루의 오른손만 경계하고 있던 복조양이 갑자기 아래쪽에서 밀려드는 부루의 왼손에 대경하며 허공으로 신형을 날렸다.

휘이익!

그러자 강력한 일장을 터뜨리며 달려들던 부루의 왼손이 마치 뱀처럼 휘어지며 복조양을 따라붙기 시작했다. 그것만이 아니었다. 어느새 방향을 바꾼 부루의 오른손은 몸을 튼 복조양의 등짝을 번개처럼 할퀴어내는 것이었다.

찍!

"엇!"

복조양의 입에서 자신도 모르는 사이에 헛바람이 새어 나왔다. 그가 강호에 나온 이후 누구도 그를 이런 식으로 몰아붙이진 못했다. 그는 적어도 천추성에서 이십위 안에 드는 고수였다. 더군다나 천추성이 자랑하는 천추삼성 중 한곳의 수장이 아니던가.

길게 찢어진 옷깃을 통해 찬바람이 들어오자 복조양의 분노가 한층 달아올랐다.

"놈!"

복조양의 입에서 노성이 터져 나왔다. 동시에 그의 검이 자신을 향해 끊임없이 달려드는 부루를 향해 뻗어나갔다. 날카

로운 검기가 다시금 그의 검끝에서 일어나더니 순식간에 부루
의 심장을 찔렀다.

팟!

그러나 부루는 또다시 바로 눈앞에서 복조양의 검을 피해냈
다. 복조양의 검은 거의 손가락 하나 차이로 가슴을 스치고 지
나갔는데 부루는 그 와중에도 눈 한 번 깜빡이지 않고 복조양
의 눈을 응시하고 있었다.

파파팟!

복조양의 검이 부루의 가슴을 비켜나가는 순간 부루의 양손
이 이번에는 번개처럼 서너 번 허공에 그어졌다. 그러자 잘 갈
린 칼처럼 날카로운 부루의 수영들이 복조양을 향해 날아들었
다.

"음!"

복조양의 입에서 침음성이 흘러나왔다. 비도처럼 닥쳐드는
부루의 수영을 모두 피해내는 것은 거의 불가능해 보였다. 복
조양의 신형이 허공에서 두세 번 회전했다. 그런 복조양을 향
해 부루의 수영이 화살처럼 꽂혔다.

턱!

그리고 그중 한 개가 복조양의 가슴을 때렸다.

"음!"

다시금 복조양의 입에서 신음성이 흘렀다. 이번엔 제법 타
격을 받은 듯한 소리. 그러나 복조양은 그럼에도 불구하고 자
세를 흐트러뜨리지 않고 서너 걸음 뒤로 물러난 후 부루를 향

해 다시 검을 가다듬었다. 일수를 당하기는 했으나 싸움을 포기하거나 승패가 결정되었다고 생각하기엔 이른 시간이었다.

비무라면 다르지만 이 싸움은 생사결이었다. 한 수 이득을 본 부루 역시 서둘러 복조양을 몰아치지 않았다. 더군다나 복조양이 수세에 몰리는 순간 어느새 천추성의 고수들이 그의 주위로 몰려들었고, 그중 일부는 부루를 향해 도검을 겨누고 있기까지 했다. 만약 이대로 복조양을 몰아친다면 필시 부루는 홀로 천추성 고수들의 합공을 받아내야 할 터였다.

"그만 물러가는 것이 어떻겠습니까?"

부루가 차분한 목소리로 복조양과 조천석을 번갈아보며 물었다. 그러자 복조양이 붉어진 얼굴로 대답했다.

"설마 오늘의 일을 비무로 생각하는 건 아니겠지?"

"정말 생사를 가르겠다는 말입니까?"

"우린 허언을 하는 사람들이 아니네. 자네의 무공이 예상외로 뛰어난 것은 인정하지. 만약 나 홀로 자네를 상대해야 한다면 난 지금이라도 물러날 걸세. 하지만 오늘 일은 그리 간단치가 않아. 우리 두 사람은 천추삼성 중 이성의 고수들을 동원했네. 설혹 자네가 우리 두 사람을 능가하는 무공을 지니고 있다고 하더라도 오늘 이곳에서 살아갈 수는 없을 걸세."

복조양이 다부지게 협박을 늘어놨다. 그러자 부루가 고개를 돌려 송추월과 친구들을 바라봤다.

"이대로 내게만 맡겨둘 거야?"

부루의 말에 곽풍산과 대일이 송추월을 바라봤다. 상황으로 봐선 일대 혼전을 피할 수 없을 것 같았다.

"어쩌지?"

대일이 물었다.

"어쩌긴, 길이 막혔으니 열어야지. 오늘 밤 이곳에서 쉬어갈
수는 없겠어."

애초 송추월은 오늘의 일을 부루에게 맡겨둘 생각이었지만
천추성 고수들의 움직임으로 봐선 부루와 천추성의 두 절대고
수 간의 싸움으로 오늘 일이 끝날 것 같지는 않았다. 그렇다면
부루에게만 이 싸움을 맡겨둘 수는 없었다.

"끝낼 거면 빨리 끝내자!"

송추월의 말이 끝나자 곽풍산이 도끼를 어깨에 걸쳐 메고는
앞으로 걸어나가기 시작했다. 그의 곁에 대일이 따랐고, 송추
월은 조금 느리게 대일의 뒤를 따랐다. 원무극은 그림자처럼
송추월의 뒤쪽에 붙어 있었는데, 기이하게도 원무극에 대해선
그 누구도 별반 신경을 쓰는 것 같지 않아 보였다. 눈에 보임
에도 불구하고 상대의 경계를 풀어내는 원무극의 행보는 그야
말로 살수의 최고 경지를 보여주는 것이었다.

"내가 한 가지 경고를 해둬야겠습니다."

송추월 등이 나서자 부루가 좀 더 여유를 드러내며 복조양
과 조천석에게 말했다.

"뭔가? 이제 다시 말을 섞을 일은 없을 테니 하고 싶은 말이
있다면 모두 하게. 아마도… 자네 유언이 될 걸세."

복조양이 차게 응대했다. 그러자 부루가 한줄기 미소를 베

어 물었다.

"사실… 지금까지 난 무척 많은 인내심을 발휘하고 있었습니다. 본래 나란 놈은 이 친구들과 산에서 산적질을 하며 살아왔지요. 해서 도통 저잣거리의 예의란 것을 모르고 컸습니다. 더불어 산적질을 하다 보니 사람 대하는 것이 무척 험한 편이지요. 어쩌다 천목맹에 들어 성정을 조금 유하게 만들기는 했으나 사람이란 게 어디 본바탕이 바뀌겠습니까?"

"스스로 막돼먹은 종자라고 실토를 하는 건가?"

"미리 충고를 해드리는 거지요. 나와 이 친구들이 본성을 드러내면 두 분은 물론 이곳에 있는 천추성의 형제들은 오늘 큰 곤욕을 치르게 될 겁니다. 그러니… 지금이라도 물러나는 것이 어떨지……?"

"후후후, 궁지에 몰리니 별 이상한 방법으로 협박을 하는군. 그러나 그런 잔머리로 이곳에서 벗어날 생각은 접는 게 좋을 걸세."

복조양이 손을 들었다. 그러자 천추성의 고수들이 단단하게 송추월과 다섯 친구를 에워싸기 시작했다. 단번에 다섯 친구를 몰살해 버리려는 의도였다.

"난 분명히 주의를 줬어."

부루가 고개를 저으며 송추월과 친구들을 바라봤다. 그러자 곽풍산이 히죽 미소를 지었다.

"그래, 넌 충분히 저들에게 경고를 했어. 그러니 앞으로 벌어질 일은 모두 저들의 책임이지."

곽풍산의 입꼬리가 한쪽으로 밀려 올라갔다. 그러자 문득 그의 얼굴이 야차와 같은 모습으로 변했다. 단지 어둠 속이라 천추성의 고수들이 미처 곽풍산의 변화를 알아채지 못했을 뿐.

"서둘러서 끝내."

송추월이 냉정한 표정으로 말했다.

"길게 갈 것 없지. 내가 시작한다!"

곽풍산이 고개를 돌렸다. 그의 머리칼이 밤바람에 날렸다. 순간 송추월 등을 에워싸고 있던 천추성의 고수들은 한 마리 야수의 눈빛을 보았다. 그리고 그 야수가 도끼를 휘둘렀다.

쾌아앙!

아름드리나무가 부러져 나가고 땅이 갈라졌다. 무쇠 철벽도 가르는 도끼가 있다는 소문이 있기는 했지만 정말로 땅을 가르고 바위를 가르는 부법이 시현된 것은 장내의 천추성 고수들에겐 악몽이자 꿈이었다.

곽풍산의 도끼가 움직이는 순간부터 그의 천뢰부법은 장내를 완벽한 지옥도로 변화시켰다.

"컥!"

그의 도끼는 사람과 나무를 한 번에 베었다. 그의 도끼에 스치기라도 한 천추성 고수는 여지없이 사지 중 한곳이 잘라지거나 뼈가 바스라져 땅 위에 나뒹굴었다.

"악!"

또다시 한마디 비명성이 울리고 나서야 조천석과 복조양이 정신을 차렸다.

"침착하라! 놈들은 겨우 다섯이다! 포위를 단단히 하고 적을 홀로 맞지 마라!"

조천석이 냉정하게 사태를 읽고 명을 내리자 천추성의 고수들이 재빨리 곽풍산을 경계하며 서로 도와 자신들을 지키기 시작했다. 그러자 폭풍 같던 곽풍산의 도끼도 이젠 쉽사리 천추성 고수들을 베어내지 못했다.

"공격하라!"

곽풍산의 부법이 만들어낸 당황에서 벗어나자 이젠 복조양이 공격 명령을 내렸다. 그러자 천추성 고수 서넛이 야수처럼 날뛰는 곽풍산을 향해 달려들었다.

그러자 홀로 곽풍산을 놓아두었던 대일이 불쑥 청룡도를 휘두르며 천추성 고수들 사이로 뛰어들었다.

"여기도 있다!"

우우웅!

대일의 청룡도에서 광풍이 몰아치는 소리가 일어났다.

쩌저적!

대일의 청룡도가 움직이는 순간 거대한 바위가 반으로 갈라졌다. 대일이 마효에게서 전수받은 도법은 철산을 가른다는 금악도(金岳刀). 그 금악도의 제대로 된 위력이 발휘됐다. 그건 결코 곽풍산의 천뢰부법에 뒤지지 않는 강력함을 지니고 있었고, 광풍 같은 속도를 품고 있었다.

"아악!'

곽풍산의 도끼에만 신경을 쓰던 천추성의 고수들이 갑자기 들이닥친 대일의 청룡도에 휩쓸려 비명과 함께 쓰러졌다. 그러자 곽풍산을 향해 정비된 모습으로 달려들던 천추성 고수들이 다시 당황하기 시작했다. 그리고 곽풍산과 대일에 의해 흐트러진 천추성 고수들의 진영은 쉽게 회복되지 못했다. 단시간에 진세를 회복하기에는 곽풍산과 대일의 기세가 너무 거셌다.

"밀어붙여서 끝내자."

부루가 송추월을 보며 말했다. 오래 끌 싸움은 아니었다. 시간이 지나면 변수가 생길 수도 있었다. 적어도 이곳은 천추성의 영역이었다. 부루의 말에 송추월이 고개를 끄덕이고는 손을 들어 부루에게 먼저 나설 것을 요구했다.

"망할 녀석, 난 좀 전에 이미 힘을 썼어!'

부루가 인상을 썼다.

"어쨌거나 이 싸움은 결국 네 싸움이니까."

송추월이 차갑게 말했다.

"흥! 네놈의 싸움이기도 해. 이곳에서 길이 막히면 곤륜으로 가는 일도 공염불에 지나지 않을 테니까."

"그래도 어쨌든 네가 먼저야."

송추월이 고집을 꺾지 않자 부루가 한번 노려보고는 이내 신형을 날려 싸움에 뛰어들었다.

퍼퍼퍽!

연이어 북 터지는 소리가 만들어졌다. 부루의 쇄금수는 빠르고 은밀하면서도 일단 적의 몸에 격중되는 순간 벼락같은 파괴력을 일으켰다. 그래서 부루의 수공에 당한 천추성 고수들은 하나같이 가슴이 함몰되어 피를 토하며 쓰러져 갔다.

그렇게 부루까지 싸움에 뛰어들자 장내의 사정은 조천석이나 복조양이 예상한 것과는 전혀 다른 모습으로 진행되기 시작했다. 몰리는 것은 송추월 일행이 아니라 오히려 그들을 포위한 천추성의 고수들이었다. 천목맹의 젊은 총사와 그 친구들은 천추성의 일류고수들로 이루어진 천추삼성의 고수들을 양 떼 몰듯 몰아대고 있었다. 만약 숫자의 우위가 없었다면 단이각을 버티지 못하고 끝났을 싸움이었다.

"이건… 도대체가!"

복조양이 낙담한 목소리를 흘려냈다. 간간이 버티고 있는 장내의 사정이 그에겐 너무나 당황스런 일이었다.

"저들이 저렇게 대단할 줄은 몰랐소이다."

조천석 역시 난감한 표정을 지으며 말했다.

"이대로라면 저들을 제압할 수 없소."

복조양의 말에 조천석이 고개를 끄덕였다.

"그렇구려. 사자들을 더 투입해야 할 것 같소."

"음… 그럼 퇴로가 열리게 될 터인데……."

"저들이 도주를 한다 한들 결국 황하에서 막히게 될 거요."

"알겠소이다."

복조양이 고개를 끄덕이고는 몸을 돌려 수하 한 명을 보며 말했다.

"모두 불러 모아라!"

복조양의 명에 천추성의 고수가 고개를 숙여 보이곤 재빨리 하늘을 향해 불화살을 쏘아 올렸다. 그러자 잠시 후, 서쪽 산등성에서 여러 명의 고수가 모습을 드러냈다.

"더 있었나 봐!"

원무극은 여전히 송추월의 그림자 속에 있었다. 물론 그렇다고 다른 사람들이 그를 보지 못하는 것은 아니었다. 단지 그의 존재감이 다른 네 명의 친구에 비해 극히 미미한 것일 뿐.

"퇴로를 막았던 자들인가 보군."

"어쩌지?"

"싸움의 이치는 언제나 같아. 기둥을 치면 나무는 쓰러진다."

"저들을 상대하잔 거냐?"

원무극이 전장의 한쪽에서 근심스런 표정으로 장내의 상황을 살피고 있는 조천석과 복조양을 가리켰다.

"그게 빠를 거다."

"좋아, 내가 저 복 씨 성을 쓰는 자를 맡지."

"최대한 빨리."

"흐흐, 살수의 생명은 속도다. 너나 서둘러라."

말이 미처 끝나기도 전에 원무극의 신형이 그 자리에서 사라졌다.

복조양은 자리를 옮겨 있었다. 퇴로를 차단하기 위해 서쪽에 매복해 두었던 천추성의 고수들은 그가 이끄는 남제성의 고수들이었기에 그들을 지휘하는 것 역시 그의 몫이었다.

"성주!"

서쪽에서 달려나온 십여 명의 고수들이 복조양의 앞에 시립했다.

"어서들 오게. 상황이 썩 좋지 않아. 바로 시작하게."

"알겠습니다."

"조심들 해야 하네. 보통 놈들이 아니야."

"걱정 마십시오."

앞서 일어난 싸움을 지켜보지 못한 남제성의 고수들이 전의를 불태웠다.

"절대 방심하면 안 되네. 가게!"

"옛, 성주!"

다시 한 번 주의를 받은 천추성 남제성의 고수들이 번개처럼 신형을 날려 곽풍산과 대일, 그리고 부루까지 합세한 싸움터로 뛰어들었다.

"이젠 저들도 어쩔 수 없겠지. 아무리 대단한 무공을 지닌 자들이라도 결국 한 손이 여러 손을 당할 수 없는 것이 세상의 이치다. 자, 이제 나도 서서히 싸움의 이득을 거둘 준비를 해야겠군."

복조양이 검을 들고는 차분하게 전장을 살피기 시작했다. 과연 서쪽에서 달려온 남제성의 고수들이 뛰어들자 싸움의 양상이 변했다. 일단 외부에서 들이친 충격에 야차처럼 날뛰던 곽풍산과 대일, 그리고 부루가 공세에서 수세로 돌아서면서 서로 등을 지고 삼각형을 이루고 적을 맞고 있었다.

"좋아, 공세로 전환했으니 숫자의 유리함이 이 싸움을 승리로 이끌 것이다."

복조양이 쾌재를 불렀다. 유리하게 진행되는 상황에 용기를 얻었는지 복조양이 이젠 성큼성큼 앞으로 걸어나가기 시작했다. 죽을 자리라면 몰라도 승리하는 자리에선 조금도 뒤로 물러나고 싶지 않은 복조양이었다.

그런데 문득 그런 복조양의 어깨 위에 달그림자가 내려앉았다. 나무는 없었다. 이미 장내의 큰 나무들은 곽풍산과 대일의 도끼와 도에 잘려 나간 지 오래라 혈풍이 분 장내는 작은 나무조차 찾아보기 힘들 만큼 황폐해져 있었다. 그런데 갑자기 달그림자라니…….

복조양이 슬쩍 고개를 돌렸다. 비록 부루에게 손해를 보기는 했지만 복조양은 고수다. 그것도 천하육패 천추성에서 서열 이십위 안쪽으로 여겨지는 절정의 고수. 그런 그의 육감이 어깨 쪽에서 이어지는 달빛의 그늘을 놓칠 리 없었다.

"흡!"

그런데 자신의 어깨에 내려앉은 달그림자를 보는 순간, 그의 입에서 한마디 다급성이 터져 나왔다. 한 자루 날카로운 협검이 어느새 그의 어깨를 위에서 아래로 찔러대고 있었기 때문이다.

"웬 놈이냐?"

복조양이 대경하며 몸을 틀었다. 동시에 본능적으로 들어올린 그의 검이 자신의 어깨를 찔러오는 괴인의 협검을 막아갔다.

"줄곧 있었는데 몰랐단 말이오?"

원무극이 차갑게 대답했다. 기실 원무극의 말은 틀린 것이 아니었다. 그는 천추성의 고수들이 나타난 순간부터 한시도 장내를 떠나지 않고 있었다. 단지 살수 특유의 움직임 때문에 복조양이 원무극에 대해 특별한 기억을 갖고 있지 못한 것일 뿐.

원무극의 말이 끝나자 복조양은 그제야 이 기이한 검객이 그동안 이 싸움터의 한곳에 존재했던 사람이란 걸 떠올렸다. 그리고 그 순간 어느새 원무극의 검이 그의 어깨를 찌르고 있었다.

차앙!

복조양이 급히 휘두른 검이 원무극의 검을 밀어냈지만 이미 검은 복조양의 어깨를 할퀴고 있었다.

팟!

복조양의 어깨에 길게 혈선이 그어졌다.

"이게 도대체……!"

비록 기습을 당했다지만 자신의 검을 뚫고 들어와 어깨를 베어내는 원무극의 검에 복조양이 믿을 수 없다는 표정을 지으며 황급히 뒤로 물러났다.

"애초에 우리를 막겠다고 나서는 것이 아니었소. 사람은 바로 앞의 죽음을 보지 못하지."

"너조차도 광오하구나! 그러나 오늘 이곳에서 죽는 자들은 반드시 네놈들이 될 것이다!"

복조양이 이를 갈며 소리쳤다.

"그 지경이 되고도 여전히 큰소리라니 과연 저승의 문턱을 넘어야 자신의 처지를 알게 될 모양이구려. 좋소, 원하는 대로 해주겠소. 우리도 시간이 많은 것이 아니라서."

원무극이 차갑게 말을 뱉고는 훌쩍 복조양을 향해 뛰어올랐다. 그러자 복조양이 다시 서너 걸음 뒤로 물러나며 두 손으로 검을 들어 원무극을 겨누었다.

복조양의 어깨에서는 끊임없이 피가 흐르고 있었다. 그러나 복조양은 자신의 상처에 아랑곳하지 않았다. 상처를 신경 쓰기엔 앞에 있는 이 젊은 검객의 기세가 너무나 차갑고 날카로웠다.

원무극의 신형이 빠르고 은밀하게 복조양을 덮쳤다. 곽풍산이나 대일과는 전혀 다른 움직임. 그것이 또한 복조양을 혼란스럽게 만들었다. 복조양이 급히 검을 그었다.

우웅!

검기가 일어나 복조양의 몸을 원무극의 검으로부터 보호했다.

창!

원무극이 뻗어낸 검이 복조양의 검기에 막혀 튕겨졌다. 그러자 복조양의 얼굴에 한줄기 혈색이 돌았다. 기습을 당하기는 했지만 적의 공격을 막아낼 수 있다는 자신감이 들었기 때문이다. 더불어 그의 검을 통해 느껴지는 상대의 진기도 그리 강하지 않았다.

"각오하랏!"

자신감을 얻은 복조양이 노성을 터뜨리며 원무극에게 반격을 가했다.

콰아아!

혼신의 힘을 다한 복조양의 검기가 빗살처럼 원무극을 향해 떨어져 내렸다. 순간 원무극의 입가에 한줄기 미소가 담겼다.

"지키려는 자는 죽이기 어렵고 나서는 자는 빈틈이 많다. 이것이 내가 처음 살수의 길로 들어섰을 때 배운 이치다."

원무극이 자신을 향해 쏟아져 내리는 검기의 폭우 속에서 나직하게 중얼거렸다. 그리고는 복조양이 만들어낸 검기가 그의 전신을 휘감으려는 찰나 갑자기 왼손을 홀뿌렸다.

푸스스!

순간 원무극의 몸이 있던 곳에서 검은 운무가 피어올랐다.

"엇!"

파파팟!

놀라는 와중에도 복조양의 검기는 원무극이 있던 자리를 베었다. 그러나 복조양이 벤 것은 흑색 운무뿐, 원무극의 신형은 그 어디서도 찾아볼 수 없었다.

"환술을?"

복조양이 크게 놀라며 홀쩍 뒤로 물러났다. 원무극 정도의 절대고수가 하수들이나 쓰는 환술을 쓸 거라고는 전혀 생각지 못한 복조양이었다. 그런데 그때 문득 복조양의 머리 위에 다시 덩그러니 달그림자가 생겼다.

"웃!"

정수리 위에서 느껴지는 섬뜩한 기운에 복조양이 보지도 않고 검을 정수리 위로 뻗어냈다.

팟!

한줄기 검기가 복조양의 머리 위로 솟구쳤다. 만약 누군가 복조양의 머리 위에서 그를 노리고 있었다면 단번에 몸이 두 동강 나는 것을 피할 수 없을 만큼 강렬한 검기였다. 그러나 그렇게 회심의 일격을 펼쳐 낸 복조양의 검은 또다시 허무하게 허공을 갈랐다. 그 대신 복조양은 자신의 두 다리에 거머리 같은 기운이 스멀거리며 붙어오는 것을 느꼈다.

"잇!"

복조양이 재빨리 오른 다리를 휘둘러 하체에 묻어오는 기분 나쁜 기운을 걷어찼다. 그러나 그의 발 또한 허무하게 허공을 가를 뿐 그 어떤 물체도 발끝에 닿지 않았다.

그리고 다음 순간!

픽!

한 자루 날카로운 기운이 복조양의 옆구리를 찔렀다.

"큭!"

복조양의 입에서 자신도 모르는 사이에 가시 걸린 신음성이 흘러나왔다. 그리고 다음 순간, 이번엔 날카로운 손가락이 복조양의 명치를 가볍게 찔렀다.

"캑!"

복조양의 입에서 침과 피가 한번에 터져 나왔다. 더불어 마치 작살에 찔린 고기처럼 부들부들 떨기 시작했다.

"넌… 살수구나?"

복조양이 억눌린 음성으로 물었다. 그러자 원무극이 복조양의 얼굴 바로 앞으로 다가서며 속삭였다.

"맞소. 난 살수요. 그것도 그 유명한 흑천칠객 중 하나라오."

원무극의 말에 복조양의 얼굴이 기이하게 일그러졌다.

"너희들은… 너희들은… 도대체가?"

"그렇게 상대를 잘 골라야 했소. 부루가 비록 천목맹의 총사이긴 하지만 녀석은 그저 우리 친구 중 하나란 말이오. 우린 부루 이상의 능력을 지니고 있소. 그러니 오늘 그대들이 우릴 죽이겠다고 달려든 것은 참으로 어리석은 일이 아닐 수 없소. 감히 천하육패라도 우리 다섯을 어쩔 수는 없소. 더군다나 우린 무척 악독한 면이 있거든."

원무극은 말이 끝나는 순간 오른발을 들어 복조양의 복부를 번개처럼 걷어찼다.

"컥!"

복조양의 입에서 참을 수 없는 고통의 비명성이 흘러나왔다. 동시에 그의 신형이 허공으로 붕 떠오르더니 곽풍산 등 삼인을 에워싸고 치열한 싸움을 벌이고 있는 천추성 고수들 사이로 떨어졌다.

털썩!

"엇?"

"성주!"

갑작스레 떨어져 내린 복조양 때문에 한창 싸움에 정신이 없던 천추성 고수들이 크게 흔들렸다. 그들은 피투성이가 된 채 자신들 발아래 떨어져 내린 복조양을 당혹한 시선으로 바라봤다. 더군다나 복조양은 그들의 의문을 풀어줄 수도 없어 보였다. 그의 숨은 이미 이승을 넘어 저승사자 앞에 도달해 있었기 때문이다.

"남 걱정할 때가 아니다!"

갑작스런 복조양의 죽음으로 혼란에 빠진 천추성의 고수들 위로 곽풍산의 광폭한 목소리가 들려왔다.

콰직!

동시에 곽풍산의 도끼가 당황한 천추성 고수 하나의 머리를 박살 냈다. 피가 솟구치자 천추성 고수들은 금세 다시 현실을 깨달았다. 그러나 한 번 멈춘 수레가 다시 구르기 위해서는 시간이 필요한 법. 곽풍산과 대일, 그리고 부루는 그 틈을 놓치지 않고 다시 살육의 길로 나섰다.

퍼퍼퍽!

"크아악!"

세 사람이 본격적으로 살기를 드러내자 곳곳에서 천추성 고수들이 쓰러져 가기 시작했다. 강호에서 천추삼성의 고수들은 일류를 넘어 절정의 고수로 평가받는다. 천추삼성은 실질적으로 천추성을 움직이는 조직이었고, 그곳에 속한 고수들은 천추삼성의 사자로 불리면서 강호 무림인들의 머리 위에서 군림했다. 그런데 그런 그들이 오늘 강호의 삼류무사들처럼 맥없이 단 세 명의 젊은 고수에 의해 쓰러져 가고 있었다.

혈풍은 구름처럼 일어나 장내를 뒤덮었다. 곽풍산 등 삼 인의 손속에는 사정이 없었다. 본래 사람이란 일단 살겁이 일어나면 그 살겁이 만들어내는 마기에 스스로 도취해 잠시간 인간을 벗어나 마인이 되게 마련이지만, 오늘 이 젊은 고수들의 모습은 그 이상의 광기를 보여주고 있었다.

"이게… 아, 이것이 정녕……!"

조천석은 눈앞에서 펼쳐지는 지옥도에 말을 잇지 못했다. 그 스스로 수십 년간 천하를 종횡하며 수없이 많은 혈겁을 일으켰다. 강호에서 패자로 군림한다는 것은 곧 그만큼의 피를 필요로 한다는 의미다. 그리고 천추성이 강호의 일대 패자로 군림하기 위해 흘린 피의 삼 할은 아마도 조천석 자신에 의해 만들어졌을 터이다.

그런 그조차도 오늘 자신의 눈앞에서 벌어지는 혈겁은 감당하기 쉽지 않았다. 그건 죽어가는 자들이 그의 동료와 수하들이기 때문만은 아니었다. 그것보다는 이 혈겁을 일으키는 이 젊은 괴인들의 무공과 기세가 그가 지금껏 보아왔던 어떤 존재들보다도 전율적이고 파괴적이었기 때문이다.

"이자들은 악마야!"

조천석이 자신도 모르게 중얼거렸다. 그런데 그 순간, 그의 귓가에 나직하면서도 소름 끼치는 목소리가 들려왔다.

　"그 악마를 깨운 건 당신이야."

　송추월이었다.

第十章
마계(魔界) 전(前)

화마경

송추월은 친구들이 이미 통제할 수 없는 마기의 영역에 들어가 있음을 깨달았다. 그 마기가 가라앉기 위해서 필요한 것은 이 싸움이 끝나는 것뿐이다. 그리고 그러자면 먼저 죽어야 할 자가 있었다. 이 싸움을 시작한 자, 천추삼성 북황성주 조천석이 바로 그였다.

"당신은 내 몫으로 정해졌어."

조천석은 이 젊은 고수를 본 적이 있었다. 과거 천리표국으로부터 천부를 빼앗으려 할 당시 햇병아리에 불과하던 이 젊은 고수에게 북황사자 한 명을 잃었다. 그러나 비록 한 명의 북황사자를 잃기는 했지만 당시 그는 자신의 상대가 아니었다. 적어도 조천석의 판단으론 그랬다. 그런데 수년이 지난 오늘 다시 그를 마주하자 조천석은 어쩌면 정말 그가 악마를 깨웠을지도 모른다는 두려움에 빠졌다.

붉은 눈, 살기가 돌자 송추월의 눈에선 숨길 수 없는 염기가 흘러나왔다. 그 붉은 눈은 그 안광을 접하는 사람에게 거부할 수 없는 공포를 심어주었다.

투명하면서 용암처럼 붉고, 그 깊숙한 곳에 거부할 수 없는 파괴의 기운이 도사리고 있는 안광이었다. 그러면서도 영롱할 정도로 맑아서 그 뜨거운 염기에도 불구하고 한 올의 이성도 흐트러지지 않은 모양의 눈이기도 했다.

'이건 강호의 보통 마기와는 다르다.'

놀라는 와중에도 조천석은 송추월이 보여주는 마기가 일반적인 강호의 마인들과는 전혀 다른 성질의 것임을 깨달았다. 그러자 두려움이 배가됐다.

도대체 천하육패의 우두머리라 칭해자는 천추성 북황성주 조천석이 누군가의 기세로 인해 두려움에 떨 것이라고 누가 상상이나 했을 것인가. 그러나 조천석은 두려웠다. 이미 그와 어깨를 나란히 하는 남제성주가 처참한 주검이 되어 있었고, 장내의 천추성 고수들 역시 호랑이 앞의 양 떼처럼 천목맹의 젊은 총사와 그 친구들에 의해 도륙되고 있었다. 그리고 지금 그 죽음의 기운이 자신의 바로 앞에 다가와 있었다.

슉!

두려움이 그의 몸을 움직였다. 손에 들려 있던 검이 자신도 모르게 붉은 염기를 흘려내는 송추월을 찔렀다.

팟!

송추월이 재빨리 몸을 틀자 조천석의 검에서 흘러나온 푸릇한 검기가 앞가슴을 아슬아슬하게 스치고 지나갔다.

"물러나지 않으니 좋군."

송추월은 조천석에게서 두려움을 읽었다. 보통의 경우 이런 두려움에 빠진 사람은 도주를 선택하게 마련인데 조천석은 달랐다. 그는 두려움을 투기로 변화시킬 줄 아는 사람이었다. 고수였다.

스슥!

송추월이 우측으로 이 보 정도 이동했다. 그러자 그의 신형은 겨우 두 걸음에 오 장여의 거리를 두고 조천석과 떨어졌다. 두려움에 성급함을 드러낸 적에게서 멀어진다는 것은 절호의 기회를 스스로 차버리는 행위. 조천석은 송추월이 멀리 벗어나자 한순간 마음의 안도를 찾았다. 일단 그 붉은 염기의 안광을 보지 않게 된 것만으로도 조천석의 심기가 급격하게 가라앉았다.

"놈!"

자신의 일 검에 적이 물러난 것이라 생각한 조천석이 더욱 용기를 내어 송추월을 따라붙었다. 그러나 그건 조천석의 착각이었다.

슈욱!

우측으로 오 장여를 이동한 송추월이 갑자기 허공으로 방향을 틀었다. 그러자 그 빈 공간으로 조천석이 달려들었다. 허공에 떠오른 송추월은 머리를 아래로 두고 허공에서 빙글 제비를 돌았다. 그 순간 조천석의 정수리가 송추월의 바로 눈앞으로 다가왔다.

함정을 파고 사냥감을 끌어들인 송추월이 가볍게 왼손을 후려쳤다.

"헉!"

적의 검을 경계하던 조천석이 갑자기 머리 위로 떨어져 내린 송추월의 주먹에 놀라 번개처럼 검을 휘둘렀다.

쩍!

강력한 진기가 담긴 조천석의 검이 번개처럼 검기를 일으키며 자신의 머리를 쳐오는 송추월의 왼팔을 잘라갔다. 그러자 송추월이 재차 몸을 틀었다. 그의 몸이 교묘하게 조천석의 검기를 피해내더니 상대의 머리를 쳐대던 왼손으로 조천석의 어깨를 잡고는 빙글 돌아 땅에 내려서더니 오른손에 들고 있던 검을 거침없이 뻗어냈다.

"큭!"

조천석의 입에서 불식간에 신음성이 터져 나왔다. 그리고 그의 시선이 자신의 가슴 앞을 훑었다. 한 자루 차가운 검이 자신의 몸을 관통해 눈앞에서 혀를 날름거리고 있었다.

팟!

그리고 다음 순간, 뱀의 혀와 같던 검이 다시 그의 몸 뒤로 빠져나갔다.

"으으음!"

조천석의 입에서 기이한 신음성이 흘러나왔다.

"실망이군."

단번에 적을 베어낸 송추월이 나직하게 중얼거렸다. 진심으로 실망한 기색이 역력한 송추월이었다. 상대는 대천추성 북황성주다. 강호를 통틀어도 그보다 강한 자를 꼽으라면 채 일백이 되지 않을 터였다. 그런 자와의 싸움치고는 너무나 빠른 결말이었다.

물론 송추월 자신이 빠른 승부를 원해 어색한 술수까지 부렸지만 이렇게 쉽게 승부가 날 거라고는 예상치 못했다. 조금은 허탈한 표정으로 비틀거리는 조천석을 바라보고 있던 송추월이 거칠게 검을 휘둘렀다.

"컥!"

삶에 대한 일말의 기대는 비명과 함께 사라졌다. 조천석이 그 자리에서 무너졌다. 송추월이 쓰러지는 조천석의 몸을 잡아 들었다. 그리고는 이미 절망에 빠져 있는 천추성 고수들 위로 조천석의 신형을 던졌다.

쿵!

조천석의 시신이 거칠게 땅에 나뒹굴었다. 그러자 싸움이 거짓말처럼 끝났다.

침묵이 장내를 휘감았다. 근 삼십여 명에 이르던 천추성 고수 중 살아남은 사람은 겨우 십여 명. 그리고 그 중앙에는 조천석과 복조양의 시신이 나뒹굴고 있었다. 이 두 사람은 오늘까지 강호에서 가장 존귀한 신분을 지니고 있던 사람들이다.

그런 그들이 단 하룻밤 새 이렇게 처참한 몰골로 시신이 될 거라고는 누구도 예상치 못했던 일일 터이다. 그리고 그 충격을 가장 강하게 받는 사람들은 누가 뭐래도 살아남은 천추성의 고수들이었다.

"어쩔 거야?"

문득 대일이 송추월과 부루를 보며 물었다. 그러자 송추월이 힐끗 부루를 쳐다보며 입을 열었다.

"네가 알아서 해."

그리고는 이내 발길을 돌려 여전히 마차 앞에서 타오르고 있는 횃불 앞으로 다가갔다. 자신이 할 일은 다 끝났다는 듯.

"살려줘?"

대일이 부루에게 재차 물었다. 살아남은 천추성의 고수들은 더 이상 반항할 여력이 없어 보였다. 그들은 모든 의욕을 상실한 채 부루의 결정만을 기다리고 있었다.

부루가 잠시 생각에 잠겼다. 그러다가 문득 천추성의 고수한 명에게 질문을 던졌다.

"묻겠다."

그러자 천추성의 고수가 화들짝 놀란 표정으로 부루를 바라봤다.

"이름이 뭐냐?"

갑자기 자신의 이름을 묻자 천추성의 고수가 얼떨결에 입을 열었다.

"석황륵……."

"석황특이라……. 못 들어본 이름이군. 북황성의 사잔가?"

"그… 그렇소."

"좋아, 북황성의 사자라면 오늘 일에 대해 대충은 알고 있겠군. 묻겠다, 오늘의 공격은 천추성의 결정인가?"

"무슨……?"

"저 두 사람의 결정인지 아니면 천추성 팔대야의 명이 있었는지 묻는 것이다."

"이번 일은 두 분께 일임된 일이었소. 시작과 끝 모두."

"음, 그렇다면 천추성에서 나에 대한 추살령이 내린 것은 아니군."

"그런 것은……."

"좋아, 살길을 열어주겠다. 물론 다시 천추성에서 사람을 보낸다고 해도 두려울 것은 없다. 하지만 조금 귀찮아는 지겠지. 그러나 이제 곧 우린 황하를 오를 것이고 사천으로 들어갈 것이다. 그곳이라면 천추성도 사람을 보내기 어려울 터. 돌아가서 팔대야에게 전하라, 오늘의 일은 이 두 사람을 벤 것으로 묻어두겠다고. 하지만 다시 우리를 노린다면 그땐 오늘의 이 지옥도를 천추성에서 보게 될 거라고 전하라. 잘 설득해야 할 거다. 만약 천추성의 팔대야가 다시 우리를 노리려면 당연히 그댈 앞에 세우지 않겠나? 다시 우릴 만나고 싶다면 와도 좋고. 석황특이라……. 이름, 잊지 않고 기억해 두겠다."

부루의 말에 석황특이 부르르 몸을 떨었다. 수십 년 북황성의 사자로서 살아온 그가 이토록 공포를 느낀다는 것은 사실 기이한 일이었다. 북황사자로서 살아온 그는 어떤 고통도 이겨낼 수 있을 만큼 강한 정신력을 가지고 있었다. 그런데 오늘이 젊은 천목맹의 총사에게서 그는 거부할 수 없는 두려움을 느꼈다. 어쩌면 너무 쉽게 죽은 북황성주와 남제성주 때문일지도 몰랐다. 아니면 이 다섯 젊은 괴인이 풍겨내고 있는 정체를 알 수 없는 끈적끈적한 기운 때문일지도.

"보내주겠소?"

석황륵이 물었다.

"지금까지 뭘 들었나?"

"좋소, 가서 전하겠소. 하지만……."

"후후, 물론 결정을 하는 건 그대가 아니지. 결정은 팔대야가 할 거야. 하지만 그대는 그들의 결정이 어떤 결과를 가져올지 잘 알고 있을 거야. 나라면… 다신 우리 얼굴을 보지 않겠지."

부루의 말에 석황륵이 아무런 대답을 하지 않다가 천천히 뒤로 물러나기 시작했다. 그러자 그를 따라 살아남은 천추성의 고수들이 슬금슬금 장내를 벗어났다.

푸스스!

그리고 어느 순간 천추성의 고수들이 사라진 방향에서 밤새들이 날아올랐다. 아마도 속도를 내어 북쪽으로 도주하기 시작한 모양이었다.

"모두 죽이는 게 낫지 않았을까?"

곽풍산이 물었다.

"생생한 공포를 기억한 자들은 살아 있는 게 좋아."

"하지만 저들을 죽이면 오늘 일이 천추성에 알려지지 않을 수도 있잖아?"

"어리석은 소리. 보고 있는 눈이 하나둘인가? 더군다나 저들의 행적은 이미 알려진 바고… 덮는 것보다야 공포가 낫지. 그리고 말했지만 황하를 타기 시작하면 천추성도 별수없어."

"그렇긴 하지."

곽풍산이 고개를 끄덕였다.

"가자!"

"쉬지도 않고?"

대일이 피곤한 듯 물었다. 그러자 부루가 퉁명스럽게 대답했다.

"시체더미 속에서 잠이 오냐?"

"흐흐, 누가 만든 시체더민데……."

대일이 차가운 실소를 흘렸다.

사람이 떠나간 자리에 시체가 즐비했다. 그는 무척 심각한 표정으로 죽은 자들을 살피고 있었다. 그리고는 한순간 깊은 한숨을 내쉬며 고개를 들었다.

"후! 예상과 너무 다르군."

조산이 중얼댔다.

"공자님, 저들은 아무래도……."

조산의 수하 단진도 어두운 표정으로 말꼬리를 흐렸다.

"그렇지? 거두기에는 위험하지?"

"그런 듯합니다. 저런 자들을 곁에 두었다가는 필시 큰 낭패를 볼 것입니다."

"뭐야? 내가 저들에게 해코지라도 당할 거란 말인가?"

"그런 의미가 아니라 저들의 악업이 공자님의 행보에 장애물이 될 것이라는……."

"음, 가끔은 숨은 칼도 필요한 법이야, 세상을 얻자면."

"그러나 저들의 행보로 보건대 숨어 있을 칼은 아닌 듯합니다만……."

"단진 자넨 저들이 마음에 들지 않는 모양이군."

"공자를 따르며 패도(覇道)를 익혔지만 그렇다고 마인들까지 좋아할 순 없지요."

"저들이 마인인가?"

"손속을 보건대 다르지 않을 겁니다."

"하지만 싸움은 천추성에서 먼저 걸었잖아?"

"그래도 그 대처가 너무 지나치더군요. 더군다나 그들이 드러낸 그 암울한 기운들이란… 아마도 거마(巨魔)의 후예들이 분명할 겁니다."

"후후, 재밌군. 대천목맹의 총사가 거마의 후예라……. 그런데 날 긴장시킬 수 있는 거마의 후예라면… 그들밖에 없을 텐데?"

조산이 깊은 눈으로 송추월 등이 사라진 방향을 바라봤다.

"그들이라시면?"

"당연히 화마경의 후예들이지. 정말 그들일까? 그러기엔 너무 어린데. 쩝, 아무튼 이러나저러나 역시 수하로 들이기는 무리였던가?"

조산이 아쉬운 듯 입맛을 다셨다.

"이건 뭔가 기이하게 일이 흘러가는군."

그는 묘한 표정으로 전장을 살피는 조산을 지켜보고 있었다. 그의 주위로 그림자처럼 따르는 수하들이 서 있었다. 그의 표정에는 평소와 달리 조금은 곤혹스런 느낌이 묻어났다.

"대인, 혹 삼대인께서 그들에게 무공을 전수한 것이 아닐까요?"

수하 중 한 명이 조심스럽게 물었다. 그러자 그가 잠시 생각에 잠겼다가 고개를 저었다.

"모르는 일이지. 하지만… 삼사형이 비록 사부의 품을 떠나 있었다고는 하나 사부의 허락 없이 누군가에게 감히 신경의 무공을 전했을 거라고는 생각할 수 없다. 그건 곧 사부와 맞선다는 이야기다. 더불어 신경의 무공을 함부로 외부에 전하는 것은 우리 네 명의 사형제 간에도 용납되지 않는 행동이지. 우린 신경의 무공을 아는 자가 적으면 적을수록 좋은 사람들이니까."

"그렇다면……."

"그래서 의문이다. 그들의 무공은 분명… 음, 내가 잘못 보았나?"

그가 고개를 갸웃했다.

"어쨌든 놀라운 무공이기는 했습니다. 제가 본 무인들 중 가장 강한 자들이 아닐까 하는 생각이……."

"그래, 대단해. 상선에서 그자를 보았을 때 보통 인물이 아니라고는 생각했었지만 오늘 천추성의 고수들을 상대하는 것을 보니 그자를 포함해 다섯 친구 모두 평범한 자들이 아니더군. 더군다나 그 기운은 말이야."

"감출 수 없는 마기지요."

"그냥 마기가 아니지. 그걸 우린 신기라고 불러."

"외람되게도 대인께 느끼는 것과 같은 느낌이었습니다."

"그래, 그래서 더 의문스러워. 어떻게 신기를 흘릴 수 있지? 보자……."

그가 살짝 인상을 찡그렸다. 그리고는 뭔가를 곰곰이 생각하다가 결론을 낸 듯 고개를 끄덕였다.

"이리저리 생각해도 결론은 둘 중 하나다."

그의 말에 수하들이 그의 입을 주목했다.

"하나는 삼사형이 신경의 무공을 유출시킨 것! 다른 하나는… 사부가 우리 몰래 다른 제자를 거둔 것! 그것도 다섯씩이나!"

"설마……?"

"아니, 가능성이 있어. 물론 사부는 우리 이후 한동안 제자를 거두지 않았지. 수십 명의 제자를 거둬들여 옥석을 고른 것이 이미 오래전 일이니까. 하지만… 그때, 십삼 년 전쯤 사부께서 곤륜을 떠났을 때 한동안 종적이 묘연한 적이 있었어. 그때라면… 혹 다른 씨를 뿌려두었는지도 모르지."

"하지만 그럴 이유가 없지 않습니까?"

"그건 자네 말이 맞아. 달리 제자를 숨겨둘 이유는 없지. 아니… 어쩌면 우리 중 마음에 차는 후계자가 없었던 걸까?"

"설마 그럴 리가 있습니까? 네 분 대인이 아니라면 천하의 그 누가 신경의 후계자가 될 수 있단 말입니까?"

"나도 그렇게 생각해. 우리 네 사형제는 정말 거의 완벽해. 사부가 아무리 애를 써도 우리와 같은 제자를 거둘 수는 없을 거야."

"어쩌면 우연히 인연이 닿았을 수도 있지 않겠습니까?"

"음… 그럴지도 모르지. 하지만 신경의 전수가 어찌 우연으로 이루어질 수 있단 말인가? 더군다나 그들이 향하는 곳이 사천이라니……. 사천을 넘으면 곧 곤륜이다. 그들의 행보가 정말 곤륜이라면… 그들은 신마계로 향하고 있다고 볼 수 있다."

"어른께서 그들을 거처로 불러들이셨다고 생각하십니까?"

"아니면 그들이 왜 그곳으로 가겠는가? 천목맹의 총사인 자까지 합세해서 말이야."

"그렇다면 앞으로 어찌해야 할지……."

"후훗! 일이 재밌게 됐어, 삼사형이 저들의 뒤를 쫓고 있다는 것도 알았으니. 만약 저들이 정말 사부의 숨겨놓은 제자들이라면 이건 큰 변수야."

"어르신이 여전히 저들과 소통하고 계시다고 보십니까?"

"글쎄… 사부의 일을 누가 알겠는가? 어쨌든 이렇게 되면 상황은 달라져. 사형들이 저들의 존재를 알게 된다면 일은 무척 복잡해질 거야."

"첫째 대인과 둘째 대인께 알릴 생각이신지요?"

"저들이 마계의 영역에 들어서면 누구라도 알게 되겠지."

"두 분이 저들을 그냥 놓아둘까요?"

"물론 일단은 그냥 놓아둘 거야. 하지만 모든 것이 확실해지면 신마봉에 오르는 것은 허락지 않겠지."

"즉시 참하지 않겠습니까? 다른 제자 분들도 그렇게……."

"아니, 저들이 정말 사부가 비밀리에 거둬들인 제자들이라 해도 상황은 달라지지 않아. 우리 네 사형제가 사부의 제자가 된 것은 이미 수십 년 전의 일이다. 우린 이미 각자 일가를 이뤘어. 우리가 홀로 강호에 나선다 해도 다른 자의 방해가 없다면 강호 일통을 도모할 만하지. 단지 신경의 제약이 우리를 옭아매고 있을 뿐! 오신경의 주인들 말고 우릴 제어할 사람은 천하에 없다. 우리 자신들 말고는 말이야. 그러니… 저들은 우리의 상대가 되지 못해. 하지만 좋은 도구는 되겠지. 사형들은 저들을 이용하려 할 거야."

"그렇군요. 제가 대인들의 능력을 잠시 잊었습니다."

"후후후, 어쨌든 좋아. 사부의 의도를 알아보는 것도 재밌겠지."

"하면 삼대인은……?"

"그러게. 그게 문제네. 사형의 존재를 확인했으니 필시 만

나보기는 해야겠는데… 이대로 사형을 만나자니 뭔가 뒤가 찜
찜해. 사형이 어떤 수를 준비하고 있는지 전혀 모르는 상황에
서 새로운 사부의 제자까지 등장했단 말이야? 이건… 혹 사부
께서 상황이 이렇게 돌아갈 거란 걸 알고 날 요동에 보낸 것일
까?'

"하지만 그러실 이유가……?"

"보자. 사부께선 저들이 곤륜의 신마계에 들 때까지 삼사형
이 저들을 해치는 것을 막고 싶은 건지도 모르겠군."

"의도적으로 저들을 보호하기 위해 대인을 보내셨다는 말
입니까?"

"그럴지도 모르지."

"하면 어쩌실 생각인지요?"

"자네가 가봐야겠어."

"네?"

"자네가 삼사형을 만나봐."

"삼… 삼대인을 말입니까?"

"왜, 겁나나?"

그가 수하를 향해 기이한 미소를 지었다.

"아, 아닙니다. 명이시라면……"

"후후, 두려워 마. 삼사형은 묘살 자네를 해치지 않을 거야.
자넨 예전에도 삼사형을 몇 번 본 적이 있지 않은가? 그래서
자넬 보내는 거야. 삼사형이 어떻게 변했는지… 그걸 살펴."

"알겠습니다, 대인."

"사형께 접근하기가 쉽지는 않을 거야. 하지만 태산오룡은 흑월의 종자들과는 다른 자들이니 불가능하지도 않겠지. 사형을 만나거든 사제 환약중이 곁에 머물고 있으니 걱정 마시라고 전해. 그리고 몹시 그리워하고 있다고 말이야. 흐흐흐!"

스스로를 환약중이라 칭한 사내가 음산한 미소를 흘렸다.

*　　　*　　　*

"강 참 넓다!"

곽풍산이 호탕한 목소리로 소리쳤다.

"황하야."

"그건 나도 아네, 이 사람아."

대일의 말에 곽풍산이 타박하듯 말했다.

"흐흐, 난 요동 깊은 산골에 사는 촌놈이라 모를 줄 알았지."

"조금 놀랍긴 하군. 무슨 강이 이렇게 커?"

"장강은 더 커!"

"나중에 유람 한번 가야겠군."

"그러게. 곤륜에서의 일이 잘되면 한번 놀러 가자고. 추월 녀석은 이미 한 바퀴 돈 모양이지만……."

"항주가 좋다며?"

"천상의 낙원이라던가?"

"천상의 낙원이라……. 세상에 그런 곳은 없어."

"호호, 모르지. 곤륜에서 그런 곳을 만나게 될지."

"그런 기대 마라. 그 늙은이의 성정으로 보건대 우릴 기다리는 것이 지옥이 아니면 다행일 거다."

"지옥이라……. 그럴지도 모르지."

대일이 고개를 끄덕였다.

"가자!"

두 사람이 황하를 바라보며 두런두런 이야기를 나누는 사이 멀리서 부루가 두 사람을 불렀다.

"구했어?"

대일이 부루를 향해 되물었다.

"마침 바로 떠나는 배가 있다는군."

"좋아. 그럼 가자."

대일이 얼른 곁에 세워두었던 마차에 올랐다. 그리고는 곽풍산이 미처 오르기도 전에 부루가 있는 곳으로 마차를 몰아갔다.

거대한 상선이 바다와 같은 강에 떠 있었다. 배의 크기가 보통 상선의 수배에 달해서인지 배 위로 화물을 올리는 사다리만도 세 개나 걸쳐져 있었다.

"마차까지 싣고 갈 수 있을 줄은 몰랐군."

송추월과 원무극은 마차에 탄 채 배에 올랐다. 상선이 워낙 커서 두 사람을 태운 마차가 배에 올랐음에도 누구 하나 이상하게 바라보는 사람이 없었다. 그도 그럴 것이, 상선에는 이미 여러 대의 마차가 자리를 잡고 있었다.

"이대로라면 이 마차로 곤륜까지 가겠군."

송추월이 나직하게 중얼거렸다.

"그러게 말이야. 생각보다 편한 길인걸?"

원무극이 가벼운 미소로 답했다. 이들의 표정 어디서도 하루 전 천추성의 고수들을 상대하던 그 강렬한 마기는 찾아볼 수 없었다.

"천추성에서 추격이 없는 걸 보면 그가 일을 제대로 한 모양이군."

"그? 아, 석황륵이라는 사람?"

원무극의 반문에 송추월이 고개를 끄덕였다.

"다행이지, 뭐. 사실 천추성이 마음먹고 우릴 추격한다면 무척 귀찮아질 거야."

"그것도 이젠 끝이다. 황하에 들어선 이상… 이제부턴 일월맹의 영역인가?"

"뭐, 그렇다고는 하지만 일월맹이 특별한 영역을 장악하고 있는 것은 아니야. 물론 장안 인근에선 세력이 강하긴 하지. 특히 감숙과 청해에 이르는 서북쪽으로는 무척 강성하고."

"마인들이 많다고?"

"그렇게들 말하지만… 그것도 확실치는 않고. 일월백후에 속한 자들 중 마인 소리 듣는 사람이 좀 있기는 하지."

"일월백후라……."

"어쨌든 우리가 가는 길과 일월맹의 세력권은 겹치지 않아.

오히려 문제가 된다면 사천의 죽림이겠지."

"가능한 조용히… 조용하게 통과하면 그뿐이지."

"그렇긴 하지만 천목맹 총사의 신분이 어디 그런가?"

"장안에서부턴… 나서지 못하게 해야겠어."

"그게 되겠냐?"

"아니면 따로 가든지."

"클클, 부루 녀석이 또 화를 내겠군."

송추월과 그 친구들은 삼문에서 배를 타고 황하를 거슬러 올랐다. 상선의 크기 때문인지 출발은 느렸지만 일단 속도를 내기 시작하자 배는 바람처럼 움직였다.

황하엔 수적들이 많다고 알려졌지만 송추월이 탄 상선을 공격하는 수적은 없었다. 상선의 규모가 워낙 컸기에 그 안에 타고 있는 무림고수들의 숫자가 적지 않았을뿐더러 상선 자체에 머무는 호위무사 역시 만만치 않아 웬만한 수적은 상선을 털 엄두조차 낼 수 없었다.

덕분에 일행은 큰 어려움 없이 황하를 거슬러 올라 상선의 목적지인 장안에 이르렀다. 장안에서 배를 내린 일행은 장안 서쪽의 작은 객잔으로 찾아들었다.

"잠시 나갔다 오마."

객잔에 들자마자 부루가 다시 외출을 준비했다.

"어딜?"

대일이 묻자 부루가 침착한 표정으로 대답했다.

"강호의 소식을 좀 알아봐야겠어."

"여기까지 따라온 거냐?"

천목맹의 수하들을 두고 하는 말이었다.

"사천으로 들어서면 그들의 도움이 더 필요해."

"하긴… 네가 오래전부터 곤륜 인근을 조사하기 위해 사람을 풀었다고 했으니까. 다녀와."

"조심해."

문득 객잔을 나서려는 부루에게 원무극이 주의를 줬다.

"내 걱정은 하지 마."

"오면서 살펴봤는데… 쫓는 자들이 한둘이 아니다. 우린 아주 유명인사가 되어버렸어."

원무극의 말에 곽풍산과 대일이 놀란 표정을 지었다.

"그렇게 많아?"

대일의 물음에 원무극이 고개를 끄덕였다. 원무극은 장안에 도착한 이후 은밀히 일행을 벗어나 일행 주위를 맴도는 자들을 살폈다. 흑천칠객의 일인인 그의 눈에는 자신들을 추격하는 수많은 무림인들이 고스란히 들어왔다. 그리고 그 숫자는 그의 예상을 뛰어넘을 만큼 많았다.

"왜 숨어서들 그래? 볼일 있으면 당당히 나서지."

곽풍산이 마음에 들지 않는다는 듯 투덜댔다..

"너 같으면 앞을 막아서겠냐, 천추성의 두 성주가 죽은 마당에?"

대일이 퉁명스럽게 대꾸했다.

"흐흐, 겁이 나면 쫓지를 말든지."

"사람의 호기심이 그리 쉽게 사라지는 것은 아니지."

대일이 대답하는 사이 부루가 객잔에서 사라졌다.

"나도 잠시 나갔다 오마."

부루가 자리를 벗어나자 갑자기 송추월도 자리에서 일어났다. 그러자 나머지 세 친구가 놀란 눈으로 송추월을 바라봤다.

"어딜?"

지금껏 송추월은 일행 안에서 벗어난 경우가 없었다. 아니, 오히려 답답할 정도로 마차에 틀어박혀 있던 송추월이다.

"주변이 수상하다니 한번 둘러보려고."

송추월이 싱겁게 대답했다.

"나도 가자."

대일이 얼른 자리에서 일어났다.

"귀찮아. 혼자 갔다 올게."

송추월이 얼른 손을 젓고는 이내 객잔 문을 나섰다.

"저 녀석… 분명 무슨 일이 있는 것 같은데……."

대일이 아쉬운 듯 송추월을 보며 중얼댔다.

객잔을 벗어난 송추월은 느릿하게 장안 성내를 향해 걸음을 옮겼다. 어느새 해가 져 성으로 이어진 시전의 상점들이 하나 둘 불을 밝히고 있었다.

송추월은 마실 나온 사람처럼 여유있게 장안 성내의 풍경을 즐기며 걸었다. 요동으로 돌아가기 전 한동안 중원을 여행했지만 장안은 처음이었다. 여전히 천하의 중심을 자처하는 장안 성내는 천하에서 모여든 각양각색의 사람들로 북적이고 있었다.

송추월은 초행길인 사람답지 않게 능숙하게 시전을 헤치고 다니다가 문득 한 채의 작은 다루로 들어섰다. 평소 송추월의 성정으로 보건대 다루를 찾는 것은 확실히 특이한 행동이었다. 주루라면 몰라도.

그러나 송추월은 스스럼없이 다루로 들어섰다. 그러자 시끄러운 바깥 풍경과 다른 고즈넉한 분위기의 다루가 송추월을 맞이했다.

"여기요."

다루로 들어서자 점소이가 나오기도 전에 한쪽에서 누군가의 목소리가 들렸다. 송추월이 고개를 돌려보니 반가운 얼굴이 손을 들고 있었다. 서연이었다.

"기보(奇寶)?"

부루가 뜨악한 표정으로 우차에게 되물었다.

"그렇습니다."

"핫하! 재밌군. 하긴 틀린 말도 아니지. 다른 사람들에겐 몰라도 우리에게는 그를 만나는 것이 기보를 만나는 것과 같지. 그래서?"

"천하의 고수들 중 이름있는 자들이 여럿 몰려들고 있습니다. 육패만이 아니라 은거 중의 고수들도 모습을 보였습니다."

"음, 소문이 빠르군."

"혹은 누군가 의도적으로 총사님의 행보를 흘리고 있는지도 모르겠습니다, 기보를 쫓고 있다는 소문과 함께. 대체로 강호인들은 소문을 믿는 눈칩니다. 천고의 기보가 아니라면 총사께서 위험한 강호행을 선택했을 리 없다는 것이지요."

"후후, 그래? 그렇게 믿는 것도 좋지. 그렇다면 적어도 그 기보라는 게 눈앞에 나타날 때까지는 숨죽이고 있을 테니까. 오히려 서로 견제하느라 우릴 방해하진 않을 거야. 좋아, 그건 그렇고… 그는?"

"여전히 반나절 거리에서 따라오고 있습니다."

"태산오룡과 함께지?"

"그렇습니다."

"별다른 움직임은 없었어?"

"특별한 움직임은 없었습니다. 주기적으로 태산오룡을 보내 환약을 요구하는 것 말고는."

"조심해야 해. 그는 무서운 사람이네. 절대로 그의 곁에 접근해서는 안 돼. 무조건 태산오룡을 통해서만 그에게 환약을 건네야 하네."

"명심하겠습니다, 총사."

"그리고… 장안을 떠나면 서쪽에 가 있는 친구들에게 연락을 넣어. 미리 서쪽 상황을 소상히 알아놓도록 해."

"알겠습니다."

"일은 이제부터 시작이야. 곤륜행이 잘 마무리된다면 우린… 천하를 얻게 될 거야."

부루가 눈을 가늘게 뜨고 어둠에 싸인 장안의 서쪽을 응시
했다.

그는 검은 마차 안 깊숙한 곳에 앉아 있었다. 마차는 작은
집채만 한 크기를 가지고 있어 천하를 여행하면서도 객잔을
따로 구할 필요가 없을 만큼 아늑해 보였다.

삐꺽!

마차 문이 열렸다. 어둠 속에서 사람을 막막하게 만드는 진
득한 기운이 흘러나왔다. 동시에 저승사자와 같은 두 개의 안
광이 번쩍였다.

"묘살? 묘살! 하하하! 정말 묘살이군, 정말 묘살이야!"

그의 목소리가 마차를 흔들었다. 그러자 그 앞에 부복한 묘
살이 이마를 땅에 박았다.

"삼대인을 뵙습니다."

"좋아, 좋아. 묘살 그대가 왔으니 약중도 왔겠군."

"그, 그렇습니다."

"그렇겠지, 그렇겠지. 그런데 왜 약중이 직접 오지 않고 그대
를 보냈을까? 묘살 그대는 혹 약중에게 무슨 실수라도 한 건가?"

"그럴 리가……. 아니옵니다."

"그래? 그렇다면 더욱 이상하군. 잘 생각해 보게, 혹시 자네
도 모르는 사이에 약중에게 실수를 한 것이 아닌가. 그렇지 않다
면 사지(死地)가 분명한 곳에 약중이 심복인 자네를 보냈을 리

없지 않은가?"

차가운 살기가 마차를 뚫고 나왔다. 그러자 묘살이 검에 찔린 사람처럼 부들부들 몸을 떨었다.

"넷째 대인께서는 단지 삼대인께 안부를 전하라 절 보내신 것뿐입니다. 저만이 삼대인과 안면이 있다며……."

"후후, 그래? 그렇단 말이지?"

"제가 어찌 감히 거짓을 고하겠습니까?"

"좋아. 넷째는 잘 있나?"

"그, 그렇습니다."

"요동으로 갔었나?"

오원지의 물음에 묘살이 부르르 몸을 떨었다. 어쩌면 이 무서운 인물이 그동안 자신과 그의 주인의 움직임을 모두 알고 있을지도 모른다는 생각이 들었던 것이다. 하긴, 그는 그의 사형제 중 가장 심기가 깊고 독한 인물이 아니던가.

"그렇습니다."

어설픈 거짓은 죽음을 자초한다. 묘살이 사실대로 고했다.

"사부의… 명이었나?"

이번엔 오원지의 목소리도 조금 굳어졌다. 그 역시도 그의 사부에 대해선 두려움이 큰 모양이었다.

"그렇게 들었습니다."

"정확하게!"

"어른께서 삼대인을 모셔오라 했답니다."

"음… 웬일이실까? 벌을 주시려거든 그때 바로 사람을 보내

셨어야 했는데… 벌써 몇 년이 지났는가?"

오원지가 중얼거렸다. 그러나 그의 의문에 답을 할 사람은 장내에 아무도 없었다.

"산목숨이 필요하시다던가?"

"그저 모셔오라는 명이 있었다는 것밖에는……."

"훗, 죽이든 살리든 그것은 사제의 몫이다?"

"그, 그런 말씀이 아니오라……."

"사제가 달리 물어오란 말은 없었나?"

"이대로… 곤륜으로 가실지 여쭈라 하셨습니다. 그러시다면 혹 동행을 해도 좋을지에 대해서도."

"크하하!"

갑자기 오원지가 대소를 터뜨렸다. 그러자 그를 싣고 있던 거대한 마차와 그 마차가 서 있는 땅, 그리고 그 땅에서 자란 수목들이 지진이라도 만난 듯 몸을 떨었다. 묘살은 하늘이라도 무너진 듯 땅에 엎드려 부들부들 몸을 떨 뿐 감히 오원지를 마주하지 못했다.

"날 제압하겠다?"

"설마… 단지 편히 모시겠다는……."

"하하, 그럴 필요 없다고 전해. 나야 이미 나의 수하들로부터 황제 못지않은 시중을 받고 있으니까. 그리고… 나와 함께 가고 싶다는 사제의 생각이 오만이 아니길 바란다고 전해주게. 뭐, 그래도 함께 가겠다면 잠시 다녀가라고 하고. 하지만… 서로 위험을 감수해야겠지. 난 승부를 강호가 아니라 신마계에서 내고 싶어. 저자에서 승부를 내기엔 너무 운치가 없잖아?"

오원지의 마지막 말에 진득한 살기가 묻어났다. 그러자 묘살이 얼른 고개를 숙였다.

"알겠습니다, 대인. 사대인께 그리 전하겠습니다."

"좋아, 내가 한 말을 한마디도 빠뜨리지 말고 전하게."

"알겠습니다."

"물러가 봐."

"옛, 대인!"

대답이 끝나는 순간 묘살이 부복한 자세 그대로 그 자리에서 사라졌다. 그야말로 신기에 가까운 신법. 묘살이 사라진 뒤에도 마차의 문은 쉽게 닫히지 않았다. 오원지는 마차 안에서 형형한 눈빛으로 묘살이 사라진 숲을 바라보고 있었다. 그렇게 얼마의 시간이 흘렀을까. 문득 오원지가 낭패한 기색으로 중얼거렸다.

"무리했군. 진기를 너무 소비했어. 며칠은… 고생을 해야겠는걸. 그나저나 사제가 나타났으니 좀 더 조심을 해야겠군. 이제 거의 다 왔어. 혹월은 신마계를 벗어나 있을 것이고, 파촉을 지나면 난 새로운 힘을 얻을 수 있다. 사형, 사제들, 그때 멋진 승부를 해보자고! 쿨룩!"

한마디 기침 소리와 함께 마차의 문이 닫혔다. 그러자 마차를 호위하고 있던 태산오룡이 재빨리 마차를 몰아 산길을 이동하기 시작했다.

송추월과 그 친구들은 단 하루만 장안에 머물렀다. 그 하루

동안 그들과 그들을 쫓는 사람들은 어느 때보다도 부지런한 밤을 보냈다. 송추월 역시 그날은 밤늦게까지 서연과 함께했다. 요동을 떠난 후 줄곧 송추월의 뒤를 쫓고 있었던 서연은 자신의 이 기이한 정인과 그 친구들의 행보를 무척 우려하고 있었다. 그녀의 눈에도 그들의 뒤를 쫓는 수많은 고수들이 보였기 때문이다.

"걱정하지 마."

서연이 자신의 걱정을 이야기했을 때 송추월은 담담하게 웃으며 대답했다.

"그러나 전 걱정이 돼요. 차라리 이대로 요동으로 돌아가 다른 방법을 찾으면 안 될까요? 사부님이라면… 혹시라도……."

"아니, 이젠 확실히 알 수 있어. 천하의 그 누구도 마효 그가 남긴 이 저주를 풀 수 없어. 오직 그만이… 우릴 자유롭게 해줄 수 있어. 그러니 아니 갈 수 없는 길이지."

"하지만 너무… 너무 불안해요. 기이한 자들이 너무 많아요."

"그래. 나도 그걸 느껴. 하지만 그래서 더욱 궁금하기도 해. 도대체 그 늙은이가 사는 세계는 어떤 곳일까 하고 말이야."

"정말 자신있죠?"

서연이 다짐을 받으려는 듯 물었다. 그러자 송추월이 오랜만에 빙긋 미소를 지었다.

"죽으려고 가는 게 아니야. 살려고 가는 거지. 서 매도 알다시피… 이렇게 살 순 없어. 그리고 그 노괴의 말대로라면 채 삼 년을 살기도 힘들 거고. 난… 살려고 가는 거야."

"알았어요. 대신 반드시 살아 돌아와야 해요?"

"알았어."

"파촉에서 기다릴 거예요."

"요동으로 돌아가지 않고?"

"예전부터 파촉에 얼마간 머물고 싶었어요."

"왜?"

"당문이 있잖아요, 독의 조종이라는. 파촉은 약재와 독의 천국 같은 곳이에요. 의원들에겐 무척 좋은 곳이죠."

"알았어. 빨리 볼 수 있겠네."

"기다릴게요."

송추월이 서연과의 마지막 만남을 뒤로하고 장안을 떠난 이후 한 달, 송추월과 그 친구들은 한풍이 몰아치는 변경 대곤륜의 설산들을 앞에 두고 있었다. 그 땅은 괴노 마효의 제자들에 따르면 신마계라 불리는 땅이었다.

『화마경(火魔經)』 7권 끝

저작권 보호!!
장르문학의 성장에 힘이 되어주십시오.

저작물의 무단 전재와 복제, 불법 다운로드!
이것은 관심이 아니라 무관심입니다!

작가님들은 창의적 열정과 시간을 투자해 자신의 꿈과 생계를 유지합니다.
한 권의 책을 만들어 많은 사람들은 자신의 인생과 미래를 설계합니다.

저작물 속에는 여러 사람의 노력과 희망이
담겨 있습니다!

저작물의 무단 전재와 복제, 불법 다운로드는 여러 사람들의 꿈과 생계를
위협함으로써 장르문학을 심각한 상황에 빠뜨리고 있습니다.

이제는 무관심이 아니라 관심으로 장르문학의
성장에 힘이 되어주세요.

[도서출판 **청어람**은 항시적인 저작권 보호를 통해 장르문학과
여러분의 희망을 지키겠습니다.]

저작물의 무단 전재와 복제, 불법 다운로드는 법률에 의해 처벌받을 수 있습니다.
저작권법 제97조의5 (권리의 침해죄)
저작재산권 그 밖의 이 법에 의하여 보호되는 재산적 권리(제73조의 4의 규정에 의한 권리를
제외한다)를 복제·공연·방송·전시·전송·배포·2차적 저작물 작성의 방법으로 침해한
자는 5년 이하의 징역 또는 5천만 원 이하의 벌금에 처하거나 이를 병과(동시에 두 가지 이상의
형벌을 지우는 일)할 수 있다.

도서출판 **청어람**

Book Publishing CHUNGEORAM
송진용 新무협 판타지 소설

흑풍구

호랑이
이빨

黑風口

새로운 대륙, 새로운 강호에서
새로운 이야기가 시작된다.
검은 하늘에 빛나는 별처럼 찬란한 영웅들이 있고, 그들의 영혼을 탐내는 어둠이 있다.
그 혼돈의 시대에 태어나 불굴의 기백을 지니고 전장을 치달리던 장수 황보강.
그를 쫓는 〈악몽〉들. 그리고 운명이라는 이름으로 결정지어진 고난.
그것들은 결코 떼어놓을 수 없는 그의 분신이기도 하다.
어느 날 황보강은 선택의 기로에 선다.
운명에 굴복하고 나 또한 〈악몽〉이 될 것이냐 아니면 내 손으로 내 운명을 만들어 나가는
자가 될 것이냐……
전자의 길은 편하고 달콤할 것이며, 후자의 길은 가시밭길이 될 것이다.

〈악몽〉은 언제나 우리 곁에 있는 어둠이다. 우리들의 또 다른 모습이기도 한 것이다.
그래서 우리는 매 순간 황보강과 같은 선택의 기로에 서지 않던가.
그리고 무엇을 택하든 모든 운명은 〈무정하(無情河)〉에서 비로소 끝나리라.

Book Publishing CHUNGEORAM

 유행이 아닌 자유추구 -
WWW. chungeoram.com

RELOAD

리로드

Book Publishing CHUNGEORAM
이수영 판타지 장편 소설

'Fly me to the moon' 의 작가 이수영!
'리로드Reload' 로 귀환하다!

변덕한 운명 하나를 쥐어 그 자리에 넣었구려. 허나 그대가 처음에 인간은 받아하라니앗 너무도 강한 운명을 가진 자요. 그자로 인하여 뒤틀릴 운명들은 어찌하려오?

운명의 여신이 준엄하게 풀었다.

나는 제안을 하겠소. 운명의 여신 베기르 라라여, 동의하시오?

전신(戰神) 카자르 엔더는 하나 남은 혈손을 위해 신력의 반을 희생했지만 그의 투기는 흔들리지 않았다. 그는 현존하는 전쟁의 신이고 대륙에서 가장 크게 숭앙받는 신이었다. 하위 신들과 비슷할 정도로 신력이 감소했어도 그의 영향력은 줄어들지 않았다.

오만하구려, 카자르 엔더여.

베기르 라라가 냉소했다. 운명의 여신은 평소에는 조용했지만 뒤틀린 시간과 인과에 대해서는 엄격하였다. 그녀가 다스리는 운명의 굴레는 신들조차 벗어날 수 없는 것. 장대를 휘두르는 눈먼 여신을 신들도 두려워했다. 그러나 오만하고 교활한 전신(戰神)은 그녀를 외면하고 항의하는 다른 신들을 향해 미소 지었다.

누누이 말하지만, 칼로란 따들지 말고 덥벼.

• '낙월소검(落月笑劍) - 달빛은 흐르고 검은 웃는다'
BOOKCUBE에서 절찬 연재 중.

Book Publishing CHUNGEORAM

유행이 아닌 자유추구 -

WWW.chungeoram.com

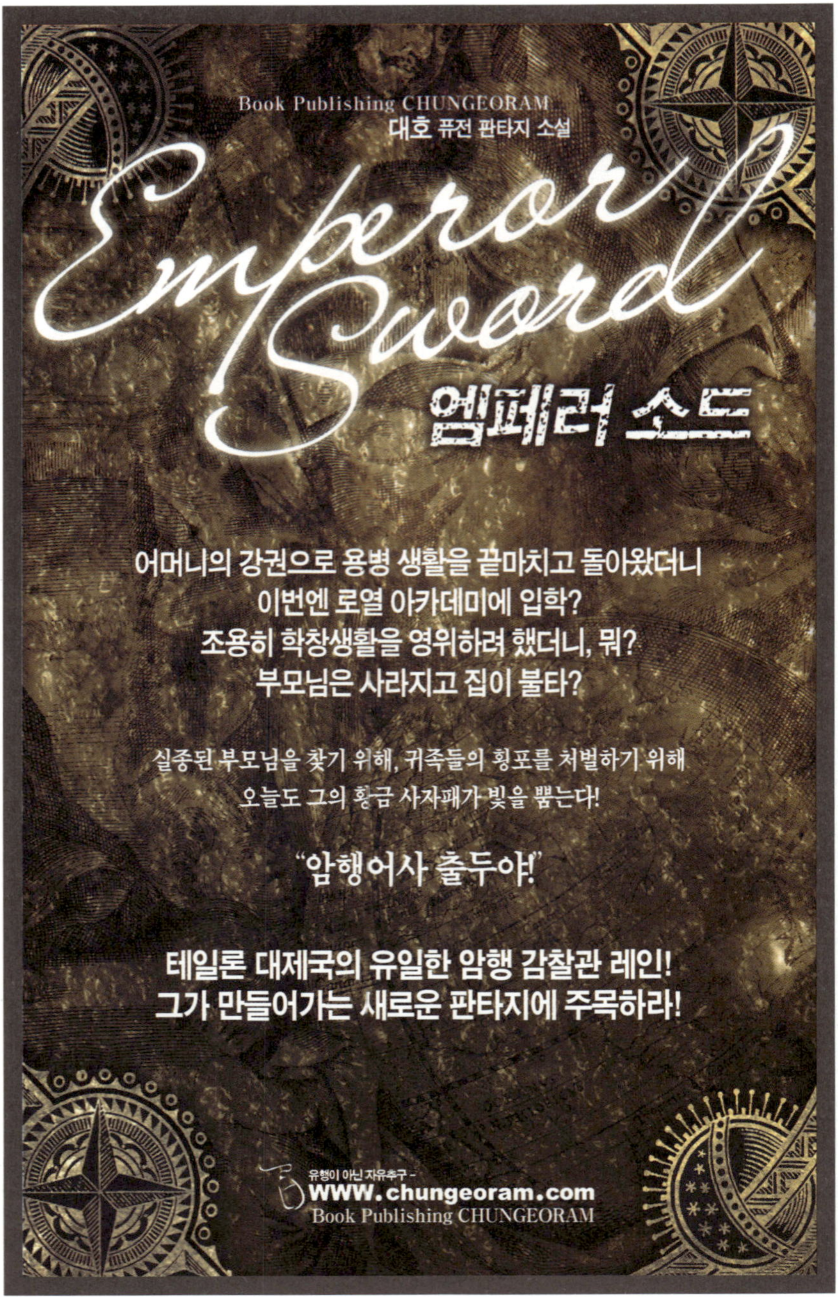